Par Perfeito

Katie Ashley

Par Perfeito

Traduzido por
Bianca Briones

Segunda edição

PandorgA

2014

Coordenação Editorial **Silvia Vasconcelos**
Tradução **Bianca Briones**
Preparação **Mônica Vieira/Project Nine**
Projeto gráfico e Diagramação **Project Nine**
Composição de capa **Genildo Santana**
Revisão **Cirlene Doretto**

Texto de acordo com as normas do Novo Acordo Ortográfico da Língua Portuguesa (Decreto Legislativo nº 54, de 1995)

Dados Internacionais de Catalogação na Publicação (CIP)
(Câmara Brasileira do Livro, SP, Brasil)

Ashley, Katie
Par perfeito / Katie Ashley ; [tradução Bianca Briones]. -- Carapicuiba, SP : Pandorga Editora e Produtora, 2014.

Título original: The pairing.

1. Ficção erótica 2. Ficção norte-americana
I. Título.

14-04438 CDD-813

Índices para catálogo sistemático:
1. Ficção : Literatura norte-americana 813

2014
IMPRESSO NO BRASIL
PRINTED IN BRAZIL
DIREITOS CEDIDOS PARA ESTA EDIÇÃO À
EDITORA PANDORGA
Avenida São Camilo, 899
CEP 06709-150 - Granja Viana - Cotia - SP
Tel. (11) 4612-6404
www.editorapandorga.com.br

Sumário

Capítulo Um

Com um som estridente tocando à sua esquerda, Alpesh, ou Pesh Nadeen, como era normalmente chamado, tateou cegamente sobre o criado-mudo antes de acertar o botão de desligar o alarme. Quando o som continuou, seus olhos castanho-escuros se abriram. Olhando para o criado-mudo, percebeu que era o pager do hospital que tocava, não o alarme. Esfregando os olhos, ele se sentou. Depois de pegar o pager e olhar para a tela, ele gemeu e o desligou. Ele conhecia o código muito bem: um dos médicos por quem era responsável não poderia cumprir com seu plantão. Como chefe dos residentes, ele tinha duas saídas: arrumar um substituto ou ir substituir. Pensando que não havia nada muito interessante para fazer com sua vida, ele pegou o telefone e avisou à enfermeira de plantão que ele mesmo iria e que chegaria lá o mais rápido possível.

Ao entrar no banheiro, ele não se lamentava por ficar sem um dos seus poucos dias de folga. A maioria dos outros médicos era casada e tinha filhos. Eles não faltariam a menos que fosse necessário. Então por que ele, o único solteiro e sem filhos entre eles, não poderia perder a folga? Era o mais correto a fazer e se havia algo que Pesh se orgulhava era de agir corretamente.

Após tomar banho e se barbear em tempo recorde, correu até o closet. Vestiu uma de suas características camisas de mangas compridas azuis e calça cáqui. Além do jaleco, que completava o uniforme. Azul era uma cor reconfortante e ele desejava que seus pacientes se sentissem confortáveis. Deu o nó na gravata, foi até a cômoda.

Ao pegar a pasta e o cartão de autorização do hospital, observou o antigo porta-retratos prateado. Sua falecida esposa sorria radiante através do vidro. Jade o encarava com seus olhos azuis cintilantes – ambos sorridentes enquanto se casavam em uma cerimônia tradicional da Índia. Seu cabelo loiro caía em ondas e estava adornado com fitas e joias como era o costume.

Seu peito se apertou ao pensar no dia em que sua esposa tipicamente americana abraçou sua cultura participando da cerimônia de casamento tradicional. Embora tivessem havido muitos dias felizes e tempos bons em seus 6 anos de casamento, ele não podia se lembrar de um dia mais feliz do que o dia do casamento. Foi o dia em que eles finalmente se tornaram um – a unificação de duas pessoas e dois costumes diferentes. O dia em que fizeram tantas promessas de felicidade e um futuro juntos.

Afastando-se da cômoda, ele também tentou se afastar da dor esmagadora que se apoderou dele. Dois anos se passaram desde o dia horrível em que sua esposa de 35 anos fora arrancada dele. Não havia um dia em que não sentisse sua falta, nem um dia em que não sofresse por voltar a uma casa sem a risada dela ou sua doce presença. Ninguém poderia compreender verdadeiramente a dor que ele tem enfrentado – apenas poucas pessoas que já tiveram seu coração arrancado, poderiam compreender o vazio que o preenchia. Com o coração contrito, ele cruzou a porta.

O caminho para o trabalho era curto, então Pesh não ligou o rádio para tentar se distrair da tristeza que sentia. Ele sabia que não adiantaria. Não importava o quanto tentasse, não conseguia se livrar da dor. Família e amigos o deixaram viver um ano em luto, depois quiseram que ele seguisse adiante. Desesperados, tentaram fazer com que ele percebesse que a última coisa que Jade quereria era que ele seguisse em luto por ela e passasse a vida sozinho e triste.

Ele tentou provar a eles que seguira adiante, mas isso só resultou em projetar os sentimentos, que ele pensava sentir, sobre uma mulher que estava tão confusa em sua vida quanto ele. Ele jurou que depois dessa tentativa não cometeria o erro de deixar os outros dizerem que ele estava pronto para esquecer Jade. Se ele se apaixonaria ou se casaria outra vez, cabia a ele decidir.

Ele seguiu a mesma rota do estacionamento até o hospital. Cada dia era exatamente o mesmo, um depois do outro. Ele mal teve tempo de vestir o jaleco quando ouviu seu nome ecoar pelos alto-falantes do hospital. Aproximando-se velozmente da pia, ele se lavou o mais rápido que pôde antes de se virar. Usando as costas para abrir a porta da sala dos médicos, caminhou o mais rápido que pôde pelo corredor até a área de trauma. Assim que passou pela porta de vidro, a equipe se aproximou.

Duas enfermeiras estavam próximas à cabeça do homem na maca. Uma segurava a máscara, enquanto a outra bombeava ar para as vias respiratórias do paciente. Havia mais uma enfermeira ao lado fazendo reanimação cardiopulmonar em seu peito.

Após vestir luvas de borracha, Pesh olhou para as enfermeiras ao se aproximar da maca.

– Homem, 45 anos, desmaiou no parque enquanto corria. Sem histórico médico conhecido – ela informou, rapidamente.

– Os batimentos estão caindo – outra enfermeira disse, atrás dele.

Máquinas começaram a apitar ao mesmo tempo, uma sinfonia que anunciava perigo iminente.

– Muito bem. Precisamos dar outro choque nele. – Trouxeram o desfibrilador e Pesh pegou as paletas. – Carregar. Choque em 260 joules. Afastem-se – Pesh comandou. – As enfermeiras que faziam massagem cardiopulmonar e o entubavam deram um passo atrás, afastando suas mãos do homem. Pesh aproximou o aparelho do peito do homem. Conforme a corrente elétrica corria pelo corpo, seus braços e pernas estremeceram. Pesh olhou para o monitor. – Continua sem batimentos. Mais uma vez.

– Carregar a 360 joules – uma enfermeira respondeu.

– Afastem-se. – Ao trazer as pás do instrumento ao peito do homem, Pesh murmurou: – Vamos lá, vamos lá. Bata, droga. – Não importa a idade dos pacientes, ele odiava perdê-los. Embora o corpo tenha estremecido pela reação à eletricidade, o coração permanecia parado. Era uma batalha perdida e mesmo assim ele continuou: – Afastem-se! – Quando os sinais vitais não mudaram, Pesh balançou a cabeça. – Precisamos abri-lo para massagear o coração. Passe o afastador de costelas e a serra de peito. E chame um dos residentes – ele ordenou, pegando uma máscara de uma das enfermeiras e colocando-a.

Após fazer uma pequena incisão no peito do homem, Pesh pegou a serra de uma das enfermeiras. Serrou o esterno e se afastou para o lado, permitindo que uma enfermeira se aproximasse para trabalhar com o afastador de costelas. Empurrando o osso para o lado, ele gentilmente tomou o coração do homem em suas mãos. Não importava quantas vezes já tinha feito isso antes, não havia motivos para se sentir pretencioso ao segurar uma das partes mais importantes do corpo humano em suas mãos. Apertando-o várias vezes, Pesh imitava o batimento que o órgão normalmente teria.

Segundos agonizantes se passaram enquanto eles esperavam para ver se o estrago no coração poderia ser desfeito. Ao esperar, Pesh fechou os olhos por um instante, depois voltou a olhar para o homem e relanceando o olhar pelo relógio na parede, disse, entristecido:

– Hora da morte: 9h47.

– Quer que eu fale com a família? – o residente perguntou.

Pesh balançou a cabeça.

– Não. Feche-o. Eles vão querer vê-lo. – Ele tirou suas luvas ensanguentadas e as descartou no lixo e depois removeu a máscara.

Ele passou pelas portas de vidro da área de trauma onde um paramédico estava parado.

– Você sabe o nome dele?

O paramédico pegou sua licença de motorista.

– Aaron Chapman.

– Obrigado.

Ele caminhou pelo longo corredor antes de apertar o botão que abria a porta que o levaria à sala de emergência. Na sala de espera, ao lado da emergência, a mulher e dois filhos estavam sentados em um silêncio perturbador. Ao abrir a porta, ele murmurou uma prece para ter força. Essa era a pior parte do trabalho. Mesmo que ele passasse muitas horas salvando pessoas e diagnosticando doenças, essa parte o consumia física e psicologicamente.

– Sra. Chapman?

A mulher, que aparentava estar no final dos 30 anos ou início dos 40, levantou-se da cadeira.

– Sim?

Ele tomou sua mão para um leve aperto.

– Sou o Dr. Nadeen. Eu era o responsável pelo caso do seu marido.

Ela balançou a cabeça e deu um passo à frente.

– Como ele está?

– Seu marido teve um forte infarto do miocárdio. – Ao seu olhar confuso, ele explicou: – Um ataque do coração.

– Ah, meu Deus, não posso acreditar nisso. Ele tinha um pouco de colesterol alto, mas estava correndo todos os dias. Eu estava só a dez minutos daqui, deixando os meninos na escola e eu disse a eles: aposto que seu pai caiu, quebrou o tornozelo ou algo assim. Claro, eu fiquei pensando por que ele não ligou do hospital... – Percebendo que estava tagarelando, ela se interrompeu, levando a mão à garganta. – Mas ele está bem agora?

Pesh balançou a cabeça.

– Eu sinto muito, mas seu ataque causou muitos danos ao coração. Nós não conseguimos trazê-lo de volta depois que ele chegou.

Os olhos da mulher se arregalaram do tamanho de pratos.

– Não, não, NÃO! Com certeza há algo que possa fazer!

– Eu sinto muito. Fizemos tudo o que podíamos para salvá-lo, incluindo muitas tentativas de ressuscitá-lo, além das que os paramédicos fizeram, mas ele não respondeu a isso.

O choro alto da mulher penetrou na alma de Pesh. Ela desmoronou nos braços de seus filhos que agora tinham lágrimas nos olhos. Impassível, Pesh a observou soluçar incontrolavelmente. A maioria dos médicos quando estavam na posição de Ceifador Sinistro[1] dava a má notícia e ia embora. Pesh acreditava que cuidar de um paciente também significava cuidar de sua família. Foi por isso que ele ignorou o pager vibrando em seu bolso. Apenas quando seu nome foi chamado pelo alto-falante que deu um passo à frente e colocou a mão no ombro da viúva.

– Se você quiser ficar com ele até que ele seja levado, pode me seguir.

– S-sim, por favor – ela murmurou.

Com seus filhos a amparando, ela seguiu Pesh pela sala até as portas mecânicas. Quando chegaram à sala de exame, onde o corpo de seu marido estava, Pesh se virou e tocou seu ombro mais uma vez.

– Sinto muito por sua perda.

– Obrigado – seu filho murmurou pela mãe que era incapaz de falar.

Ela correu e afundou a cabeça contra o peito do marido. Seu corpo chacoalhava com os soluços.

Pesh assentiu e finalmente se afastou. Caminhando determinado, ele pegou o pager – precisavam da opinião dele em um diagnóstico. Após seu envolvimento, o paciente ficaria bem. Essa era a verdadeira dicotomia desse trabalho.

Assim que terminou, Pesh foi à sua sala na área de emergência. Sentou-se em um banco e levou as mãos à cabeça. Esfregando os olhos, ele disse a si mesmo que era cansaço e não prováveis lágrimas. Se havia algo de que se orgulhava era de ser um profissional. Médicos não podiam se envolver emocionalmente enquanto estavam trabalhando ou enlouqueceriam. Mas se envolver no momento da perda não era o pior, era o que restava depois. Os momentos agonizantes quando a adrenalina passava e histeria, pânico, sofrimento e o coração partido da família pareciam os envolver.

Ele não soube por quanto tempo ficou assim, com as mãos na cabeça, tentando isolar os sons de sofrimento à sua volta. Ao sentir um toque no ombro, ele se ergueu.

---

1 Figura que simboliza a morte (N.T.).

Era Kristi, a enfermeira-chefe e uma de suas companheiras de trabalho em quem ele mais confiava. Ela sorriu calorosamente como se soubesse o tormento que ele passava.

– Dr. Nadeen, odeio interromper, mas você tem uma visita.

– Ah?

Kristi assentiu.

– Sala de exames D.

– Obrigado.

Quando Pesh empurrou a porta, ele se surpreendeu. Com seu cabelo ruivo preso em um nó solto e seus olhos esmeraldas brilhando com alegria, Emma Harrison Fitzgerald estava parada em frente a ele, balançando seu bebê de seis meses no colo.

– Oi. Espero não estar interrompendo.

Uma torrente de puro amor preencheu seu peito ao vê-la. Nove meses atrás, ele tivera sentimentos amorosos confusos em relação a ela, mas agora sabia a diferença. Ele a amava apenas como uma amiga.

– Oi. É tão bom ver você. – Suas sobrancelhas se ergueram enquanto ele pensava o que ela fazia no PS. – Você está bem, não está?

– Ah, estou muito bem. É que...

Pesh olhou para o bebê de cabelos loiro-avermelhados chupando com voracidade sua chupeta.

– Noah está bem, não é?

Emma sorriu.

– Ele está ótimo.

Pesh soltou o ar que prendia.

– Fico feliz de ouvir isso. Vocês dois parecem bem.

– Obrigada. – Emma o encarou e franziu o cenho. – Gostaria de poder dizer o mesmo de você. O que houve?

– Estou tendo um dia difícil. – Mesmo diante da expectativa de Emma, ele não queria dizer mais nada sobre o assunto. Finalmente, olhando para as próprias mãos, ele respondeu: – Segurei o coração de um homem em minhas mãos esta manhã.

Os olhos de Emma se arregalaram e ela prendeu o fôlego.

– Ah, meu Deus...

Ele balançou a cabeça com arrependimento.

– Mas não importa o quanto eu tentei, não consegui salvá-lo.

Ela se aproximou para acariciar seu braço.

– Eu sinto muito, mesmo.

– Obrigado – ele murmurou. Como queria mudar o assunto antes de ser engolido por suas emoções, ele fez um sinal para que ela se sentasse. – Então, o que a trouxe aqui?

– Vim lhe pedir um favor.

Ele ergueu as sobrancelhas, surpreso.

– Ah, é? Um outro voo para Aidan, talvez?

Emma riu.

– Não. Acho que demorará um longo tempo até que ele pegue um avião outra vez, mesmo um dos pequenos.

Noah começou a se contorcer e ela o mexeu, virando-o no colo para se acomodar no ombro. Ele cuspiu a chupeta e começou a se agitar.

– Dê ele para mim. – Pesh sugeriu, estendendo os braços para pegar Noah. Os olhos azuis surpresos de Noah encontraram os dele e depois o bebê sorriu. – Olá, pequenino. Nossa, como você cresceu desde que o vi pela última vez – Noah balbuciou e se inclinou para pegar o estetoscópio. – Então, o que dizia? – Pesh perguntou à Emma.

– Sei que é muito para pedir, já que você não é católico, mas eu queria que fosse o padrinho de Noah. – Pesh não conseguiu esconder a surpresa e ficou boquiaberto, em choque. – Como eu também não sou católica, estou apenas tentando agradar o pai de Aidan ao batizar Noah. Lembra dele?

Pesh gargalhou.

– Como eu poderia me esquecer do Sr. Fitzgerald, o casamenteiro?

Emma sorriu.

– Pois é. Bem, você sabe o quanto ele é persistente.

– Ah, sim, eu sei.

– É permitido que um dos padrinhos não seja católico. A sobrinha de Aidan será a madrinha e eu queria que você fosse o padrinho.

– Mas e aquele seu amigo?

– Connor?

– Sim, ele.

Emma fez um gesto de desgosto com a mão.

– Além do fato de Connor ser batista não praticante, ele se recusou por não querer ter nenhuma obrigação moral ou religiosa sobre Noah. – Ela sorriu e balançou a cabeça. – Sei que ele e Casey são as escolhas óbvias, mas vamos dizer que os dois estão pensando em corromper Noah no futuro em vez de o guiar em um caminho espiritual.

Pesh sorriu.

– Entendo.

As sobrancelhas ruivas de Emma se juntaram, em preocupação.

– Espero que não esteja ofendido por eu ter contado isso. Não quero que pense que é algum tipo de segunda opção. Se eu tiver que escolher para guiar e proteger Noah, você é a primeira pessoa que virá à minha mente.

Pesh tirou seu estetoscópio da boca de Noah.

– E o que Aidan diz sobre isso? – Pesh sabia que por mais que ele e Aidan tivessem ficado mais ou menos amigos na noite do nascimento de Noah, não dava para imaginar que alguém tão possessivo como Aidan permitisse que um ex de Emma fizesse parte da vida do filho.

– Por ele tudo bem – Emma respondeu, torcendo a alça da bolsa.

– Emma – Pesh pressionou.

Ela ergueu as mãos ao encará-lo.

– Tudo bem, ele não amou a ideia no início. Precisei convencê-lo, mas ele está totalmente de acordo agora.

– Por mais honrado que eu esteja, não gostaria de criar problemas entre vocês dois.

– E não criará. Prometo. – Emma se inclinou e segurou sua mão. Meses atrás, esse toque o eletrocutaria dos pés à cabeça. Agora não era nada além do toque de uma amiga querida. – É muito difícil encontrar um homem verdadeiramente honrado. Você tem um coração e uma alma tão bondosos e carinhosos. Somados à sua integridade, eu não poderia ter uma pessoa melhor na vida do meu filho. Aidan concorda. – Ela apertou sua mão. – Por favor, diga sim.

Pesh desviou seu olhar da intensidade de Emma para Noah, tão inquisitivo. Como ele poderia dizer não? Ele amava crianças e tudo o que ele quis um dia foi uma casa cheia delas. O fato de Emma confiar tanto nele amoleceu seu coração. Enquanto olhava para Noah, ele confirmou que queria fazer parte de sua vida.

– Emma, será uma honra.

Os olhos verdes de Emma se arregalaram enquanto ela levantava da cadeira.

– Sério?

Ele sorriu ao vê-la tão empolgada.

– Claro. É um prazer e uma honra.

– Obrigada, Pesh. Muito obrigada! – ela exultou, abraçando-o.

Noah gritou alegremente entre eles e bateu as perninhas contra o peito de Pesh. Quando Emma se afastou, Noah sorriu para eles, o que a fez sorrir também.

– Acho que Noah aprova seu padrinho.

Pesh voltou a sorrir.

– Também acho. Ou ele percebeu o talento da mãe para manipulação de qualquer homem em um raio de um quilômetro.

– Você é terrível – ela respondeu, batendo divertidamente em seu braço.

Kristi colocou a cabeça na porta.

– Desculpe interromper, Dr. Nadeen, mas você tem um paciente na sala de exame A.

– Obrigado. Já irei para lá. – Ele balançou a cabeça para Emma. – Sinto muito, mas preciso ir.

– Está tudo bem. Eu entendo. – Ela se inclinou para pegar Noah. – O batismo é em duas semanas. Eu o informarei de todos os detalhes. Será na Transfiguração, em Marietta, por ser perto de nossa casa.

– Organizarei minha agenda.

– Ótimo.

Pesh se inclinou para beijar a bochecha de Noah.

– Tchau, meu afilhado. Seja bonzinho com sua mãe. – Ele puxou Emma para si e a abraçou. – Tchau para você também.

Ela o apertou forte.

– Obrigada mais uma vez. Você não imagina o quanto me deixou feliz. E Aidan também.

Ele imaginava que a alegria de Emma era bem maior que a de Aidan, mas guardou isso para si mesmo. Ele caminhou com ela até a porta e quando estava com a mão na maçaneta, ela o chocou com uma declaração:

– Ah, se estiver saindo com alguém, por favor, sinta-se à vontade para levá-la.

Pesh não conseguiu conter uma risada nervosa.

– Não há ninguém.

Emma franziu o cenho.

– Mas eu pensei... Pelo menos esperava que você estivesse saindo com alguém.

– Bem, não estou.

Mudando Noah de braço, Emma balançou a cabeça.

– Como isso é possível? Você anda por aí com um saco na cabeça? Vive como um ermitão?

– Não uso um saco, mas acho que sou um ermitão, sim. – Ele olhou à sua volta. – Estou sempre aqui.

O olhar de Emma se desviou dele para observar algumas das enfermeiras que passavam. Ele imaginava pelos olhares que elas lhe lançavam e, principalmente, pelo modo como encaravam Emma, que ela saberia o que se passava em suas mentes.

– Você tem alguma ideia do quanto afeta as mulheres?

Ele cruzou os braços.

– Não, mas acho que você vai me lembrar outra vez.

– Só quero que seja feliz e sei que não está.

– Por favor, apenas deixe isso para lá por enquanto, ok?

Embora ela assentisse, Pesh sabia que ela estava longe de concordar. Em algum lugar naquela cabecinha linda de casamenteira, os pensamentos se moviam rapidamente.

– Vejo você em breve – ela disse, antes de seguir para o corredor.

Enquanto ele observava Emma e Noah cruzarem a porta automática da sala de espera, uma pontada de tristeza reverberou por ele ao pensar em como seu filho teria sido. Nos meses que antecederam a morte de sua esposa, Jade estava fazendo tratamento de fertilização. Ela abortou uma vez, mas tinha muita esperança de que a última tentativa seria bem-sucedida. Ela morreu sem nunca saber se estava grávida ou não. Quando a autópsia veio, Pesh se recusou a ler e descobrir. Teria sido muito difícil de lidar.

Afastando-se mais uma vez de seus pensamentos mórbidos, ele foi para a sala onde um paciente precisava dele.

CAPÍTULO DOIS

– Onde diabos está o meu vestido? – Megan Mckenzie questionou, vasculhando seu guarda-roupa.

O único vestido formal e recatado que ela tinha fora levado para a lavanderia uma semana atrás para estar pronto para o batismo de seu afilhado, Noah. Como madrinha, ela queria parecer madura e responsável. A maioria dos vestidos em seu guarda-roupa era os que ela usava em sua vida antiga – em outras palavras, sua vida antes de seu filho nascer. Isso queria dizer que eles eram muito curtos, muito apertados e muito reveladores.

Ela deu uma olhada no sofá para checar Mason. Sentado, ele estava envolvido pelo desenho que passava na televisão.

– Volto logo, querido.

– *Tá mom*, mamãe.

Ela subiu as escadas do porão e saiu na cozinha dos pais. Esperava encontrar o vestido pendurado no armário do corredor. Se não estivesse, ela estaria ferrada. Ao entrar na sala de estar, o mero som da televisão a fez congelar. Seu estômago se agitou e seu coração disparou. Ela conhecia essa voz muito bem. Pertencia ao homem que destruíra seu coração, esmagara sua alma e a deixara tão quebrada que poderia não ter conserto.

Seu irmão de 19 anos, Sean, estava deitado no sofá, assistindo ESPN. Na tela, seu ex-namorado, Davis Durello, dava uma entrevista usando o uniforme dos Falcons. Enfurecendo-se por ele estar invadindo sua casa, Megan cruzou a sala e arrancou o controle remoto das mãos de Sean. Ela desligou a televisão e jogou o controle remoto para ele, acertando-lhe o peito. Ele a fulminou.

– Mas que merda, Meg? Eu estava assistindo.

– Você é tão insensível que ainda tem que perguntar?

– Sou um idiota porque você está zangada por eu estar assistindo uma entrevista antiga do Davis?

– Como você é perspicaz. – Megan devolveu sarcasticamente.

– Pensei que você o tivesse superado – Sean disse.

Megan nem se deu ao trabalho de explicar a Sean que mesmo 2 anos depois, era difícil superar o homem que a abandonou e se recusou a ter qualquer contato com seu filho depois de assinar um cheque. Como um adolescente, Sean não tinha profundidade emocional para entender que ela poderia parecer ter superado, mas que havia dor sob a superfície.

– Eu superei – ela mentiu –, mas isso não quer dizer que eu queira vê-lo. A maioria das pessoas quer deixar seus ex-namorados para trás, mas o meu é atirado em minha cara durante a temporada de futebol. Mesmo que esteja tudo terminado, ele continua aparecendo para me assombrar. – Cruzando os braços, ela lançou um olhar mortal ao irmão. – Seria bom se você se preocupasse comigo o suficiente para não assisti-lo.

– Que culpa eu tenho se o idiota do seu ex-namorado joga para os Falcons e a ESPN está fazendo a entrevista?

– Você não tem que assistir na minha frente!

Ao seu desabafo, Sean ergueu as mãos se defendendo.

– Desculpa. Eu não sabia que isso lhe fazia tanto mal. Mudarei o canal na próxima vez, ok?

– Ótimo – ela murmurou, sentindo-se um pouco psicótica depois do desabafo, ela manteve a cabeça baixa ao seguir para o armário do corredor. Felizmente, seu vestido azul-marinho estava pendurado, ainda envolvido pelo plástico da lavanderia.

Quando ela se virou, encontrou sua mãe vestindo o mais fino terninho cor-de-rosa claro. Ela viu Megan ainda vestindo roupão e a olhou com repreensão.

– Megan, vamos sair em meia hora. Por que ainda não está vestida?

Fechando os olhos, Megan contou até dez, assim não teria que arrancar a cabeça de sua mãe.

– Eu deixei meu vestido aqui depois de pegá-lo na lavanderia. Estarei pronta no horário, eu prometo.

– Quer que eu troque Mason?

– Já cuidei disso. Só preciso terminar de me arrumar. – Sem mais uma palavra, ela passou por sua mãe e foi até a cozinha. Usando seu melhor terno e gravata, seu pai estava parado perto do bar, arrumando as abotoaduras.

Sob seu olhar de expectativa, ela ergueu a mão.

– Eu sei que vamos sair em meia hora. Eu estarei pronta. Prometo. – Então abriu a porta do porão.

Descendo as escadas, ela tentou se acalmar. Não sabia identificar o que havia nas aparentes boas intenções dos pais que davam nos nervos. Claro, eles não se preocuparam com ela enquanto ela vivia sozinha. Agora que ela estava outra vez sob seu teto, pareciam esquecer que ela tinha 25 anos, era mãe, e não mais a garotinha dos pais em quem eles podiam mandar.

Com os estágios que possibilitariam que ela se formasse em enfermagem, ela sabia que não conseguiria mais trabalhar o dia inteiro. E embora amasse sua liberdade e a independência de ter seu próprio apartamento, não havia como pagar por ele e pela creche de Mason. Então, ela empacotou tudo, enfiou o rabinho entre as pernas e voltou para a casa dos pais para morar em seu porão.

Não era de todo ruim. Ela tinha sua cozinha e banheiro próprios, além dela e Mason terem seus próprios quartos. Com a recente aposentadoria de seu pai, ela tinha um ótimo modelo masculino sempre perto para Mason.

Ela encontrou o filho exatamente como tinha deixado, deitado no sofá assistindo ao seu filme predileto, *Meu Malvado Favorito*. Ela sorriu ao vê-lo usando calça cáqui, camisa preta e gravatinha vermelha. Ele parecia um homenzinho sentado ali, apesar de ter completado apenas 17 meses um dia antes. Normalmente, ele estaria na sala de estar, brincando com seus brinquedos, mas bastava olhar um minion para que ele se tornasse praticamente catatônico. Foi o que Megan planejou quando ela o vestiu mais cedo. Ele assistir ao filme era um erro, já que era novo demais para a classificação indicativa, mas com seus primos mais velhos e os irmãos de Megan ele era exposto a coisas que só veria quando fosse mais velho. Ela gostava de pensar que estar cercado de adultos e crianças mais velhas era o único motivo de Mason falar tão bem para sua idade.

– Você foi um bom garoto? – ela perguntou.

Mason mal percebeu que ela estava ali. Em vez de responder, seus olhos azuis continuaram focados na televisão. Como o filme estava perto de acabar, Megan sabia que precisava ir para o quarto e ficar pronta.

Cada vez que ela olhava para o rosto de Mason, ela agradecia por ele não ser nada parecido com o pai. Seu cabelo platinado e olhos azuis eram completamente dela. Apenas no tamanho ele puxou ao pai. Enquanto Megan tinha 1,60 cm de altura, Davis tinha 1,86 cm. Mason já estava acima do peso e altura para uma criança de sua idade, segundo o pediatra.

Davis vira Mason somente duas vezes na vida – o dia em que ele nasceu e o dia em que deixou o hospital para vir para casa. Depois disso, ele não mostrou interesse por nenhuma foto e e-mails que Megan enviou. Com sua carreira de futebol em crescimento, Davis não queria ficar preso às responsabilidades que um bebê implicava. Ele queria usar seu tempo fora do campo em festas até altas horas da noite. Ele só pagou pensão quando Megan ameaçou cobrar as que estavam atrasadas. Ela temia o dia em que Mason fosse mais velho e perguntasse pelo pai. Ela não queria que nada no mundo o machucasse e ela sabia que ser rejeitado pelo pai o machucaria.

Com um suspiro, ela colocou o vestido e o deslizou sobre o quadril. Virar-se para subir o zíper a deixou sem fôlego. Parada em frente ao espelho, ela se mexia para checar sua aparência. Ela adorou como o vestido a fazia se sentir sexy e ao mesmo tempo muito respeitável.

Enquanto ostentava um delicado decote, o comprimento terminava apenas um pouco abaixo dos joelhos. Ela colocou suas pérolas – um presente de formatura de seu tio Aidan ou "Ankle[1]", como ela normalmente o chamava.

Aidan era o irmão caçula de sua mãe e o único menino da família. Quando ela nasceu, ele tinha 8 anos e meio. Por ter sido a primeira neta, Megan passou muito tempo com seus avós, e isso incluía muito tempo com Aidan. Ele era muito devotado a ela e passava horas a segurando e a mimando. Ao aprender a falar, ela não conseguia dizer tio Aidan. Em vez disso o chamava de "Ankle". Foi um apelido que pegou e até hoje ele era chamado assim, mesmo com 34 anos e casado.

Mesmo ninguém duvidando que ela o chamaria para ser o padrinho de Mason, ela se sentiu extremamente honrada quando ele pediu que ela fosse a madrinha de seu filho, Noah. Ela amava demais o primo e planejava ser a melhor madrinha que pudesse ser.

Ela saiu do quarto e viu que Mason ainda estava assistindo ao filme.

– Muito bem, amigo. É hora de ir. – Quando ele começou a reclamar, ela balançou a cabeça. – Temos um dia muito divertido esperando por nós. É o batismo de Noah e depois haverá uma festa na casa do tio Aidan e da tia Emma.

– Beau? – ele perguntou.

Ela gargalhou.

– Sim, você verá e poderá brincar com Beau também. – Ela caminhou para o sofá para pegá-lo e divertiu-se por perceber que de todos que ele poderia ver, ele estava mais animado para ver Beau, o labrador preto de Aidan e Emma. Um dia, quando eles tivessem uma casa outra vez, ela pegaria um cachorro para ele. Ele os amava demais. – Oomf! – ela murmurou ao começar a subir as escadas do porão.

– *Pesadu?* – ele perguntou.

– Sim, você está ficando um meninão pesado.

---

1 Tio, em inglês, é "Uncle". Megan, quando pequena, misturou as duas palavras "uncle" e "Aidan" (N.T.).

Ao chegarem à cozinha, Megan parou para recuperar o ar. Ela só teve um segundo antes que sua mãe aparecesse com Sean e seu irmão mais novo, Gavin.

– Pronta? – ela perguntou.

Megan assentiu, sentindo-se uma adolescente outra vez. Ela seguiu seus pais até a garagem.

– Eu quero dirigir – Gavin disse.

Com um sorriso convencido, Sean respondeu:

– Como se eu fosse deixar você dirigir meu carro. – Ele se sentou no banco do motorista e Gavin foi relutante para o lado do passageiro.

– Vejo vocês lá daqui a pouco – a mãe deles avisou.

Sean a saudou com uma continência e saiu da garagem. Megan colocou Mason na cadeirinha na Land Rover dos pais. Depois de acomodado e em segurança, ela se sentou ao lado dele.

Seus pais se sentaram à frente e seguiram pela alameda arborizada do subúrbio onde Megan cresceu. Embora alguns pudessem pensar que ela fosse um tipo rebelde por ser mãe solteira, sua vida fora relativamente comum. Mesmo tendo sido líder de torcida e concorrido à rainha do baile com as outras garotas populares da escola, ela raramente passava dos limites em festas. Ela se focava em ter boas notas. Naquele tempo, ela pensava em cursar Medicina e se tornar médica. Desde que era uma garotinha, tudo o que ela queria era ajudar pessoas. Ela estava sempre cuidando de pássaros com asas quebradas ou tentando ressuscitar esquilos que foram atropelados por carros. Ela havia trocado brincar de princesa por brincar de "hospital". O desejo de se tornar médica foi o que a ajudou a se focar em ir bem em qualquer atividade e por isso geralmente resistia às tentações e mantinha-se no caminho correto.

Ela conseguiu se adaptar à loucura de seu ano de caloura na Universidade da Georgia. Tudo corria bem até que ela se apaixonou pela primeira vez em sua vida e deixou o que mais importava de lado. Infelizmente, seu primeiro amor não fora Davis, o pai de Mason. Foi outro jogador de futebol, um *running back*[2] do time da faculdade, que capturou seu coração e o partiu um ano depois. Carsyn era um festeiro de mão cheia e, quando estava com ele, ela festejava e bebia muito. Ele era controlador e possessivo e queria tudo o que ela pudesse dar, toda a sua vida. Enquanto esteve com ele, teve pouco tempo para estudar. Com suas notas caindo cada vez mais, ela não tinha nada que a impedisse de desabar quando Carsyn terminou com ela. Devastada, ela parou de ir às aulas e reprovou o semestre.

Quando conseguiu recuperar as notas, já havia abandonado qualquer esperança de ser médica e decidiu se tornar enfermeira, o que preenchia seu desejo de cuidar de pessoas doentes. Claro que seu relacionamento com Davis interrompeu seus planos de se formar quando ela engravidou inesperadamente. Ela perdeu vários semestres depois que Mason nasceu. E estava alguns anos à frente de quando pretendia se formar, mas estava empolgada por finalmente estar terminando depois de tudo o que aconteceu.

A voz de sua mãe a tirou dos pensamentos.

– Aqui estamos – ela disse, gentilmente.

Inclinando-se no banco, Megan olhou o relógio no painel. Ela não se surpreendeu ao ver que eles chegaram meia hora antes do batismo começar. Sua mãe se orgulhava de chegar sempre no horário e com folga.

Ao entrarem na igreja, sua mãe pegou Mason.

– Ficaremos com ele para que você possa ver se Emma precisa de ajuda.

Megan se aproximou para beijar a bochecha de Mason.

– Vejo você daqui a pouquinho, querido.

Ele sorriu e alegremente trocou os braços da mãe dela para ir para o colo do pai, o que fez Megan sorrir. Ele adorava estar entre outros

---

2 *Running back* é uma posição do futebol americano. Normalmente há um ou dois, ou até mais *running backs* no campo durante a jogada, dependendo da formação do ataque (N.T.).

homens. Passava horas com os irmãos dela sentados no sofá ou assistindo televisão. Ela apreciava que ele tivesse tantos modelos masculinos à sua volta e esperava que ele não tivesse muito da personalidade do pai.

Depois de Megan observá-los desaparecer entre os outros familiares e amigos que aguardavam na alcova da igreja, ela contornou a todos virando à direita e seguindo pelo corredor. Ela bateu à última porta à direita.

– Sou eu, Megan.

A melhor amiga de Emma, Casey, abriu a porta.

– Ora se não é a fada madrinha? – ela brincou, com um sorriso.

Megan entrou e Casey a abraçou com estardalhaço. Megan só a vira poucas vezes, mas não era difícil gostar da vivaz e espevitada amiga de Emma. Os cabelos castanhos de Casey estavam presos em um coque baixo e ela usava um vestido preto recatado e salto altos.

– Como está indo tudo? – Megan perguntou, olhando de Noah, usando apenas fralda descartável, para Emma.

Ela tinha a parte de cima do seu corpo coberto por uma toalha enquanto dava uma mamadeira a ele.

Dando uma espiada, Megan viu que Emma usava verde, sua cor preferida. Noah sugou a mamadeira e pegou uma mecha do cabelo ruivo de sua mãe entre os dedos. Tanto pai quanto filho adoravam quando Emma deixava os cabelos soltos.

Emma sorriu.

– Bem, eu acho. Quer dizer, não tenho muita experiência com batismos.

Megan riu e apontou para a toalha e Noah.

– Parece que você está tomando todas as precauções necessárias. Nada de vômito na sua roupa ou na dele.

Assentindo, Emma respondeu:

– Nem me fale, ainda mais que a roupinha é tão antiga.

Megan olhou para a delicada camisola de batismo pendurada na porta do armário. Ela a reconheceu de fotos do batismo de Aidan. Ele a usara e agora passava para seu filho.

Casey inspirou, ruidosamente.

– Não sei se Aidan vai gostar de ouvir você dizendo que a roupa é antiga, porque isso quer dizer que ele é velho.

Emma riu.

– Não, com certeza ele não vai gostar. É claro que ele provavelmente argumentaria que da mesma forma que a camisola não se desgastou, ele continua lindo e aparentando ser mais novo do que realmente é.

Megan sorriu.

– É bem a cara dele. – Ela se inclinou sobre Emma e acariciou uma mão de Noah. Ele agarrou seu polegar e não parecia querer soltá-lo.

– Awn, você ama sua madrinha, não ama, Noah? – Emma perguntou.

Noah parou por um instante de sugar a mamadeira para dar um rápido sorriso, o que aqueceu o coração de Megan.

– Ele é tão doce – ela suspirou.

– E charmoso, exatamente como seu pai – foi a vez de Casey dizer.

– Verdade – Megan concordou. Refletindo sobre sua posição, ela virou a cabeça para Casey. – Você tem certeza de que está tudo bem eu ser madrinha?

Casey balançou a mão, demonstrando que não se preocupava.

– Querida, a última coisa de que preciso é responsabilidade. Quero mimar e corromper Noah como uma boa tia deve fazer!

Emma revirou os olhos.

– Estou muito satisfeita com minhas escolhas, Megan. Não se preocupe.

– Quem é o padrinho? Sei que não é da família.

Casey se surpreendeu ao levar a mão ao peito dramaticamente.

– Quer dizer que você nunca conheceu o Dr. McDreamy Indiano?

Megan deu de ombros.

– Não, não o conheci. Já ouvi falar dele e do que ele fez para que Aidan chegasse a tempo do nascimento. – Ela percebeu que Emma trocou um olhar suplicante com Casey. – Por quê? O que eu deveria saber sobre ele?

Casey tocou seu queixo com o indicador.

– Hum... O que você deveria saber sobre o padrinho? – Ela piscou para Megan. – Primeiro, ele é muito delicioso. Como dizer? Dá vontade de devorá-lo. Alto, cabelos negros, olhos escuros e feito de puro músculo.

Megan se interessou repentinamente. Ela não imaginava que o padrinho seria alguém tão bonito. Fazia tempo que ela não saía com um homem. E mais ainda, fazia um longo tempo que ela não fazia sexo. Ela não saiu com mais ninguém nos últimos 2 anos, após terminar com Davis. Ela poderia se juntar a um dos conventos locais, como freira, pelo tempo de abstinência.

– Sério?

– Uhum. Ele parece aquele ator indiano, John Abrahan – Casey disse.

Emma se surpreendeu.

– Desde quando você assiste a filmes indianos?

– Desde que um dos amigos de Nate nos convidou para um festival de filme indiano. – Casey sorriu para Megan. – Além dele ser um presente aos olhos, ele é gentil, sensível e carinhoso. É um pacote completo.

– Sério mesmo? – Megan perguntou.

– E ele ainda é médico.

Esse homem parecia melhor e melhor conforme conversavam.

– Ele é solteiro?

Emma fez um som estranho antes de Casey responder.

– Ah, sim. Ele é solteiro. Ele é viúvo, na verdade.

Megan mordeu os lábios depois da revelação. Viúvos normalmente se encaixavam em duas categorias: aqueles que ainda estavam muito devastados pela morte da esposa ou aqueles que estavam prontos para se divertir e viver um pouco. Ela certamente esperava que Pesh estivesse na segunda categoria. Mais do que tudo, ela queria se divertir um pouco.

– Você estaria interessada em sair com Pesh? – Emma perguntou e ajeitou Noah no ombro para que ele pudesse arrotar.

Encolhendo os ombros, Megan respondeu:

– Sair em um encontro ou me divertir um pouco com ele. Acho que ele poderia aproveitar um pouco.

Emma fez uma careta e limpou o rosto de Noah.

– É exatamente por isso que eu disse ao Aidan para não tentar juntar vocês dois.

– O que quer dizer?

– Pesh precisa de um relacionamento, não um casinho depois de tudo o que ele passou. Além da morte da esposa, ele não tem dado muita sorte com namoro.

– O que aconteceu?

Quando Casey puxou o ar, Emma lançou-lhe um olhar mortal.

– Nada. Ele não precisa se envolver com alguém que não esteja interessada em um relacionamento a longo prazo.

– Em, você precisa contar a ela – Casey pediu.

Megan encarou as duas.

– Dizer o quê?

– Tudo bem. – Emma expirou, resignada, entregando Noah para Casey. – Seja prestativa e troque a fralda dele.

Casey começou a cuidar de Noah e Emma se virou para Megan.

– Quando Aidan e eu terminamos...

– O que você quer dizer é: quando você deixou Aidan depois dele não aparecer para a ultrassonografia do Noah, por estar traindo você – Casey interrompeu, balançando a fralda molhada.

Emma fechou os olhos por um instante, antes de assentir.

– Sim, é isso. Muito obrigada por tocar nesse assunto justo hoje.

Casey segurou os tornozelos de Noah e o levantou um pouco para colocar uma fralda nova.

– De nada.

– Como você ia dizendo... – Megan pressionou.

– Certo. Foi quando Aidan e eu terminamos que conheci Pesh. Eu estava com seu avô no dia em que ele teve o ataque do coração. Quando fomos ao hospital, Pesh foi o médico que o atendeu.

– E vocês ficaram amigos desde então? – Megan perguntou.

Emma fez outra careta.

– Não exatamente. Seu avô Patrick quis forçar Aidan a lutar por mim e ele achou que o melhor modo para isso era gerar competição.

Megan arregalou os olhos, surpresa.

– Vovô queria que Pesh e você namorassem?

– Sim.

– E namoraram?

Emma se distraiu momentaneamente com Casey brincando de assoprar na barriga de Noah. Ela sorriu ao ver Noah agitando as pernas e rindo para Casey.

– Quer que eu o vista? – Casey perguntou, olhando para ela.

– Se não se importa.

Colocando as mãos na cintura, Megan bufou, exasperada.

– Hum, poderia manter o foco na bomba que acaba de jogar sobre mim?

– Desculpe. Eu não queria contar isso. O que quer que tivemos está no passado. Nenhum de nós realmente gostou do outro como pensamos na época.

– Vocês... – Megan tentou perguntar e ao ver a expressão confusa de Emma, balançou as sobrancelhas.

As bochechas de Emma coraram.

– Não, claro que não!

Casey tirou a camisola de batismo do cabide e olhou para Emma.

– Vocês dois se pegaram.

– Uma vez. E não passou de beijo – Emma argumentou.

Com um sorriso malicioso, Casey acrescentou:

– É uma pena. Você poderia nos dizer como ele é abaixo da cintura...

Emma revirou os olhos.

– Você é impossível. – Ela pegou a camisola das mãos de Casey e começou a vestir Noah. – Não é como se tivéssemos namorado. Sequer saíamos juntos. Ele veio até minha casa uma vez para me trazer comida e dar uma olhada em mim enquanto estava de repouso e me levou à ópera uma vez. Foi só isso.

– Não havia química entre vocês? – Megan perguntou. Sem responder, Emma colocou Noah sentado e começou a fechar os muitos botões da roupinha. – Em? – Megan pressionou.

Emma inspirou profundamente ao pegar Noah no colo e observou-o antes de responder:

– Tínhamos uma química imensa juntos. Ele beijava tão bem que bagunçava todos os meus sentidos. Além da parte física, ele é inteligente e gentil. É o sonho de qualquer mulher. – Ela balançou a cabeça. – Mas não importava porque ele não era Aidan. Eu jamais poderia amar outro homem como eu o amo. – Dando um beijo na bochecha de Noah, ela acrescentou: – Nenhum de nós estava muito bem. Eu tentava descobrir se Aidan era mesmo quem eu amava e ele tentava sair com alguém depois da morte da esposa. Ele só fez isso por pressão da família e amigos.

Megan cruzou os braços.

– Eu entendi que ele não precisa ser machucado, mas quem disse que ter um caso irá machucá-lo? Talvez isso possa lhe dar a confiança que ele precisa para sair e encontrar a mulher dos seus sonhos.

Casey expirou, chamando a atenção.

– Como pode um homem daqueles ter qualquer problema de confiança?

Megan deu de ombros.

– Nunca se sabe. Se ele estava casado há um longo tempo antes da mulher morrer, talvez ele ache difícil voltar ao mundo dos encontros. Especialmente se a última mulher com quem ele se importou, amava outro homem.

Emma balançou a cabeça.

– Acredite em mim. Ele não é o tipo de cara que tem casos. Ele quer uma esposa e filhos.

Embora Megan tivesse um filho, ela não estava preparada para casamento. Talvez em alguns anos, mas por enquanto ela queria apenas sair e se divertir. Ela voluntariamente sacrificou muito para garantir que Mason pudesse ter sua total atenção já que ele não tinha isso do pai. Na verdade, ele era seu maior obstáculo no que se referia a ter um relacionamento. Ela não queria expor seu filho à mágoa de ver um homem entrar em sua vida e depois desaparecer quando eles terminassem.

– Ankle quer mesmo nos juntar? – Megan perguntou.

Emma assentiu.

– Apesar do que houve entre mim e Pesh quando terminamos, Aidan o respeita e admira. Ele quer ver Pesh feliz. – Ela examinou Megan com atenção. – E acima de tudo, ele quer que você seja feliz também.

Megan franziu o nariz.

– Mas eu ainda não estou pronta para algo assim.

– Então pense muito bem antes de concordar com qualquer coisa relacionada a Pesh. Ele é inconscientemente muito persuasivo e isso pode fazê-la se esquecer de sua decisão no momento apenas para no futuro a magoar... e a ele.

Megan ergueu as mãos, tentando se defender.

– Está bem, eu prometo.

Emma sorriu.

– Nada me faria mais feliz do que se você se apaixonasse por Pesh.

Com uma gargalhada, Megan disse:

– Você ouviu alguma coisa do que eu disse? Eu sou antiamor.

– Assim como Aidan era.

Assim que Megan abriu a boca para protestar, Aidan entrou na sala.

– Está tudo bem?

– Sim, tudo bem. Estava alimentando e trocando Noah – Emma respondeu.

– Bom. Os convidados estão ficando cansados de esperar o pequeno para o seu batismo. – Ele se aproximou e pegou o filho nos braços. – Está preparado para arrasar, Noah? – A resposta de Noah foi um grunhido e agarrar a gravata de Aidan. Com uma gargalhada, o pai continuou: – Vou tomar isso como um sim. – Ele se inclinou para beijar a bochecha de Emma. – Pronta, Sra. Fitzgerald?

Ela sorriu e colocou seu braço no dele.

– Sim, Sr. Fitzgerald, eu estou.

Megan e Casey os seguiram pelo corredor e entraram em uma sala barulhenta, repleta com a família e os amigos. Megan os deixou para procurar por seus pais e ver como Mason estava. Ela encontrou os pais, mas seu filho não estava com eles. Em pânico, ela questionou:

– Onde está Mason?

Seu pai sorriu e apontou para um grupo de jovens primos dela. Mason estava no colo de John, o filho mais velho de tia Becky. Mason estava hipnotizado por o que quer que fosse que John fazia em seu celular. Megan sorriu ao caminhar até eles.

– Está tudo bem?

Sem tirar os olhos da tela, John respondeu:

– Estamos bem.

– Tem certeza de que ele não está incomodando? – O que ela realmente queria perguntar era se John estava mesmo prestando atenção em Mason enquanto mexia no celular.

John olhou para ela.

– Considerando que tenho dois irmãos mais novos, acho que posso lidar com ele. Sem contar que ele está vidrado neste jogo.

– Tudo bem, então – Megan respondeu.

Ela conversou com Percy e George, irmãos de John, antes de voltar para o seu lugar. Todos os seus parentes estavam interessados em saber como seus estudos estavam e como estava Mason. Ela estava se virando após uma conversa com seus tios-avós quando alguém tocou suas costas.

– Não olhe agora, mas ali está o Dr. McDreamy Indiano – Casey sussurrou, em seu ouvido.

Sem hesitar, os olhos de Megan escanearam a multidão e, então, ela o viu. Ankle estava apresentando-o para as pessoas.

Pesh era incrivelmente alto e usava um terno preto feito sob medida. Mesmo cobertos pelas roupas, ela podia ver seus largos bíceps e coxas fortes. Ele certamente usava seu tempo fora do hospital para malhar pesado na academia. Seus cabelos eram negros, curtos e ondulados e seus olhos escuros absorviam tudo o que Ankle dizia.

Apesar de Megan estar na igreja, prestes a se tornar uma madrinha, ao ver Pesh, ela não conseguiu evitar que seus mamilos endurecessem e sua calcinha ficasse molhada. Ele estava do outro lado do salão, mas era como se estivesse ao seu lado, roçando nela.

– Entendeu agora do que eu falava? – Casey perguntou.

Megan lambeu os lábios.

– Ah, Deus... – ela finalmente respondeu.

– Tem certeza de que não quer dar uma chance a ele?

Lutando contra a urgência de se abanar, Megan respondeu rapidamente:

– Eu gostaria de dar muitas, muitas e muitas chances a ele.

"Chances de arrancar minhas roupas, chances de me beijar e lamber meu corpo inteiro, chances de permitir que suas mãos, dedos e o promissor volume em sua calça se chocassem contra mim até que eu chegasse ao orgasmo... Sim, muitas e muitas chances."

Casey gargalhou como se pudesse ler a mente de Megan.

– Ah, garota, há uma luz néon piscando "problema" sem parar.

Capítulo Três

Pesh caminhava aflito aos fundos da catedral. Estar em uma igreja católica não era o único fato que o perturbava. Ao olhar para a enorme estátua de Jesus, ele mexeu nervosamente na gravata. Embora Emma tivesse jurado que Aidan concordava com a ideia de que ele fosse o padrinho, ele ainda estava um pouco apreensivo sobre ver Aidan outra vez. Na última vez em que se viram, Pesh foi o herói que trouxe Aidan do Norte da Carolina até Atlanta bem a tempo do inesperado nascimento de Noah. Mas isso aconteceu há seis meses. A euforia do momento passara e, para Aidan, Pesh ainda era o homem que quase lhe roubou Emma.

Uma porta lateral se abriu e Aidan surgiu. Seu olhar se cruzou com o olhar ansioso de Pesh e seus lábios se curvaram em um enorme sorriso. Pesh expirou o ar que vinha contendo.

– Bem, aqui está você – Aidan disse e caminhou até ele. Ele ignorou a mão estendida de Pesh e o puxou para um abraço forte. – Emma estava preocupada.

– Estava?

– Sim, ela me pediu para vir procurá-lo.

– Sinto muito. Eu não sabia para onde ir e não havia ninguém por aqui.

– Não se preocupe. – Aidan se afastou. – Então, como diabos vai você?

Pesh não conteve a gargalhada pela escolha de palavras de Aidan, principalmente por estarem em uma igreja.

– Estou bem. Obrigado. – Ele mexeu a cabeça na direção de Aidan. – E você? Está se dando bem com a paternidade?

Um sorriso bobo surgiu no rosto de Aidan.

– Estou muito bem, estrondosamente bem. Nunca imaginei que ser pai seria tão... maravilhoso.

Pesh assentiu.

– Quero que saiba que estou honrado em ser padrinho de Noah.

– Estamos felizes por ter aceitado. – Aidan deu um tapinha nas costas de Pesh. – E estou falando sério.

– Espero que sim. Estive preocupado com isso...

Aidan balançou a cabeça.

– Bem, não se preocupe. Admito que não fiquei muito empolgado no início, mas Em me fez ver a luz. Você nos ajudou quando mais precisamos. Quer dizer, além do dia do meu casamento, eu teria perdido um dos dias mais importantes da minha vida. Se não fosse você, eu não estaria no nascimento do meu filho. Nunca poderei agradecê-lo. Então, acho que Noah não poderia ter um padrinho melhor.

As palavras de Aidan tocaram Pesh.

– Obrigado. Isso significa muito. Você tem minha palavra, eu sempre farei o que for melhor para Noah.

Após bater amigavelmente em seu ombro, Aidan disse:

– Vamos lá. Quero apresentá-lo a todos.

– Eles... – Pesh não sabia como perguntar se a família de Aidan sabia sobre a história dele com Emma.

Aidan riu.

– Vamos apenas dizer que Pop é o único que sabe a verdade. Os outros sabem que nos conhecemos quando meu pai teve o ataque cardíaco.

Pesh respirou, aliviado. Seria um pesadelo se a família de Aidan o odiasse por tentar roubar Emma.

– Entendo.

Ele seguiu Aidan para dentro de um grande salão cheio de pessoas conversando. Virando a cabeça, avistou Emma em um canto com Noah em seu colo. Ela estava mais radiante que nunca em um terninho esmeralda. Noah, entretanto, não parecia muito confortável vestindo uma camisola de batismo que descia pelos braços de Emma e parava no meio de suas coxas. Ele franzia as pequenas sobrancelhas, mexendo os punhos para cima e para baixo, como se fosse gritar a qualquer momento.

Pegando Pesh pelo cotovelo, Aidan o guiou pelo grupo de homens e mulheres. Ele o apresentou para suas quatro irmãs e seus maridos. Pesh sorriu, assentiu e apertou mãos antes de ser bombardeado pelos vários sobrinhos e sobrinhas do anfitrião.

– Agora quero que conheça minha sobrinha Megan. Ela é a madrinha.

– Será um prazer.

Aidan surpreendeu Pesh ao se inclinar e murmurar em seu ouvido.

– Tenho quase certeza de que metade das pessoas aqui está torcendo para que vocês dois fiquem juntos. Sabe como é, uma linda história para contar às crianças sobre como vocês se conheceram ao ser madrinha e padrinho de um bebê doce e adorável.

Pesh engoliu em seco. Por que todas as pessoas que o conheciam estavam tão determinadas a lhe arrumar alguém? Seria um segredo de Emma desde o início, um outro motivo para pedir a ele que fosse padrinho de Noah?

– Sinto-me lisonjeado, mas não acho que seja uma boa ideia.

Afastando-se, Aidan o examinou antes de piscar.

– Normalmente eu concordaria, porque ela é minha sobrinha, afinal. Minha sobrinha favorita, sendo sincero. Mas apesar de me irritar admitir, vocês dois formariam um belo casal.

– Formaríamos?

– Pra caramba. – Aidan passou a mão em seu queixo. – Megan precisa de alguém forte e estável como você e você precisa de alguém cheio de vida como ela. Eu posso afirmar com certeza que você nunca saiu com uma mulher como ela antes. Como direi? Emma tem apenas um décimo do atrevimento de Megan. – Pesh o olhou com ceticismo. – Apenas não se feche a isso, está bem?

Com relutante aceno, Pesh respondeu:

– Está bem.

– Megan – Aidan chamou.

Quando a garota loira se virou, Pesh lutou para recuperar o fôlego. Tudo nela era como Jade, desde os olhos azuis brilhantes até os cabelos loiros. Como era possível que ela lhe lembrasse tanto a mulher que ele perdera?

Aidan sorriu ao olhar de um para o outro.

– Quero apresentá-la a Pesh Nadeen, o padrinho.

Estendendo a mão, Megan sorriu calorosamente.

– É um prazer finalmente o conhecer.

Ele a encarou por um momento até que suas boas maneiras o tiraram do choque em que se encontrava. Ele pegou sua mão e a cumprimentou.

– É um prazer conhecê-la também.

– Deixarei vocês se conhecendo – Aidan disse e se virou, desaparecendo entre a multidão, antes que Pesh pudesse protestar.

Ele virou-se para Megan e tentou limpar a garganta, que parecia cheia de serragem. Ele sabia que deveria começar uma conversa educada, mas ainda estava muito chocado com a aparência de Megan.

Finalmente, ela o salvou.

– Então, Emma me disse que você é médico.

Pesh sorriu, educadamente.

– Sim, eu sou.

– Qual a especialidade?

– Clínico geral. Atendo na emergência.

A expressão de Megan se iluminou.

– Ah, que interessante. Estou prestes a terminar o curso de enfermagem e solicitei trabalhar no PS.

Pesh arregalou os olhos, surpreso. Aidan se esqueceu de mencionar que os dois tinham isso em comum.

– É mesmo?

Megan assentiu.

– Estou torcendo para conseguir uma vaga no Grady, mesmo que meus pais fossem ter um treco.

Ele ergueu suas sobrancelhas.

– Acredito que eles estejam preocupados com sua segurança, certo?

– Sim. Eles não conseguem evitar a preocupação por causa da vizinhança. Eles se esquecem de que sou adulta, às vezes.

– O que a atrai no Grady?

– Além do fato de ser reconhecido nacionalmente por seu PS?

Ele sorriu.

– Sim, além disso.

Megan tocou a cabeça, refletindo.

– Acho que é por eu querer realmente sentir que estou fazendo a diferença e salvando vidas. Penso que no Grady eu presenciaria os piores casos e lidaria com pessoas que não têm muita esperança.

A paixão com que ela falava o impactou. Ela tinha um exterior lindo e certamente tinha uma profundidade de caráter que ele não esperava. Ele não conhecia pessoas como ela com frequência. A maioria das mulheres do hospital que viviam se atirando para ele tinham apenas beleza estética. Ele não precisava ficar muito tempo com elas para perceber sua superficialidade e egocentrismo. Para elas, ele era um prêmio a ser conquistado. Ele não conseguia imaginar Megan agindo assim. Ela não parecia ser o tipo de mulher que se preocupava em ter um homem como troféu – ela queria trilhar seu próprio caminho no mundo.

– É tão bom ouvir alguém falar com tanta paixão sobre enfermagem.

– Sério?

Ele assentiu.

– Precisamos muito de pessoas como você. Eu adoraria trabalhar ao lado de alguém tão apaixonada.

Ela sorriu pelos elogios. Ele observou seu bonito sorriso e o jeito que ele emoldurava o rosto em formato de coração, fazendo-a parecer muito menos com Jade, diferente de como ele a vira no início.

– Obrigada. Talvez terminemos juntos. – Ela umedeceu os lábios antes de acrescentar: – Você entendeu, no mesmo hospital.

– Eu gostaria disso, mas temo que Wellstar não seja como Grady.

– Certamente o subúrbio também tem casos interessantes, certo?

– Tem, sim. Estou lá desde a minha residência e não me vejo trabalhando em outro lugar. Afinal, eu não estaria aqui hoje com você se não estivesse no Wellstar naquele dia com seu avô.

– É verdade. – Inclinando um pouco a cabeça, ela sorriu, sedutora. – E que pena seria se nossos caminhos não se cruzassem?

Ele prendeu o fôlego pela sinceridade da declaração. Ela poderia estar mesmo interessada nele? Claro, era sabido que Aidan e os outros queriam juntá-los, mas Pesh pensava que ela não sabia nada sobre isso. Embora ele não tivesse se interessado quando Aidan sugeriu, agora estava intrigado. Havia algo novo e diferente sobre Megan, apesar de suas semelhanças com Jade.

– Mamãe! – uma voz infantil chamou.

Pesh viu por cima dos ombros de Megan quando um garotinho se aproximou. Ele jogou seus braços em volta das pernas dela.

Megan olhou para Pesh, tentando se desculpar, antes de se inclinar.

– O que houve, querido?

Ele sorriu para ela.

– Senti saudade.

Com um sorriso, ela o pegou no colo. Quando ele se encaixou sobre seu quadril, ela voltou suas atenções para Pesh.

– Esse é meu filho, Mason.

Pesh percebeu que Megan o observava procurando sinais de julgamento ou ainda repulsa por ela ter um filho. Ele não sentiu nenhuma dessas emoções, apenas se surpreendeu. Aidan também se esqueceu de mencionar isso. Sem falar que ela parecia nova para ser mãe, considerando que estava terminando seus estudos.

– É um prazer conhecê-lo, Mason.

– Pode dizer "oi" para Pesh? – Megan pediu.

– Oi, *Esh* – Mason disse, com um sorriso.

Pesh riu e se sentiu grato por Megan o seguir.

– Quantos anos você tem?

Mason ergueu dois dedos, o que fez Megan negar com a cabeça.

– Ele tem 17 meses.

Pesh sorriu.

– Você deve estar muito orgulhosa dele.

– Eu estou. – Ela aconchegou Mason contra seu peito. – Ele é o mais doce e melhor garotinho que eu poderia querer.

– Você é muito abençoada.

– Obrigada.

Eles foram interrompidos pela irmã de Aidan, Angie, que Pesh conheceu mais cedo.

– Parece que é hora de começar. Venha, Mason. Mamãe tem que ser a madrinha do Noah agora.

Mason relutantemente foi com a avó.

– Seja bonzinho com a vovó – Megan instruiu.

Depois de Angie se afastar com Mason, outros membros da família começaram a deixar o salão. Pesh virou-se para Megan e sorriu, envergonhado.

– Devo admitir que mesmo atendendo ao pedido de Emma, estou um pouco inseguro sobre o que tenho que fazer.

– Está tudo bem. Faça o que eu fizer e tudo ficará bem.

– Obrigado.

Quando estavam apenas os dois e Aidan e Emma, Aidan acenou para eles. Um padre usando um manto dourado surgiu à porta com um crucifixo reluzente em suas mãos. Pesh tentou não se sentir intimidado sendo o único se sentindo estranho com a situação. A música começou a ser tocada em um órgão e o padre acenou para que eles o seguissem.

Antes que cruzassem a porta, Emma olhou para Noah.

– Por favor, por favor, não grite lá nem aja como um bebê demoníaco. Seja o anjo que sei que pode ser. – Ele obedeceu seu pedido mostrando a língua e agitando os punhos.

Aidan riu ao ouvir o pedido de Emma.

– Relaxe, amor. Se ele sentir você tensa, ele se agitará.

Emma suspirou.

– Ele já está agitado. Ele estava bem até vestir essa camisola.

– Acho que ele sente que vestir essa roupa insulta sua masculinidade – Aidan explicou com um sorriso.

Quando Emma lançou um olhar mortal a Aidan, Pesh e Megan não conseguiram evitar uma risada. Aidan piscou para Emma antes de cruzarem a porta. Ao lado de Megan, Pesh caminhou pelo corredor. Quando eles alcançaram a fonte do batismo, a música parou e o padre começou a falar. Ele informou à multidão sobre o que estava acontecendo e o significado do ritual religioso que Noah estava prestes a participar.

Aidan e Emma fizeram o sinal da cruz na testa de Noah antes de Megan se inclinar e fazer o mesmo. Megan levantou uma sobrancelha para Pesh e ele entendeu que deveria fazer o mesmo. Ao terminar, ele olhou para Megan, que sorriu e murmurou:

– Bom trabalho.

Ele retribuiu o sorriso e continuou com os outros procedimentos do batismo. Chegou a hora de Pesh e Megan concordarem estar sempre ao lado de Noah como padrinhos.

O padre pegou Noah, bastante agitado, dos braços de Emma. Quando as primeiras gotas de água atingiram a cabeça do bebê, ele balbuciou e balançou os braços e as pernas. Emma se sentiu aliviada por Noah não se comportar como um bebê possuído, como ela temia.

– Graças a Deus, por ele amar tomar banho – Aidan murmurou, ao lado de Pesh.

Ao terminar o batismo, o padre disse mais algumas palavras e então a cerimônia terminou.

Pesh suspirou aliviado e estava prestes a fazer uma saída rápida quando Aidan pegou seu braço.

– Não vá embora. Vamos tirar fotos.

Ele murmurou interiormente. Ele queria, não ele *precisava*, de um momento a sós para processar seus pensamentos. Se sentia sobrecarregado por estar fora de seu mundo, conhecer a família de Aidan e ainda havia Megan, além de tudo.

Desconfortável, ele ficou por ali enquanto o fotógrafo se aproximava e tirava muitas fotos de Aidan, Emma e Noah.

– Muito bem. Agora preciso dos padrinhos.

Pesh ajeitou a gravata e deixou que o fotógrafo o posicionasse para uma foto em grupo. Após encerrar com todos eles, Noah foi entregue à Megan para fotos apenas com os padrinhos. O fotógrafo empurrou Megan contra o peito de Pesh e o médico olhou para ela. Seu sorriso reconfortante fez seu coração acelerar. Pela primeira vez, ele sentiu o doce perfume de seus longos cabelos loiros. Ele podia, inclusive, até sentir um pouco do perfume dela. Ele gostou um pouco demais de senti-la contra ele. Isso o fez querer abraçá-la... e talvez fazer outras coisas nas quais ele não deveria pensar na igreja.

Olhando por cima do ombro, ela brincou:

– Nossa, você é quase um gigante comparado a mim.

– Sou? – Ele não havia percebido a diferença de altura por estar focado demais nela.

Ela riu.

– Um pouquinho. Claro que não é preciso muito para que eu fique baixinha perto de alguém.

– Sua altura é perfeita para mim – ele disse, sincero.

Virando o pescoço para olhar para ele, ela sorriu, provocante.

– É? Está flertando comigo, Dr. Nadeen?

Ele encarou os próprios pés, tentando fugir do calor do olhar de Megan, que fez com que um rubor tomasse suas bochechas.

– Certo. Agora só com a madrinha – o fotógrafo disse.

Relutante, Pesh se afastou e permaneceu fitando-a sob os vários flashes da câmera. Megan se focou na câmera e seus olhos azuis brilharam assim como seu gigantesco sorriso. Os dedinhos de Noah se enroscaram em mechas de seus cabelos, fazendo Megan gritar de dor.

– Certo. Acho que são suficientes.

– Aqui, padrinho. É sua vez – Megan disse, entregando Noah a ele.

Noah já estava cansado de passar de colo em colo e também de sua roupa de batismo. Ele olhou para cima e gemeu.

– Sinto muito, pequenino – ele murmurou, tentando acalmar Noah em seus braços.

Noah não parava de reclamar e Pesh olhou, sem jeito, para o fotógrafo, sem saber o que fazer. Quando pensou em desistir, Megan surgiu fazendo barulhos e batendo palmas para Noah, fazendo-o parar instantaneamente.

– Muito bem, Noah. Sorria para mim – Megan pediu e se posicionou atrás do fotógrafo.

Ela seguiu fazendo barulhos e até mesmo chacoalhou uma mecha de seus cabelos para o bebê. Finalmente, os lábios trêmulos de Noah se curvaram em um sorriso.

– Vamos lá – o fotógrafo disse. Pesh rapidamente sorriu e após vários flashes, o fotógrafo abaixou a câmera. – Pronto.

Noah e Pesh suspiraram aliviados. Olhando para ele, Pesh perguntou:

– Você está pronto para ir para casa e arrancar esse vestido, certo?

– É uma camisola de batismo, não um vestido – Megan corrigiu com um sorriso.

Ele riu.

– Não importa como seja chamado, ele não parece gostar muito.

Megan pegou o tecido entre os dedos.

– Provavelmente deve pinicar um pouco.

– Seu filho usou essa camisola?

– Não, essa era do tio Aidan. Mason usou a da minha mãe, que meus irmãos e eu também usamos.

– Entendi.

– Em sua cultura, eles fazem algo especial para os bebês?

Pesh assentiu.

– Fazemos o Namakaran, uma cerimônia de nomeação. Às vezes é realizada em um templo. E como a de hoje, é voltada para abençoar a criança. Família e amigos se juntam pelo novo bebê.

– Gostei.

Eles foram interrompidos por Emma e Aidan. Noah se inclinou imediatamente para os braços da mãe.

– Tão filhinho de mamãe – Aidan murmurou e Emma lançou-lhe um olhar intenso. Ele apenas piscou para ela e seguiu pelo corredor.

Pesh viu a mãe de Megan acenar para ela.
– Acho que precisa ir – ele disse.
– Mas vou vê-lo na casa de Aidan e Emma, certo?
Ele engoliu seco.
– Hum, sim. Estarei lá.
– Bom – ela respondeu, com um sorrindo sedutor.
Megan lhe deu um breve aceno antes de se juntar aos seus pais.
Balançando a cabeça, ele murmurou:
– Temos um problema.

CAPÍTULO QUATRO

Quando Megan chegou com seus pais à casa de Aidan, ela se surpreendeu ao ver um trailer, daqueles que fazem comida, na garagem. E a surpresa continuou ao entrar na casa, no quintal dos fundos, ao redor da piscina, havia mesas cobertas de toalhas brancas e azuis com brilhantes centros de mesa combinando.

Um assovio baixo chamou a atenção, ela se virou e viu Casey balançando a cabeça.

– Uau! Será uma festa de batismo épica – ela pontuou.

– É impressionante, com certeza – Megan concordou.

Quando Emma surgiu, vindo da cozinha, com Noah vestindo uma roupa mais confortável, Casey brincou:

– Então, estou aqui pensando onde estão as esculturas de gelo?

As bochechas de Emma se tingiram de rosa.

– Eu meio que me empolguei um pouquinho. Não estou mais trabalhando e meu lado promotora de eventos me tomou. Com meus contatos, consegui descontos imensos.

Megan sorriu.

– Está tudo maravilhoso. Você esperou muito para ter um bebê. Faz sentido que exagere um pouquinho.

Emma franziu o nariz.

– Nunca quis ser uma dessas mães que passam dos limites na organização de festas.

Casey abriu a boca para dizer algo e Megan deu um tapinha em seu braço.

– Ah, é só um trailer que serve comida, certo?

Emma assentiu.

– Foram eles que trouxeram as mesas.

– Então acho que você não corre risco de se tornar uma Mamãezilla monstro obcecada por festas... por enquanto.

Casey gargalhou.

– Vou esperar ansiosa pela festa de primeiro ano do Noah.

Com uma careta, Emma murmurou:

– Ah, paciência.

Percebendo que não via Mason, Megan pediu licença e se afastou. Ela não queria que ele ficasse muito perto da piscina. Mesmo com muitas pessoas por perto, ainda era muito perigoso. Bem quando seu peito começou a se apertar, ela o viu sentado no colo de seu avô. Os dois estavam sentados a uma mesa, à sombra do guarda-sol gigantesco que a adornava. Muitos de seus primos estavam sentados em volta deles, jogando videogames portáteis ou mexendo em celulares.

– Está tudo bem? – ela perguntou.

– Estamos bem, querida – o avô respondeu.

– Avise se ele cansar você.

Balançando a cabeça, o avô questionou:

– Está tentando dizer que estou velho ou algo assim?

– Não, de jeito nenhum. Ele cansa até a mim.

Ele acenou com a mão enrugada pela idade.

– Vá se divertir. Cuidarei de Mason.

Ela sorriu e se abaixou para beijar sua bochecha sulcada.

– Obrigada, vovô.

Ele retribuiu o sorriso.

– Sabe, enquanto estiver se divertindo, talvez possa passar um tempinho com o padrinho. – Os olhos de Megan se arregalaram. Estaria seu avô querendo juntá-la a Pesh assim como fez com Emma? Ele a lançou um olhar revelador. – Será bom para ambos.

– Hum... Tudo bem. Tanto faz, vovô – ela murmurou e se afastou.

Embora odiasse admitir, ela esperava conversar com Pesh outra vez. Ela tentou convencer a si mesma de que não estava procurando por ele na multidão enquanto falava com Emma sobre a decoração. Quando finalmente o avistou, seu coração traidor pulou uma batida. Ela não ligava que seu corpo reagisse a ele, mas não gostou que seu coração fizesse o mesmo.

Ele tirara o paletó e a gravata e estava com o primeiro botão da camisa aberto. Ela pôde ver um tufo de pelos negros em seu peito e mordeu o lábio. Ela adorava homem de peito peludo. Seu olhar desceu para observar como as mangas de sua camisa branca foram enroladas até os cotovelos, dando um pequeno vislumbre de seus bíceps definidos. Casey estava completamente certa – ele era feito de puro músculo. Megan queria muito poder se familiarizar com aquele corpo, especialmente com algumas roupas a menos.

Ao ouvir a voz de Emma atrás de si, ela pulou.

– Pronta para comer? – Emma perguntou.

– Hum, claro.

Emma lhe lançou um olhar confuso antes de assentir na direção de Pesh.

– Por que não convida Pesh para se juntar a você em minha mesa e de Aidan? Ele não conhece a maioria das pessoas e eu odiaria que ele acabasse se sentando com as crianças.

Megan ergueu as sobrancelhas, surpresa.

– Tem certeza?

– Por que eu não teria?

Dando de ombro, Megan respondeu:

– Não sei. Talvez porque você não goste da ideia de que eu o conheça melhor.

Emma balançou a cabeça.

– Eu nunca disse que não queria que vocês dois se conhecessem, disse que não queria você usando-o para apenas um caso.

Megan não conseguiu se controlar e revirou os olhos.

– O dia ainda não acabou. Eu poderia ligar meus poderes de sedução e atrair Pesh para uma noite de sórdida paixão.

Emma a encarou em choque antes de gargalhar.

– Sórdida paixão? Essas palavras e Pesh nunca, nunca mesmo, estarão em uma mesma sentença.

– Está me dizendo que você e Aidan nunca viveram uma sórdida paixão?

– Aidan e Pesh não são o mesmo tipo de homem. Amo Aidan, mas ele não é necessariamente um cavalheiro. Pesh é.

– Sim, mas você é uma dama.

– Talvez no geral, mas ela é quente como o diabo na cama – Aidan disse, atrás delas.

Emma deu um gritinho antes de se virar para bater nele.

– Alguém pode ouvi-lo – ela reclamou.

Aidan riu e Megan balançou a cabeça.

– Esqueça as outras pessoas. Eu tendo que ouvir isso já foi doloroso o suficiente.

Cruzando os braços sobre o peito, Aidan disse:

– Vim até aqui para perguntar se vamos comer ou não. As pessoas estão ficando inquietas. Eu não tinha ideia de que interromperia uma conversa tão interessante. Claro, não acho que vão me contar por que vocês duas falavam da minha vida sexual com Emma.

Emma balançou a mão, desdenhando.

– Nós não estávamos. E, sim, estamos prontas para comer. Vamos reunir a todos.

Emma convidou todos a se sentar e Aidan sorriu para Megan antes de dizer:

– Como o diabo.

Megan fechou os olhos como se estivesse sofrendo.

– Poupe-me, por favor.

– Foi só um comentário, para que entenda que nunca se sabe e o seu cavalheiro pode ser como o diabo também. – E depois de piscar, ele se juntou à Emma. Deixando Megan pensando por que todos pareciam estar tão preocupados com sua vida amorosa e a de Pesh.

***

Quando a luz do sol começou a diminuir, a maioria dos convidados foi embora. Quando anoiteceu, estavam apenas os amigos mais próximos de Aidan e Emma. Megan deixou que seus pais levassem Mason adormecido para casa, alegando que ela queria ficar para ajudar Emma com a limpeza, mas a verdade era que ela queria passar o máximo de tempo possível com Pesh.

Felizmente, eles se sentaram juntos em uma das mesas ao lado da piscina e acabaram sozinhos quando os convidados se foram. Inclinando-se para frente, ela perguntou:

– Você sempre quis ser médico?

– Quando completei 5 anos, meu pai substituiu meu kit de médico de brinquedo por um real com instrumentos do hospital. Eu examinei todo mundo, incluindo os dois cachorros.

Megan riu.

– Aposto que você foi um médico bem fofo quando pequeno.

– Minha mãe tem fotos embaraçantes – ele respondeu, sorrindo.

– Então seu pai também é médico?

– Sim, ele foi clínico geral por 40 anos e se aposentou recentemente.

– Ele pressionou você para seguir os passos dele?

Ele sorriu.

– Acho que estou sendo interrogado.

Ela gargalhou.

– Desculpa se pareceu isso. Só queria conhecê-lo melhor.

– Pelo menos sou interrogado por alguém muito atraente – ele disse.

– Acho que está evitando a pergunta me adulando.

– Há adulação e há a verdade.

Erguendo as sobrancelhas, ela respondeu:

– E há a falta de resposta à minha pergunta.

Ele levantou as mãos, se defendendo.

– Está bem, está bem. Não, eu não me senti pressionado para ser médico. Meu pai nunca me imporia uma profissão com a qual não me sentisse bem.

Megan sorriu.

– Então você sempre sentiu necessidade de ajudar pessoas?

– Muita. Sendo o mais velho, sempre me preocupei com meus dois irmãos e irmã caçula. Minha mãe dizia que eu tinha uma alma antiga.

– Posso perceber isso.

Inclinando-se, ele apoiou os cotovelos na mesa.

– Agora é minha vez de fazer o interrogatório.

– Tudo bem. Não me importo.

– E você? Sempre quis ser enfermeira?

– Sim e não. A princípio, eu queria ser médica.

Ele se surpreendeu.

– Mesmo? – Quando ela assentiu, ele perguntou: – O que aconteceu?

Ela nunca contaria a ele a verdade sobre seu passado e por que ela fora forçada a abandonar a faculdade de medicina. Em vez disso, deu de ombros.

– A vida aconteceu, acho. Decidi que a segunda melhor coisa seria enfermagem.

Pesh a encarou, pensativo.

– Foi por seu filho?

– Como é?

– Foi seu filho que mudou seus planos sobre cursar medicina?

Ela negou com a cabeça.

– Não, foi antes que eu tivesse Mason.

– Ele... Você... – Pesh não sabia que palavras usar. – Desculpe. Passei dos limites?

– Não, pode perguntar. Eu disse que não me importava de responder suas perguntas.

Ele fez uma careta.

– Mas foi rude me intrometer. Não é da minha conta.

– Apenas pergunte – ela respondeu.

Após um suspiro resignado, ele finalmente perguntou:

– Você foi casada?

– Não, não sou divorciada. E, não, o pai do Mason não quer nada com ele.

Fúria brilhou nos olhos escuros de Pesh.

– Mesmo que eu não saiba nada sobre ele, sei que ele não é um homem. Um homem não abandona um filho e suas responsabilidades.

– Você está certo. Ele é só um garoto brincando de ser homem – ela respondeu, baixando o olhar para a mesa.

Quando Pesh tocou sua mão e a segurou, ela o olhou, surpresa. Com uma voz suave que transmitia empatia, ele perguntou:

– Ele a machucou demais, não é?

Ela se mexeu na cadeira, tentando quebrar o contato.

– Agora você está realmente fazendo perguntas mais difíceis, não é mesmo?

Ele soltou sua mão apressadamente.

– Desculpe.

Ela suspirou.

– Não, tudo bem.

Ela passou os dedos por seus cabelos enquanto pensava se deveria ser honesta com ele. Olhando em seus olhos, ela não notou nenhum julgamento ou intromissão – havia apenas compaixão.

– Sim, ele me machucou. E continua a me machucar toda a vez que olho para Mason e percebo que ele é rejeitado. – Ela apontou com o queixo para onde Aidan ninava Noah, que dormia em seus braços. Enquanto as pessoas falavam e riam à sua volta, Aidan olhava para seu filho com tanto amor e adoração que abriu um buraco no peito de Megan. Seu queixo tremeu e ela murmurou: – Eu quero isso para meu filho.

Os olhos de Pesh se encheram de empatia ao pegar a mão dela novamente.

– Não é a mesma dor, mas eu sei como se sente. Sinto isso toda vez que vejo um casal em um momento apaixonado. Isso me mostra o que eu não tenho... o que eu perdi.

Megan enxugou os olhos com o dorso da mão.

– Emma me falou sobre sua esposa. Eu sinto muito.

– Obrigado – ele murmurou.

Mordendo o lábio, Megan hesitou, depois perguntou:

– Como ela era?

Por sua expressão, Pesh demonstrou surpresa pela pergunta. Megan torceu para que não houvesse ultrapassado nenhum limite com a pergunta. Ele encostou-se à cadeira e soltou um suspiro, que emanava tristeza.

– Ela era o meu mundo. O sol, a lua e as estrelas. – Ele a olhou nos olhos querendo saber se ela desejava que ele continuasse. Após um breve assentimento, ele continuou.

Pesh contou como eles se conheceram e cada particularidade de Jade que a faziam especial. Enquanto Megan o ouvia falar com tanta reverência e paixão sobre a finada esposa, não pôde evitar uma pontada de ciúme. Ela nunca teve um homem que sentisse algo tão intenso assim por ela. Megan não podia imaginar como era ser amada tão completamente por um homem que nem a morte pudesse diminuir o sentimento.

– O que você teve com Jade, o que você ainda sente por ela, é muito bonito – ela murmurou quando ele terminou.

Pesh passou a mão por seus grossos cabelos.

– É interessante ouvi-la dizendo isso. Achei que a maioria das mulheres não gostasse de ouvir um homem dizer que não consegue esquecer uma esposa que já morreu.

– Acho que não. Quem não gostaria de um homem com sentimentos tão intensos que o fazem ser incapaz de parar de amar sua esposa mesmo após a morte?

Pesh arregalou os olhos ao ouvir a declaração e inspirou profundamente.

– A maioria das mulheres não tem seu coração – ele disse, suavemente.

– Elas são claramente inseguras. Todos nós temos a capacidade de amar de infinitas formas. Amo meu filho com todo meu coração, mas ainda haverá espaço para um homem... um dia.

Ele a encarou por um momento, sem piscar ou se mover.

– Preciso dizer que acho seu raciocínio absolutamente fascinante.

– Acha?

– Sim.

A intensidade do olhar de Pesh a fez rir, nervosa.

– Acho que um homem nunca disse que eu era fascinante.

– É uma pena.

Antes que ela pudesse mudar de assunto, Aidan se aproximou com Noah no colo.

– Depois de colocá-lo no berço, prepararei algumas bebidas. Emma quer uma marguerita. Você quer? – ele perguntou à Megan.

Uma bebida certamente a ajudaria a se acalmar após a conversa com Pesh.

– Claro. Acho que não tomo uma há eras.

– Nem ela. Pretendo fazê-la subir pelas paredes esta noite.

Megan riu.

– Precisa parar com esse assunto. Você é meu tio e é nojento pensar em você fazendo essas coisas.

– Estou muito arrependido por chocar sua mente sensível. – Sorrindo, Aidan se virou para Pesh. – Cerveja está bom para você ou quer algo mais doce também?

– Cerveja está bom – Pesh respondeu.

– Já trago – Aidan respondeu.

Depois que Aidan entrou na casa, Pesh a pegou o encarando.

– O que foi? – ele perguntou.

– Apenas surpresa por você querer uma cerveja. Só isso.

– E por que se surpreende?

Ela deu de ombros.

– Você parece refinado demais para beber cerveja.

Ele virou um pouco a cabeça.

– Quais outros preconceitos você tem sobre mim?

– Nenhum, na verdade – ela mentiu.

Em seus pensamentos, ela torcia para que ele fosse mais safado apenas por ela. Ela pensava que mais outras surpresas ele reservava.

– Não acredito nisso. – Ele cruzou os braços. – Deixe-me ver. Você pensa que sou um homem refinado que bebe vinho, que nunca tem pensamentos inapropriados, organiza sua gaveta de cuecas e que pensa que resolver palavras cruzadas é diversão para uma sexta à noite.

Ela expirou ruidosamente após ouvir o resumo. Ela tentava não se focar em como ele mencionara pensamentos inapropriados e sua gaveta de cuecas. Neste momento, ela tinha pensamentos inapropriados sobre sua cueca... ou ausência dela, se tivesse sorte. Claro que ela não conseguia parar de pensar se ele não era do tipo que não usava cueca.

– Não, não é o que penso de você.

– Espero que não. Acho que como sou um pouco mais velho que você...

– Apenas um pouco?

O canto de seus lábios se curvou para cima.

– É óbvio que pensa que sou um idoso.

– Não, não penso – ela respondeu, rapidamente.

– Quantos anos acha que tenho? Acha que estou quase a ponto de usar fraldas e andador?

Ela franziu o cenho.

– Não disse nada disso. Acho que provavelmente tem a mesma idade que Ankle.

Pesh pareceu confuso.

– Ankle?

Ela riu antes de explicar de onde surgiu o apelido.

– Entendo. Então, quantos anos tem Ankle?

– Trinta e quatro.

– Hum... – Pesh murmurou.

– Você é mais novo?

– Mais velho, na verdade. Tenho trinta e sete.

Nossa, ele era bem mais velho que ela. Doze anos para ser exata.

– Choquei você? – ele perguntou, com um tom provocante em sua voz.

– Eu nunca diria que tem trinta e sete.

– Sou consideravelmente mais velho que você, certo?

– Acho que sim – ela mentiu.

Ele se inclinou e sorriu.

– E quantos anos você tem?

– Vinte e cinco. Farei vinte e seis em alguns meses.

– Vinte e cinco indo para vinte e seis.

– Sim.

– Devo parecer um ancião para você. – Ele ergueu a mão e a examinou. – Acho que tenho uma ou duas marcas de idade.

Ela bateu em sua mão, brincando.

– Cala a boca. Trinta e sete não é velho.

– Vê algum cabelo grisalho? – ele perguntou, balançando sua cabeça deliciosa em frente a seu rosto.

Seus dedos coçaram para correr por aqueles cachos escuros. Sua mente se perdia em imagens ilícitas de seus dedos enrodilhados nos cabelos dele enquanto ele estivesse bem abaixo dela, sugando-a e lambendo-a tão forte até que ela gozasse, para depois trazer os cabelos de volta para a altura de sua testa enquanto ele a cobria com seu corpo.

Ela limpou a garganta, que estava seca.

– Não, claro que não.

Ele se ajeitou e piscou para ela.

– Então ainda há esperança.

– Quero pensar que sim.

Aidan ressurgiu trazendo as bebidas.

– Avisem quando terminarem – ele disse.

– Pode deixar – Megan respondeu.

Coçando o queixo, Aidan perguntou:

– Por que vocês não vêm para perto de nós?

Ela lutou contra a urgência de bater nele. Ela estava adorando ter Pesh só para si.

– Hum... Claro, tudo bem – ela disse, relutantemente, ao se levantar.

Quando trocaram de mesa, ela se alegrou ao perceber que Pesh se sentou na cadeira vazia a seu lado. Ela não se lamentou por muito tempo. Entre Casey e Connor, o amigo mais antigo de Emma, a mesa não parava de dar gargalhadas. Era bom estar com um grupo de amigos. Depois que ela engravidou, já não tinha muito mais em comum com as garotas da faculdade. E quando Mason nasceu, ela dificilmente viu mais alguém daquele grupo. Sua vida seguia por um caminho diferente do que ela esperava.

A conversa e as gargalhadas aumentavam conforme eles bebiam. Megan estava na metade da segunda marguerita e se sentia engraçada. Um rubor preencheu suas bochechas e ela começou a transpirar. Quando Aidan voltou com outra cerveja, ela perguntou:

– Colocou algo diferente na marguerita?

– Sim, acabamos com a tequila na festa, então resolvi dar à minha sobrinha favorita uma dose de Sierra Silver.

– O quê?

As sobrancelhas de Aidan se estreitaram por trás da garrafa de cerveja. Depois que ele bebeu, perguntou:

– Está ruim?

Megan arregalou os olhos. O lugar começava a girar à sua volta. Ela colocou a mão na testa e ouviu um estalo seguido de um resmungo de Aidan.

– Ai, Em!

– Aquela tequila tem setenta e cinco por cento de álcool, Aidan – Emma o repreendeu.

– Desculpe, não percebi. Só pensei que fosse melhor por ser tequila prata. É o que você bebe, não eu.

Ah, Deus. Megan estava encrencada. Ela mal consumia álcool desde que engravidou. Agora ela tomou uma boa dose de marguerita com puro álcool.

Uma mão pousou gentilmente em sua coxa.

– Você está bem? – Pesh perguntou.

Ela abriu os olhos e viu dois Peshs borrados, olhando para ela com preocupação.

– Não exatamente.

– Quer que eu a leve para casa?

– Sim, por favor. Enquanto eu ainda consigo andar.

Ela se levantou e perdeu parte do equilíbrio. Depois de dar dois passos, viu Aidan em frente a ela, com a expressão arrependida.

– Desculpa, Meggie.

– Não foi sua culpa. Ficarei bem. – Ela levantou um dedo para ele. – Mas quando eu ouvir merda por chegar bêbada em casa, direi à mamãe que foi sua culpa.

Ele sorriu.

– Ficarei feliz em aceitar a culpa e temer a ira de Angie. – Ele a abraçou. – Obrigada por hoje e por ser madrinha de Noah.

– De nada. Obrigada por me convidar. Quer dizer, por me pedir para ser madrinha dele.

Depois de abraçar Emma e garantir que ficaria bem, pelo menos vinte vezes, Megan saiu acompanhada de Pesh. Ele colocou o braço em sua cintura e a ajudou a caminhar até o carro.

– Não posso ir para casa ainda. Não assim. – Ela o encarou. – Não posso deixar que Mason me veja assim.

Ele tirou uma mecha de cabelo do rosto de Megan.

– Não se preocupe. Eu a levarei para a minha casa, então.

– Para que eu possa ficar sóbria? – ela perguntou, embora não quisesse que ele concordasse. Ela queria ir à casa dele para muito mais, especialmente depois de estar tão próxima a seu corpo fabuloso.

– Sim, é claro. Eu farei um café bem forte.

– Obrigada – ela murmurou, esperando que sua cabeça parasse de girar.

– De nada.

Sempre um cavalheiro, Pesh abriu a porta do carro para Megan e ela desabou no banco. Ele verificou se ela estava confortável, fechou a porta e deu a volta para entrar. Megan olhou para o interior do Jaguar, que tinha bancos de couro e um painel bonito.

Pesh se sentou em seu lugar, colocou a chave na ignição e deu a partida. Quando eles começaram a sair da calçada, ela o encarou.

– Você sempre vai ao resgate de mulheres com bebida? – Ela balançou a cabeça. – Quer dizer, mulheres bêbadas. – Espere, ela estava grogue?

Ele olhou para ela e sorriu, parecendo se esforçar muito para não gargalhar.

– Não, mas eu sempre fico feliz por ajudar uma donzela indefesa.

Megan deu uma risadinha. Ah, Deus, agora ela dava risadinhas? Ela *nunca* fez isso antes e o olhou, desconfiada.

– Tem complexo de herói, né? Quer ser o cavaleiro de armadura brilhante de toda mulher?

– Não de toda mulher – ele murmurou.

– Hum... Pesh, quer ser meu cavaleiro de armadura brilhante? – As palavras escaparam e ela lutou contra o desejo de tapar a boca. Álcool sempre tinha esse efeito, deixava-a sem freio.

Pesh ficou boquiaberto e não respondeu. Inclinando-se no apoio de braço para ficar o mais perto possível dele, ela continuou:

– Você não respondeu a minha pergunta.

Tirando os olhos da estrada por um momento, ele a encarou com intensidade.

– Eu seria tudo o que você quisesse que eu fosse, se você me desse uma chance.

Momentaneamente abobada, ela apenas retribuiu o olhar.

– Ah, uau – ela respondeu, ao desabar outra vez no assento. O movimento a fez se sentir tonta.

Murmurando, quase incoerentemente, ela disse:

– Hum... Gostoso pra caralho e tudo o que eu quiser. Sorte minha.

– Acho que você não teria feito a pergunta se não estivesse bêbada.

Com um ressonado, ela respondeu:

– Bêbada ou sóbria é maravilhoso ouvir isso de um homem.

– Fico feliz que se sinta assim.

Depois de alguns momentos em silêncio, Megan mexeu no rádio.

– Tem problema?

– Não, pode mexer.

Cantarolando uma das músicas, ela se encostou ao banco outra vez.

– Não cantarei para não ferir seus ouvidos.

– Você não canta?

– Ah, eu canto, mas não muito bem. Emma é que canta bem.

– Já ouvi falar.

Virando-se para ele, ela perguntou:

– Ela nunca cantou para você?

– Infelizmente não.

Megan limpou a garganta e cruzou os braços.

– Ela se pegou com você, mas não cantou para você? Isso é chato.

Pesh fez um barulho estranho.

– Emma contou... sobre nós?

– Uhum. – Ela sorriu. – Ouvi dizer que você beija muito bem.

Pesh olhou aflito para ela.

– Realmente não deu certo entre nós. Quer dizer, não estávamos apaixonados.

– Sim, foi o que ela disse. Claro, ela admitiu que você a deixava toda excitada.

– E-ela disse? – ele gaguejou, o embaraço cobriu suas bochechas de vermelho.

– Ei, a habilidade de excitar uma mulher não é algo para se envergonhar. Nossa, eu me excitei quando o vi pela primeira vez de manhã. Molhei a calcinha.

– Megan, não... – Pesh pediu, apertando tanto o volante que os nós dos dedos ficaram brancos e depois umedecendo os lábios.

– Você não quer me ouvir dizendo o quanto você me excitou na igreja? Como ainda está me excitando ao reagir todo tímido a uma conversa sobre sexo?

– Por favor, não.

– Tudo bem – ela murmurou, ajeitando-se no banco.

Ela não falou mais nada por um longo tempo. Em vez disso, fechou os olhos e apoiou a cabeça no banco. Quando o carro diminuiu a velocidade, ela abriu os olhos. Ela não sabia se havia dormido ou desmaiado. Através da janela, observou várias casas luxuosas.

Enquanto estacionavam, ela não conseguia parar de olhar.

– Puta merda, esse lugar é lindo.

Pesh riu.

– Obrigado.

– Sei que pensa que é só o álcool falando, mas é sério. Você tem um ótimo gosto.

– Espero que goste do interior também.

– Gostarei com certeza.

Ele abriu a porta para ela e Megan saiu do carro rápido demais. Suas pernas vacilaram e ela caiu sobre o peito de Pesh. Encarando, ela sorriu, constrangida.

– Desculpe.

– Está tudo bem. Precisa de ajuda?

Com o álcool correndo por sua libido, ela respondeu:

– Se isso significa ter suas mãos em mim, então preciso.

Pesh fez uma careta, mas seu braço envolveu sua cintura para firmá-la. Após Pesh desligar o alarme, ela entrou na casa. Com a visão embaçada, admirou a cozinha enorme repleta de inox brilhante. Ela o seguiu até a sala de estar.

Apontando para o sofá, ele disse:

– Por que não se senta enquanto preparo um pouco de café?

Embora ficar sóbria fosse uma boa ideia, ela não queria café. Ela queria Pesh. Agarrando as lapelas de seu paletó, ela se aproximou dele.

– Quando você colocou isso de volta? – ela pensou em voz alta.

Ela se sentiu tão pequena contra o peito de Pesh. Era bom se sentir segura e protegida. Isso só a deixou ainda mais queimando em luxúria. Ela inclinou a cabeça para poder analisar a expressão de Pesh. Mesmo na semiescuridão, ela pôde ver o desejo brilhar em seus olhos escuros. Ela deslizou suas mãos do peito até o pescoço, puxando-o para baixo para que seu rosto ficasse a centímetros do dela. Encorajada, pela coragem líquida em forma de álcool que corria em suas veias, ela beijou seus lábios.

Um pequeno gemido escapou do fundo de sua garganta. A boca de Pesh era morna, suave e convidativa. A breve conexão a fez querer mais e mais que ele a devorasse. Sedutora, ela deslizou a língua por seu lábio, fazendo-o se abrir para ela. Quase instantaneamente, sua língua quente tocou a dela. Elas deslizavam uma contra a outra, saboreando, procurando e buscando. Ele segurou seu rosto entre as mãos e a manteve cativa enquanto sua língua passeava por sua boca. Emma estava certa, o homem beijava como se não houvesse amanhã. Ele sabia quando ser gentil e quando se mostrar mais exigente, conquistando sua boca. Se ele podia encharcar sua calcinha só com um beijo, o que mais ele poderia fazer com seu pau?

Ao começar a sentir vertigem e fraqueza nas pernas, ela se apoiou em Pesh, que tropeçou e caiu para trás, levando-a com ele. Montada em seu colo, sobre o sofá, ela o fitou por um instante antes de atacar sua boca outra vez. A língua dele invadiu sua boca ao mesmo tempo em que ela levantava e descia o quadril, esfregando-se contra ele. Gemendo, ele interrompeu o beijo e jogou a cabeça para trás. Ele inspirou e expirou rapidamente como se fosse um homem à beira da morte que buscasse seu último suspiro. Ela se sentiu da mesma forma.

Ela fez uma trilha de beijos do queixo até o pescoço.

– Pesh, eu quero você – ela murmurou em sua pele. Seu peito subiu e desceu com a revelação, como se ele tivesse dificuldade para respirar. Ela se afastou para olhar em seus olhos. – Por favor.

Capítulo cinco

Pesh não podia acreditar no problema delicioso em que se meteu. Uma loira linda e sexy se roçava nele.

A bainha do vestido de Megan tinha subido até seu quadril e uma fina e delicada calcinha era tudo o que a cobria enquanto ela se esfregava contra e virilha de Pesh. O calor de sua excitação queimava a pele de sua crescente ereção através do tecido da calça. Ele não queria nada mais do que colocá-la de costas, tirar sua calcinha e penetrar profundamente nela. Havia muito, muito tempo que ele havia estado dentro de uma mulher. Por mais que sua consciência o condenasse por esses simples pensamentos, seu corpo estava preparado.

– Por favor – Megan suspirou, continuando a subir e descer sobre sua ereção.

– Nós não podemos... Nós não devemos.

Ela deslizou as mãos por seu peito antes de envolver seu pescoço.

– Mas eu posso fazer você se sentir tão bem.

– Sei que pode.

– E sei que você poderia fazer bem a mim também. Estou toda molhada só de beijar você. – Seus dedos passaram pelos cabelos de Pesh, enroscando-se desesperadamente entre as mechas. – Eu preciso disso e você também.

Seu corpo estava totalmente de acordo sobre precisar dela. Se ela se pressionasse um pouco mais a ele, ela o deixaria tão pronto que faria algo que não fazia desde que era um adolescente, gozaria na calça. Mas sua mente nebulosa começava a recuperar o foco e sobrepujar o desejo que bombeava por seu corpo. Ele não podia e não ficaria com ela bêbada. Era completamente contra seu caráter. Ele nunca tirou vantagem de uma mulher antes e não tiraria agora.

Ele a mirou em seus olhos semiabertos.

– Seria um erro muito grande.

Os lábios de Megan tremeram.

– Você não me quer?

– Sim, sem nenhuma dúvida.

– Então por que não quer fazer sexo comigo?

– Porque você está embriagada.

Ela revirou os olhos e bufou.

– Você é tããão certinho, não é? Um cavalheiro certinho.

Ele envolveu o rosto dela entre as mãos.

– Se não tirar vantagem de você embriagada é ser um cavalheiro, então acho que sou. Que tipo de homem eu seria se ficasse com você agora para depois gerar arrependimento e remorso?

– O tipo de homem que quer transar! – Megan disse e colocou a mão entre eles, agarrando sua ereção, fazendo-o sibilar. – Sinto você contra mim e sei que quer isso tanto quanto eu quero.

Embora o diabo em seu ombro o odiasse por isso, ele rapidamente afastou a mão de Megan.

– Acredite em mim quando eu digo que não farei sexo com você assim. Eu nunca a desrespeitaria tanto a ponto de não fazer amor da forma que você merece. – Ela piscou algumas vezes, como se tivesse dificuldade de processar. – Apesar do que pensa, você é melhor que isso. Você merece um homem que se empenhe e mostre quanto prazer sente ao fazer amor.

– Nunca tive algo assim – ela se lamentou baixinho.

Ele lhe deu um sorriso triste.

– Não achei que tivesse tido. – Ele afastou uma mecha de cabelos do rosto de Megan e tocou sua bochecha. – Se eu ficar com você, será para fazer amor. Você implorará e suplicará e eu a farei gozar tantas vezes que perderá as contas. Você entenderá a diferença entre uma transa rápida e ser consumida por uma poderosa conexão física gerada por uma conexão emocional.

Ela piscou rapidamente seus olhos azuis em descrédito enquanto suas bochechas coraram.

– Ah, Deus, você disse isso mesmo?

– Eu disse. – Ele sorriu, provocante. – E você dirá meu nome muitas vezes mais do que o dele.

– Eu... – Ela tentou dizer antes de fechar os lábios de repente. Seus olhos se arregalaram e ela pulou do colo de Pesh. Antes que ele pudesse perguntar o que ela estava fazendo, ela vomitou no vestido.

Quando ela cambaleou como se fosse desmaiar, Pesh se levantou do sofá para ajudá-la. Segurando-a pelos ombros, ele a manteve ereta. Ela olhou para o vestido e depois para ele. O coração de Pesh doeu ao notar lágrimas em seus olhos.

– Você está bem?

O queixo de Megan tremeu antes que lágrimas grossas escorressem por suas bochechas.

– Ah, Deus... – ela sussurrou.

– Por favor, não chore.

– I-isso é tão embaraçoso – ela soluçou.

– Está tudo bem. Não precisa se envergonhar.

Resmungando, ela cobriu o rosto com as mãos.

– Primeiro, fiz papel de idiota ao me jogar sobre você e agora vomito em sua frente como uma dessas garotas de faculdade que não sabem lidar com a bebida.

– Pare de se condenar. Venha, vamos limpar isso.

Ele envolveu um braço em sua cintura para apoiá-la e seguiram pelo corredor até o quarto. Ela continuou chorando baixinho no caminho para o banheiro. Usando a mão livre, Pesh acendeu a luz.

– Você consegue ficar em pé no chuveiro?

Assentindo brevemente, ela respondeu:

– Acho que sim.

– Se não conseguir, há espaço para você se sentar. Ligarei a água e buscarei uma toalha. – Ele a deixou apoiada à parede e ligou o chuveiro. Quando sentiu que a água estava na temperatura ideal, foi até o armário e pegou uma toalha. Retornou e viu Megan apoiar a cabeça entre as mãos. Ele afastou uma das mãos dela do rosto. – Por favor, pare de se condenar. Odeio vê-la triste.

– Não consigo evitar. Sou tão idiota.

– Não é. E se você for, eu sou também. Nós queremos um ao outro.

– Mas fiquei completamente bêbada. Nunca cheguei a esse ponto.

– Foi um acidente. Acontece. – Pesh pegou seu queixo e a fez olhar para ele. – Você não é nada do que sua mente está dizendo agora.

– Mesmo?

Sua expressão magoada, somada à necessidade de reafirmação, o tocou. Ele teve que lutar contra o desejo de tomá-la nos braços. Ele sabia que se cedesse, acabaria fazendo algo que não gostaria de fazer com ela.

– Mesmo, mas você está fedendo então é melhor tomar um banho.

Os cantos dos lábios dela se ergueram em um meio sorriso.

– Você tem algo para eu vestir depois? E talvez uma escova de dentes?

– Já trago.

Deixando-a no banheiro, ele voltou para o closet. Ele pegou uma calça que sabia ser grande demais para ela e uma camiseta da Universidade Emory. Voltou para o banheiro e se deparou com Megan lutando contra o zíper do vestido.

Com a expressão de derrota, ela baixou os braços.

– Poderia me ajudar, por favor?

– Claro. – Ele colocou as roupas sobre a pia e abriu o zíper.

Com o vestido aberto, as costas de Megan ficaram expostas. A pele cor de creme contrastava com o tom azul-marinho do sutiã e da calcinha. Ele fechou os olhos tentando bloquear as imagens que vinham à sua mente: seus lábios na pele dela, sua língua lambendo-a, suas mãos subindo pelas costelas para acariciar os seios. Ele se forçou a dar um passo atrás. Limpando a garganta, disse:

– Pronto.

Olhando-o por cima do ombro, Megan deu um sorriso fraco.

– Obrigada.

Virando as costas, ele saiu do banheiro, mas não quis ir muito longe, para o caso de Megan precisar dele, então ficou pelo quarto. Ele vacilou momentaneamente ao ouvir o chuveiro fechando. Ele esperou que ela saísse logo, mas ela não saiu. Quando ele estava prestes a bater à porta, ouviu o barulho do secador de cabelos, depois ouviu a água ser ligada enquanto Megan escovava os dentes. Quando tudo ficou em silêncio outra vez, ele permaneceu olhando ansiosamente para a porta do banheiro.

A porta foi aberta e Pesh prendeu o fôlego. Megan saiu completamente limpa e fresca, tão linda que ele precisou se afastar.

– Está tudo bem? – ele perguntou.

Ela se sobressaltou ao ouvi-lo.

– Hum... Tudo bem. Obrigada pelas roupas e por me deixar usar o chuveiro.

– De nada. E não precisa me agradecer.

Mordendo o lábio, ela olhou dele para a cama.

– Mandei uma mensagem para minha mãe para dizer que eu passaria a noite na casa da Emma. – Antes que ele pudesse dizer qualquer coisa, ela continuou: – Obrigada por ter colocado minha bolsa no banheiro. Foi muito atencioso.

– De nada – ele respondeu, depois voltou ao assunto da mensagem. – Então, você ficará com Emma e Aidan? – Depois de tudo, a última coisa que ele precisava era tê-la aqui, uma lembrança do que ele não poderia ter. Seria o suficiente para enlouquecê-lo.

Megan mexeu a cabeça.

– Você se importa se eu ficar aqui? – Quando ele abriu a boca, ela o interrompeu. – Prometo que não farei gracinhas. Só não quero ir para casa agora. Se não quiser que eu fique, pode me levar para Emma.

– Claro que pode ficar.

– Posso dormir no sofá ou no quarto de hóspedes.

Ele negou.

– Você dormirá aqui. – Ele caminhou até a cama king size e a descobriu, olhando para Megan. – Venha. Dormir fará bem a você.

Ela o observou hesitantemente.

– Não queria mesmo tirar a sua cama de você. Seria inconveniente.

– Eu não me importo. Juro.

– Tem certeza?

– Tenho.

Ela seguiu até ele, sem deixar de encará-lo. Deslizou para a cama, acomodando-se no travesseiro e pegando os lençóis. Quando aparentava estar confortável, ele a cobriu. Ele se preparava para sair e ela segurou seu braço.

– Não, por favor, não vá. Não quero ficar sozinha.

Ele ergueu as sobrancelhas, surpreso.

– Quer que eu fique com você?

– Sim, por favor.

– Nesta cama... com você? – Quando ela assentiu, ele expirou ruidosamente. – Megan, não acho que isso seja uma boa ideia.

– Não superestime a situação. Apenas fique comigo.

Embora seu cérebro urgisse que ele tomasse uma decisão sã e responsável, ele respondeu:

– Me dê alguns minutos.

– Ok – ela respondeu, suavemente.

Virando-se, ele foi até o banheiro. Sequer olhou para o espelho, porque sabia que não gostaria do que veria ali. Em vez disso, tirou a roupa e a gravata. Manteve a cueca boxer e pegou uma camiseta branca do cesto. Depois de vesti-la, voltou para o quarto.

Megan permanecia deitada em seu canto da cama e virou o rosto para a direção do banheiro. Seus olhos estavam fechados, mas ela os abriu no momento em que Pesh entrou no quarto. Sem dizer uma palavra a ela, ele caminhou até seu lado e subiu na cama. Deitando de costas, ele colocou um braço atrás da cabeça e descansou a mão livre sobre o peito. Ele mexia os dedos sobre o tecido da camiseta sobre o coração. De alguma forma, ele queria parar o batimento irregular.

Bem quando ele pensou que estava se acalmando, Megan virou-se para ele.

– Você está longe demais – ela sussurrou.

– Acho que é melhor assim.

O sorriso dela morreu momentaneamente e então ela se aproximou. Ele prendeu o fôlego e tentou não sibilar quando ela acomodou a cabeça em seu peito. Antes que ele pudesse impedi-la, ela o abraçou. Felizmente, ela não tentou nada mais. E poucos minutos depois, sua respiração profunda indicou que ela havia adormecido. Pesh encarou o teto e duvidou que conseguiria dormir tão fácil.

Surpreendentemente, o suave ressonar de Megan ecoou contra ele, fazendo seus olhos pesarem. Pela primeira vez em dois anos, ele adormeceu com alguém em seus braços.

CAPÍTULO SEIS

A luz do sol tocou o rosto de Megan, fazendo-a apertar os olhos bem forte para lutar contra a invasão da luz. Ela estava aquecida e confortável e não queria acordar. Mas a tranquilidade de sua manhã foi quebrada quando ela ouviu um ronco suave vindo de seu lado. Era muito grave para ser Mason.

O pânico a tomou. "*Onde eu estou?*" Seus olhos analisaram o quarto desesperadamente. Tomada pela decoração e cheiro masculinos, ela percebeu que estava no quarto de um homem e, mais importante, na cama dele. Ela não acordava assim tão confusa desde a primeira vez em que ficou bêbada. Ela não conseguia nem se lembrar que dia era. Isso era ruim. Muito, muito ruim. Ela tinha que sair dali e ir para casa para ver Mason. Que tipo de mãe ela era para acordar na cama de um estranho?

Quando ela tentou se levantar, descobriu-se presa por um braço forte que a envolvia pela cintura. Seus olhos examinaram o braço musculoso e bronzeado. A quem diabos ele pertencia? Um gemido escapou de seus lábios. Ah, Deus, ela havia mesmo dormido com um homem de quem não se lembrava? Ela nunca havia cometido um erro tão grande. A náusea a tomou e ela sabia que precisava sair da cama e ir para o banheiro.

Ela se agitou tanto para se afastar, que acabou acertando uma costela dele com seu cotovelo. Ele gemeu.

– Ah, me desculpe. Eu não quis machucá-lo – ela se desculpou apressadamente.

– Está tudo bem, Megan – ele respondeu, sonolento.

Essa voz. Demorou apenas um segundo para que ela descobrisse na cama de quem estava. E com essa constatação, tudo sobre a noite anterior desabou sobre ela. Havia ficado muito bêbada acidentalmente, Pesh a levou para sua casa para ajudá-la a ficar sóbria e então... Ah, Deus, ela havia se jogado nele como uma vadia descarada. Ela cobriu a cabeça com as mãos e gemeu.

– Ei, como se sente? – ele perguntou.

– Como se tivesse sido atropelada por um caminhão.

– Quer que eu prepare algo para curar a ressaca?

Ela o espiou pelos dedos.

– Você sabe mesmo uma cura para ressaca?

Ele sorriu.

– Acha que alguém como eu nunca bebeu? – Quando ela mexeu a cabeça, ele gargalhou. – Sinto desapontá-la, mas muitas e muitas vezes acordei exatamente como você está agora.

– É difícil de imaginar. – Ela olhou para as roupas que estava vestindo e mesmo duvidando, achou melhor perguntar: – Nós...

– Não, não fizemos.

Ela arqueou as sobrancelhas, surpresa.

– Se nós não fizemos sexo, por que você... quer dizer, por que você está na cama comigo?

– Porque você me implorou para ficar.

Ela engasgou, horrorizada. Não foi suficiente ter se jogado nele tão desenfreadamente? Precisava ter implorado para que ele ficasse com ela?

– Implorei?

Ele assentiu.

– Você disse que não queria ficar sozinha.

Ela lembrou vagamente de implorar que ele se deitasse mais próximo a ela. Que pesadelo.

– Eu sinto muito.

– Não se desculpe. – Quando ela começou a protestar, ele ergueu a mão. – Preciso admitir que foi bom estar na cama com alguém outra vez. Sentir o calor e a suavidade de um corpo deitado ao lado do meu. – Ele engoliu com dificuldade. – Senti mais falta disso do que imaginava.

Dominada pelas emoções, Megan não soube o que dizer. Tudo o que sabia era que precisava sair dali.

– Preciso ir para casa... ou para a casa da Emma. Não posso deixar que meus pais saibam que passei a noite fora com um homem que acabei de conhecer.

– Eu entendo. Não ousaria comprometer sua reputação.

Ela o encarou por um momento. Às vezes, o jeito que ele falava o fazia parecer ser de um mundo ou época diferente.

– Eu, hum... Preciso usar o banheiro.

– Pode ir.

Saindo debaixo das cobertas, ela saiu do quarto. Ao fechar a porta atrás de si, soltou o ar que estava contendo. Ela alcançou o vaso sanitário bem a tempo de vomitar outra vez, pensando se ainda havia algo em seu estômago depois de passar mal pela segunda vez. Ao terminar, se debruçou na pia, abriu a torneira e encheu a boca de água. Depois de fazer alguns gargarejos para se livrar do gosto horrível, usou enxaguante bucal e escovou os dentes.

Sem uma escova de dentes ou pente, ela fez o melhor que pôde para arrumar os cabelos. Quando achou que estava apresentável para encarar o esquadrão de fuzilamento, aka Aidan e Emma, ela deixou o banheiro.

Pesh estava vestido e a esperava no meio do quarto. Ele ergueu as sobrancelhas, na expectativa.

– Estou pronta para ir.

– Vamos.

Ela estava saindo do quarto, quando parou abruptamente.

– Espere. E meu vestido?

– Eu o mandarei à lavanderia.

– Ah – ela murmurou. – Obrigado.

Eles prosseguiram em silêncio. Megan tentou não dar na cara que estava olhando a casa desde o alto teto até o piso, além das janelas que mostravam um grande e espaçoso jardim. Pesh tinha uma casa maravilhosa, que era grande demais apenas para ele. Certamente fora construída para uma família, que ele tristemente não tinha.

Ele estava prestes a abrir a porta que os levaria à garagem, mas parou e se virou para ela, olhando-a intensamente.

– Eu gostaria de vê-la outra vez.

Megan não conseguiu conter o sopro de ar que escapou de seus lábios. Ela repetiu a noite em seus pensamentos. Ele ainda queria sair com ela?

– Não pode estar falando sério.

– Eu estou.

Ela mexeu ligeiramente a cabeça.

– Não acho que seja uma boa ideia.

– Por quê? – ele contestou, sincero.

Com desconforto, ela respondeu:

– Não é óbvio?

– Se você está se referindo ao fato de ter se embebedado acidentalmente na noite passada e ter passado mal, isso é irrelevante para mim. Acidentes acontecem e sou homem o bastante para admitir isso. – Ele diminuiu a distância entre eles. – Eu gostei de estar com você ontem.

Lembrando-se do que Emma disse, Megan não segurou a pergunta:

– Você quer me namorar, não é?

– Claro. O que mais eu poderia querer?

– Sexo – ela respondeu e se sentiu corar.

– Não foi o que eu disse.

– E é uma pena.

Ele franziu o cenho.

– O que quer dizer?

– Você e eu... nós queremos coisas diferentes. Você quer namorar e casar com alguém, certo?

– Sim, é algo que quero muito.

– Mas eu não quero estar em um relacionamento sério agora nem com você nem com qualquer outro. Eu certamente não estou pronta para me casar tão cedo. Só quero me divertir com alguém.

– Não acho que eu entendi.

– O que eu quero de você é o mesmo que queria na noite passada. Apenas sexo – ela respondeu, honesta.

– Você não quer namorar... só quer fazer sexo?

Se a situação não fosse tão tensa, Megan teria gargalhado ao ver a expressão mortificada de Pesh. Ele parecia completamente chocado com a ideia de que ela pudesse usá-lo como um brinquedo para sexo. Finalmente, quando ela se julgou capaz de responder, disse:

– Sinto muito, mas é como me sinto.

Ela se preparou para um momento de ira ou ainda por um discurso, mas ele a surpreendeu ainda mais.

– E eu sinto muito que se sinta dessa forma, porque eu realmente apreciaria conhecer você melhor. – Sem qualquer outra palavra, ele abriu a porta.

Sempre um cavalheiro, esperou que ela passasse primeiro. Abaixando a cabeça, ela passou por ele e caminhou até o carro e, mais uma vez, ele apareceu para abrir a porta.

– Obrigada – ela murmurou.

Ele assentiu e foi para o seu lugar. Ainda sem falar mais nada, ele ligou o carro e saiu da garagem.

O caminho até a casa de Emma e Aidan durou só vinte minutos, mas pareceu uma eternidade. O silêncio pesado e doloroso os envolvia. Pesh mantinha o olhar fixo nas ruas e sequer a olhava.

Quando ele estacionou em frente à casa de Emma e Aidan, Megan sentiu seu estômago apertar. Ela queria que houvesse um jeito de acertar as coisas entre eles, mas ela tinha a sensação de que fora longe demais e falara o que não deveria. Ao parar o carro de vez, ele a olhou.

– Obrigada pela carona – ela disse.

– De nada. Foi um prazer.

– E além disso, gostaria de agradecê-lo por cuidar de mim na noite passada. Você realmente foi além do necessário. Nunca poderei agradecê-lo o suficiente.

– Não precisa me agradecer. Fico feliz em poder ajudar você.

Mordendo o lábio, ela finalmente se permitiu dizer o que estava segurando:

– Eu queria que as coisas fossem diferentes – ela disse suavemente.

Quando ela ousou olhar para ele, o encontrou encarando-a intensamente.

– Sinto muito também. Se cuide. Está bem?

Ela balançou a cabeça.

– Digo o mesmo.

Com a mão tremendo, ela segurou a maçaneta. Quando finalmente se sentiu capaz de abri-la, saiu para a calçada. Enquanto andava, podia sentir o olhar de Pesh. O carro permaneceu desligado até que ela alcançasse os degraus da varanda e tocasse a campainha. Ela esperava que Noah já estivesse acordado e que ela não acordasse a todos.

Aidan abriu a porta.

– Megan? Mas que merda... – ele começou. Sua questão e tom fizeram suas bochechas queimarem. – Você está chorando? – ele perguntou.

– É uma longa história.

Aidan viu o carro de Pesh e sua expressão se fechou.

– Pesh machucou você?

– Não, claro que não.

– Se ele a fez chorar, eu não me importo se ele é ou não padrinho de Noah. Vou socar a cara dele!

Ela segurou seu braço.

– Pare, Ankle! Não foi ele, fui eu. É tudo minha culpa, ok?

Ele a fitou, surpreso.

– O que aconteceu?

– Me dê café e um tempo para me acalmar, depois eu contarei tudo.

Embora demonstrasse ceticismo, ele assentiu e fechou a porta atrás deles. Megan ainda teve tempo de vislumbrar Pesh começando a se mover com o carro. Ela esperava, para o bem dela e dele, que fosse a última vez que eles se vissem.

CAPÍTULO SETE

Dois meses depois

Megan bateu nervosamente seus polegares no volante de seu carro. Ela havia conseguido uma vaga para estagiar. Estava a caminho de encontrar sua preceptora, a enfermeira que a supervisionaria. Embora tivesse se decepcionado a princípio por não conseguir o Hospital Grady, ela estava empolgada por estar na última parte da jornada para se tornar uma enfermeira. Também estava feliz por não ter pegado o turno da noite como alguns de seus colegas de classe. Ela mal poderia ver Mason se tivesse que dormir de dia e trabalhar à noite.

Ela entrou no estacionamento do Pronto-Socorro de Wellstar e estacionou na primeira vaga que encontrou. Após descer do carro, pegou a papelada e sua bolsa. Entrou no hospital e parou em frente à recepção.

– Eu não sou paciente. Sou uma estudante de enfermagem e estou aqui para ver Kristi Parkman.

– Pode entrar – a recepcionista disse, antes de apertar o botão que abria a porta onde dizia "Somente Pessoas Autorizadas".

Ao entrar no coração do PS, Megan não podia estar mais feliz. Mal podia esperar para começar a trabalhar de fato com os pacientes.

Olhando à sua volta, ela não sabia exatamente como encontraria sua preceptora. Ela parou em uma área com algumas enfermeiras.

– Posso ajudá-la? – uma delas perguntou.

– Sim, estou aqui para ver Kristi Parkman.

Uma loira alta, na casa dos 50 anos, veio até ela com um sorriso radiante.

– Você deve ser a Srta. McKenzie?

– Sou eu.

– É um prazer conhecê-la.

Megan sorriu.

– O prazer é meu.

– Estou muito feliz por tê-la aqui. Eu dei uma olhada em suas qualificações e currículo. Muito impressionantes.

– Obrigada – Megan respondeu.

– Mostrarei tudo a você hoje e assim estará preparada para amanhã.

– Ótimo.

Sorridente, Kristi a guiou por um labirinto de salas. Ela mostrou a sala dos medicamentos, a área de trauma e a sala de descanso. Cada vez que passavam por enfermeiros ou médicos, Kristi fazia uma rápida apresentação.

– Todos parecem muito amigáveis – Megan comentou.

– É um ótimo lugar para trabalhar. Mas não vou mentir, alguns dos residentes podem ser muito idiotas. Nossa sorte é que temos um supervisor que é um amor.

– Isso é maravilhoso.

– Sim, todos amam o Dr. Nadeen.

O coração de Megan quase parou. "*Nadeen*". Não, não podia ser. Com certeza existiam mais médicos com esse sobrenome. Revirando a mente, ela buscava em desespero se lembrar de onde ele dissera que trabalhava.

– Bom. Ele está ali no fundo do corredor. Deixe-me apresentá-los.

– Não, não é mesmo necessário – Megan protestou debilmente.

Ignorando-a, Kristi chamou.

– Dr. Nadeen, venha conhecer nossa nova estagiária.

Enquanto ele se virava, Megan sentiu que vomitaria. Após passar dois meses tentando esquecer a infame noite com Pesh Nadeen, ali estava ele bem em frente a ela. Uma citação clássica de Casablanca surgiu em sua mente: "De todos os bares da cidade, ela tinha de entrar bem no meu". Ela certamente se sentia desse jeito. De todos os hospitais a que ela poderia ser designada, ela fora bem para esse.

O choque e a surpresa também surgiram no rosto de Pesh. Ele foi rápido em mascará-los com um sorriso caloroso.

– Olá, Megan.

As sobrancelhas de Kristi se ergueram ao notar a familiaridade da saudação de Pesh.

– Vocês se conhecem?

– Hum... Bem... – Megan começou. Como ela explicaria? A última coisa que ela precisava era começar com o pé esquerdo com seus colegas de trabalho.

– Nós temos o mesmo afilhado – Pesh respondeu.

– Ah, que maravilhoso. – Kristi deu um tapinha nas costas de Megan. – Que sorte você teve de acabar aqui entre todos os hospitais!

– Sim, que sorte – Megan murmurou.

Kristi sorriu.

– Bem, deixarei vocês conversando por um minuto ou dois.

– Não, tudo bem. Você não precisa fazer isso – Megan protestou.

Balançando a mão, despreocupadamente, Kristi disse:

– Isso me dá a chance de comer um lanche e beber algo. Voltarei daqui a pouco e continuaremos com o tour.

Megan se segurou para não correr atrás de Kristi. Em vez disso, se virou para Pesh que a fitava em expectativa.

– Você não parece feliz em me ver – Pesh disse.

Ela balançou a cabeça, nervosa.

– Como eu poderia? Depois de tudo o que aconteceu e do enorme papel de idiota que fiz, o homem que presenciou tudo isso trabalha no hospital em que estou fazendo estágio. Isso não é bom.

– Pela última vez, você não tem nada do que se envergonhar.

– Desculpa, mas isso não faz com que eu me sinta melhor – ela resmungou.

– O que posso fazer para facilitar sua vida ao trabalhar comigo?

Esfregando sua cabeça, que agora doía, ela respondeu:

– Não sei. Se eu achasse que não me queimaria, pediria uma transferência.

– Eu a incomodo tanto assim? – Pesh perguntou, com a expressão ferida.

– Não, você não me incomoda. É que... – Ela mordiscou o lábio muitas vezes e inspirou profundamente antes de continuar. – É que nos últimos 2 anos eu tive minha vida sob controle e na noite em que estive com você meu controle ruiu. Ao ficar bêbada me tornei outra pessoa, a pessoa que eu era antes. A garota, ou mulher, que faria qualquer coisa para chamar a atenção de um homem. Eu não gosto muito de ser essa pessoa e não quero nunca voltar a ser. Ver você faz com que eu me lembre de tudo isso.

Megan se surpreendeu com o quanto foi sincera com ele. Pesh permaneceu em silêncio por um momento. Seus olhos escuros mergulhados nos dela.

– Eu sinto muito por você ver a noite que tivemos de forma tão negativa. Por mim, nada foi manchado por você estar bêbada e ter passado mal. Eu gostei de passar um tempo com você e a conhecer melhor. – Ele engoliu a saliva com dificuldade. – E gostei de acordar com você. Eu daria qualquer coisa para que você olhasse para mim sem se sentir mal consigo mesma.

– Você gostou mesmo de estar comigo naquela noite?

Ele assentiu.

– Quando eu disse que queria vê-la de novo, falei sério.

Ela suspirou.

– É muita consideração, mas não mudei meus pensamentos sobre namorar.

– Não mudou?

Ela negou e respondeu:

– Tem muita coisa acontecendo em minha vida agora e não posso me envolver com ninguém. Não seria justo com eles... com você. Principalmente, por continuarmos a querer coisas diferentes.

– Entendo – ele respondeu.

Megan notou que a tristeza escureceu sua expressão.

– Sinto muito – ela murmurou.

– Você não tem do que se arrepender. Qualquer tristeza que eu sinta é fruto das minhas escolhas. – Ele lhe deu um sorriso melancólico. – Continuo me apaixonando por mulheres que não são para mim.

Ela puxou o ar com intensidade ao ouvir as palavras.

– Se apaixonando? Você está... estava se apaixonando por mim?

Pesh abriu a boca para responder, mas o som de Kristi voltando da sala de descanso, o fez fechá-la. Diminuindo a distância entre ele e Megan, ele sussurrou:

– Não se preocupe sobre trabalhar comigo, Megan. Sempre seremos amigos e eu respeitarei sua distância e decisão.

Por alguma razão, as palavras tiveram o efeito oposto do que deveriam e ela sentiu arrependimento ricocheteando dentro dela.

– Obrigada. – Foi o que ela respondeu quando conseguiu falar.

Com um sorriso, ele se virou e se afastou. Ela deixou escapar um suspiro pesaroso enquanto Kristi caminhava até ela.

– Ele é um amor, não é?

– Sim, ele é – Megan murmurou.

– E também é um colírio para os olhos.

Uma risadinha nervosa fugiu dos lábios de Megan.

– É, sim.

– Garanto que metade das mulheres do PS ficam com calor quando ele passa por elas. – Kristi se abanou. – Quer dizer, aquele corpo, aqueles olhos e aquelas covinhas. Deus, se eu não fosse uma mulher casada e feliz, o que eu não faria por aquele homem!

Megan sabia exatamente o que Kristi queria dizer. Infelizmente, ela nunca teria a chance de viver isso. De alguma forma, ela tinha que encontrar o único homem no mundo que não aceita uma relação meramente sexual. Não, Pesh queria mais do que ela poderia dar.

– Você ouviu o que eu disse? – Kristi perguntou.

Megan afastou os olhos das costas de Pesh, que já estava longe, e olhou para Kristi.

– Desculpe, o quê?

Kristi riu.

– Ah, não. Vou perder mais uma para o charme do Dr. Nadeen, certo?

Balançando a cabeça, com determinação, Megan respondeu:

– Não, não. Somos só amigos. Não sinto nada disso por ele.

Kristi piscou.

– Aham. Continue dizendo isso para si mesma, querida.

Capítulo Oito

Pesh deixou uma das salas de exames e viu Megan sentada em um banquinho em frente ao balcão, trabalhando em um arquivo. Quando a porta bateu atrás dele, ela ergueu a cabeça e o pegou a encarando. Ele limpou a garganta e andou até ela.

– Olá – ele disse, educadamente.

– Oi.

– Então, está se adaptando?

Ela assentiu.

– Todos são muito gentis e solícitos.

– Bom. Fico feliz em ouvir isso. Normalmente temos sucesso com nossos estagiários.

Megan sorriu antes de voltar a se concentrar no que fazia. Desconfortável, ele coçou a nuca. Tudo estava tranquilo entre eles agora que ele sabia que não deveria querer agitar as coisas. Afinal, ele prometera que se manteria distante. Mas ele não estava conseguindo se controlar. Não conseguiu parar de pensar nela desde que se conheceram. Agora que ela voltou do nada à sua vida, ele não conseguia deixar de pensar que era o destino.

"Convide-a para jantar", sua mente gritou. Ele mordeu o lábio para segurar a pergunta que ele estava morrendo de vontade de fazer. Finalmente, a pergunta fugiu antes que ele pudesse impedir.

– Por que não me deixa pagar o jantar depois do trabalho?

Megan manteve a caneta ainda em posição de escrita sobre o arquivo, mas se virou para ele.

– Um jantar seria um encontro e pensei que tínhamos esclarecido essa questão.

Ele lhe deu um sorriso nervoso.

– Bem, só estou oferecendo uma comida saborosa. Acho que dificilmente isso poderia ser um encontro.

– No meu conceito de encontro, qualquer tempo sentados a uma mesa, comendo e bebendo juntos seria um encontro.

Cruzando os braços, ele contestou.

– Se isso for verdade, quer dizer que você teve encontros com seu pai e irmão toda vez que se sentou para comer com eles. Sei que sua família é próxima, mas não acho que são tão próximos assim.

Megan ergueu as sobrancelhas.

– Ah, o médico bonzinho faz piadinhas agora?

– Às vezes.

Os cantos dos lábios de Megan se curvaram para cima.

– Então, o que exatamente é um encontro para você?

Pesh se encostou à parede, fitando seu sorriso.

– Uma ocasião em que os dois estivessem de acordo sobre o fato.

– Você é tão certinho – Megan provocou.

Ele revirou os olhos para ela, algo que dificilmente fazia antes que a conhecesse.

– E você está evitando a questão inicial.

Megan colocou a caneta e o arquivo de lado e cruzou os braços.

– Então, se você fosse me levar a um encontro, onde iríamos?

Pesh acariciou o queixo enquanto pensava.

– Teria que ser algo que você também quisesse fazer, mas eu começaria com um jantar. – Quando ela abriu a boca para protestar, ele ergueu as mãos. – Algo muito romântico com candelabros e música suave. Talvez um lugar em que pudéssemos dançar.

Encarando-o, surpresa, ela perguntou:

– Está falando sério?

– É claro.

Ela balançou a cabeça devagar.

– Está bem, continue.

– Quando acabássemos o vinho e sobremesa, eu a levaria a um lugar onde nunca esteve...

– Como sua cama? – Megan perguntou com um sorriso pedante.

– Acredito que você já esteve lá. – A provocação mudou a expressão de Megan e suas bochechas coraram. – Devo continuar?

– Sim – ela murmurou.

– Eu gostaria de estar com você em algum lugar em que nunca esteve antes. Uma galeria de arte, ópera ou um musical. Qualquer coisa que trouxesse êxtase e contentamento ao seu rosto. – Ele lhe deu um pequeno sorriso. – E significaria muito, para mim, dividir esse momento com você.

Ele a observou com divertimento enquanto ela processava suas palavras. Ela nunca teve um homem que lhe dissesse coisas assim e isso estava claramente a afetando. Sentindo que era hora do tudo ou nada, perguntou outra vez:

– Então, você jantará comigo?

Pesh se inclinou, em expectativa, enquanto Megan abriu a boca. Eles foram interrompidos pela voz de Emma:

– Ah, graças a Deus. Estou tão feliz que os dois estão...

Seu tom preocupado era a única coisa capaz de desviar a atenção de Pesh agora. Ele olhou para Emma e Aidan, que estava passando a mão na cabeça e aparentando dor.

– O que houve?

Emma respondeu:

– Ele caiu e bateu a cabeça.

E Aidan disse ao mesmo tempo:

– Nada.

Megan se aproximou de Aidan. Ela inspirou ruidosamente ao observá-lo.

– Ankle, suas pupilas estão dilatadas!

Pesh pegou sua lanterna médica do bolso e foi até Aidan, iluminando seus olhos. Aidan franziu o cenho.

– Sim, elas estão. O que aconteceu exatamente? – ele fez uma pergunta direta à Emma, que parecia ser a única que responderia com sinceridade.

– Fomos ao meu obstetra para nossa primeira ultrassonografia.

Pesh arregalou os olhos.

– Ultrassonografia? Você está grávida?

– *De novo?* – Megan questionou a seu lado.

A preocupação por Aidan desapareceu do rosto de Emma e foi substituída por um sorriso radiante.

– Sim, estou de oito semanas.

– Por que você não nos disse nada no jantar no domingo? – Megan perguntou.

– Eu só descobri há duas semanas e queríamos esperar até fazermos a primeira ultrassonografia para contar.

– Então, o que houve na ultrassonografia que fez Ankle bater a cabeça? – Megan questionou.

Emma apertou os lábios e olhou para Aidan.

– Quer contar a eles? – Ele negou e ela continuou: – Quando eles começaram o exame, acharam ter ouvido dois batimentos. Ao ouvir a palavra gêmeos, Aidan desmaiou e bateu a cabeça no balcão e no chão.

Enquanto Pesh rapidamente mudava de uma risada para fingir um acesso de tosse, Megan não teve tanto tato. Ela gargalhava sem parar.

– Você desmaiou mesmo em uma ultrassonografia?

Aidan franziu o cenho para ela.

– Em minha defesa, digo que não tinha começado a ultrassonografia oficialmente. – Megan continuou a rir e ele deu de ombros. – Foram notícias muito avassaladoras.

– Ah, Ankle, francamente.

Aidan se virou para Pesh.

– Ficarei parado aqui o dia todo ouvindo merda ou você irá me examinar?

– Claro. Suas pupilas dilatadas são motivo de preocupação.

Aidan olhou para Emma e disse:

– Espere aqui.

– Tudo bem.

Pesh apontou uma sala de exame para Aidan. Assim que a porta foi fechada, Aidan se lançou para o médico, segurando as lapelas de seu jaleco.

– Preciso de uma vasectomia. *Hoje.*

Pesh precisou conter uma gargalhada pelo absurdo da situação.

– Ok, apenas se sente. Você passou por muita coisa na última hora e está sob estresse.

Aidan jogou-se na mesa de exame, colocou as mãos na cabeça e resmungou:

– Que porra de pesadelo esse dia.

– Sua cabeça dói? – Pesh perguntou.

– Um pouco.

– Náusea?

– Talvez.

Pesh franziu as sobrancelhas.

– O que quer dizer *talvez*?

Aidan levantou a cabeça.

– Se você está me perguntando se estou nauseado agora, a resposta seria não. Não estou. Mas por outro lado, se me perguntar se estou nauseado pela Emma poder estar grávida de gêmeos e eu ter três filhos não dois e usando fraldas ainda... – Aidan estremeceu. – Então, sim, eu estou realmente nauseado pra caralho e estou vendo algumas estrelinhas girando.

– Respire fundo, ok? – Pesh pediu ao tocar seu peito com o estetoscópio. O peito de Aidan se expandiu ao inspirar profundamente. – Mais uma vez – o médico instruiu. Após algumas repetições, Pesh questionou: – Melhor?

– Sim, um pouco – Aidan murmurou, passando a mão pelos cabelos. – Você fará o pedido para a vasectomia?

– Não entendi direito. Se você já sabe que Emma não está esperando gêmeos, por que quer uma vasectomia?

– Porque há gêmeos dos dois lados da família. Meu pai é gêmeo e os tios da Emma também. Nós não conseguimos ficar próximos sem transar, então é inevitável que ela engravide outra vez e aí teremos quatro crianças... Talvez cinco. – Aidan engoliu com dificuldade e empalideceu. – Não posso ser uma máquina de fazer bebês.

– Na verdade, os estudos mais recentes indicam que ter gêmeos idênticos pode acontecer com qualquer um. E gêmeos não idênticos dependem da mãe produzir dois óvulos em um ciclo. E a tendência de criar óvulos múltiplos é passada de mãe para filha. Como Emma não tem um gêmeo não idêntico, você pode se tranquilizar.

Aidan balançou a cabeça, com a expressão confusa.

– Então está me dizendo que não preciso me preocupar?

– Sem conhecer a história genética completa de Emma, não posso ter certeza, mas parece que não, pelo menos com gêmeos não idênticos.

Aidan processou as palavras de Pesh e disse:

– Isso ajuda no caso de gêmeos, mas nós ainda somos muito férteis juntos. Preciso parar isso antes que saia de controle.

– E o que Emma pensa sobre isso?

Um vermelhão preencheu as bochechas de Aidan.

– Hum, bem... Eu não cheguei a falar com ela.

– Você não acha que a esposa precisa saber sobre uma decisão tão importante dessa?

– Bem, claro que eu contaria a ela antes de fazer a cirurgia.

Pesh cruzou os braços e se perguntou quão forte Aidan bateu a cabeça.

– Você não pode estar falando sério.

Aidan o encarou antes de gemer.

– Ah, cara, estou sendo muito egoísta e idiota com isso, não estou?

Pesh sorriu.

– Bastante.

Aidan esfregou os olhos.

– É que... ser pai é muito assustador às vezes. Me preocupo o tempo todo com Noah e agora teremos um outro bebê. Sem contar que outro bebê significa menos tempo com Emma. – Ele deu um sorriso fraco. – Eu a amo muito. Às vezes... não consigo ficar muito com ela e não gosto de dividir.

– Creio que é uma sensação normal.

– Me faz sentir como um egoísta de merda. Quer dizer, quem sente ciúmes do tempo que a esposa passa com os filhos?

– Muitos homens. Então pare de se martirizar sobre seus sentimentos. A maioria não tem importância. Converse com Emma.

Aidan arregalou os olhos e negou com a cabeça várias vezes.

– De jeito nenhum. Não quero que ela pense mal de mim.

– Ela não pensará. Emma aprecia honestidade.

– Sentir ciúmes do tempo dela com as crianças? Tenho certeza de que ela não quer que eu seja honesto sobre isso.

– O que Emma considera mais importante em um relacionamento?

– Confiança.

– Como construirá laços de confiança mentindo sobre seus sentimentos?

Aidan franziu as sobrancelhas loiras.

– Então devo dizer a ela que estou com medo de perdê-la e que quero aumentar o tempo que passamos juntos?

– Creio que sim. Não penso que uma mulher possa ficar irritada ao ouvir seu marido dizer o quanto a ama e o quanto quer ficar com ela.

Aidan refletia.

– Acho que está certo.

Pesh sorriu e deu um tapinha no ombro de Aidan.

– Você está indo muito bem como pai. Tenho certeza de que se sairá muito bem com o segundo e até mesmo com um terceiro filho.

À menção do terceiro filho, Aidan teve dificuldade para engolir, fazendo seu pomo de Adão subir e descer.

– Não me importo de ter um terceiro filho, mas não agora. Talvez em alguns anos. – Ele sorriu para Pesh. – Obrigado pelo voto de confiança.

– Só digo o que vejo.

– Obrigado.

– Vamos checar se há ferimentos na cabeça?

Aidan assentiu.

– Sim.

Pesh procurou por inchaço ou protuberâncias na cabeça de Aidan.

– Hum... Não senti nada anormal, mas por precaução, quero que faça uma tomografia para checarmos se há alguma concussão ou sangramento cerebral.

– Deus! Posso ter tudo isso só por ter batido a cabeça?

– Sim. Deixe-me ir fazer o pedido e eles virão para levá-lo para o exame. Com sorte, você não terá que esperar por muito tempo. Somos um pouco lentos durante às tardes.

Pesh se preparava para sair, quando Aidan o impediu.

– Ei, cara, com toda essa loucura, como Megan está indo com o estágio?

Pesh não precisou pensar duas vezes antes de responder:

– Ela será uma enfermeira incrível.

Aidan sorriu.

– Fico feliz em ouvir isso. Não que eu tenha duvidado de suas habilidades. É que é bom ouvir algo assim de um médico. – Cutucando o peito de Pesh de forma brincalhona, Aidan perguntou: – E como estão as coisas entre você e Megan?

Pesh quase riu da franqueza de Aidan. Não era da natureza do médico ser tão direto e depois de Megan rejeitar seu convite, ele não sabia como responder.

– Eu respeito e admiro muito Megan – ele pensou que essa era a forma mais diplomática de responder ao tio dela.

Ele estava se sentindo bem por ter conquistado a amizade e respeito de Aidan e não diria nada desagradável sobre Megan para ele. Era apenas da conta dela com quem saía ou não.

– Não foi o que eu quis dizer.

– Sei que não.

Aidan o examinou antes de falar:

– Olha, eu sei que vocês tiveram um começo difícil, mas não é algo definitivo. Está planejando chamá-la para sair?

– Você não deixará esse assunto quieto, deixará?

– Não. Sem chance.

Pesh colocou as mãos nos bolsos do jaleco.

– Eu convidei Megan para um jantar e estamos em um impasse. Mas não pretendo desistir tão cedo. Isso satisfaz seu interrogatório?

Aidan riu, mas franziu o cenho.

– O que quer dizer? Vocês pareciam bem à vontade quando chegamos.

Chateado, Pesh respondeu:

– Ela não quer namorar comigo.

– Pura merda. Posso ter batido a cabeça, mas ninguém pode negar o jeito que ela estava olhando para você. Quem sabe se você...

Embora fosse contra seu caráter, ele deixou sua raiva transparecer.

– Ela me quer para sexo e não para um relacionamento, ok?

Aidan ficou boquiaberto.

– Você está querendo dizer que ela está agindo como um... homem?

– Se isso envolver não querer jantar comigo ou qualquer outro encontro respeitável e que ela prefere algo estritamente físico, então, sim.

– Meu Deus. É como se ela tivesse virado meu antigo eu – Aidan murmurou, passando a mão pelo rosto. – Sinto muito.

Dando de ombros, Pesh respondeu:

– Ela ainda é muito nova. Percebo que ela foi privada de diversão nos últimos 2 anos. É o jeito dela querer compensar. Mesmo que não concordemos ou entendamos.

– Bom, continuo dizendo que é pura merda. – Ele mirou Pesh longamente. – Você precisa insistir. Não importa o que aconteça.

– Eu não disse que desistiria, disse?

– Não, mas sei por experiência própria o quanto é difícil insistir quando a situação parece não mudar.

– O que houve entre você e Emma é totalmente diferente do que há entre mim e Megan.

– Precisa continuar tentando. – Aidan levantou da maca e suas pernas vacilaram por um instante. – Megan foi machucada e acho que ela não sabe o que é ser amada e duvido que alguém já se importou com seus sentimentos. Nossa, ela tinha apenas vinte e três quando engravidou. Quero que ela encontre alguém que cuide dela, cara. Quero que cuidem da minha garota. – Ele tocou o ombro de Pesh. – E acho que essa pessoa pode ser você.

– Veremos. – Quando Aidan abriu a boca para discutir, Pesh o impediu. – É hora de ver sua cabeça.

– Ah, paciência – Aidan murmurou.

Pesh abriu a porta para Aidan. Emma e Megan esperavam, ansiosas.

– Qual é o veredicto? – Megan perguntou.

– Acho que ele ficará bem, mas para me assegurar quero que faça uma tomografia.

Emma arregalou os olhos, temerosa.

– Acha que aconteceu algo no cérebro por causa da queda? – ela perguntou, em pânico.

Pesh sorriu, tentando acalmá-la.

– Não acho que há nada errado além de um pequeno galo na cabeça, mas quero que faça por garantia.

– Tudo bem – Emma respondeu.

Um enfermeiro apareceu com uma cadeira de rodas para levar Aidan para a tomografia. Antes de se sentar, Aidan beijou Emma.

– Estou bem, amor. Não se preocupe. Não é bom para você e para o bebê.

Ela sorriu, vacilante.

– Tentarei.

Ele piscou para ela, sentando-se.

– Nada pode me derrubar. Já deveria saber disso.

Megan riu.

– Pelo menos sabemos que o galo não afetou seu ego.

– Claro que não – Emma concordou.

Kristi apareceu de uma das salas de exame.

– Dr. Nadeen, preciso de você.

Ele assentiu antes de se virar para Megan.

– Por que não mostra à Emma uma das salas de espera?

– Claro – Megan respondeu.

Emma abraçou Pesh.

– Obrigada por cuidar de Aidan.

– É um prazer. – Ele acenou antes de desaparecer dentro do quarto do paciente.

Após conversar com Aidan, ele definitivamente se sentiu um pouco mais determinado em seguir adiante.

Capítulo Nove

Dois dias depois, quando Megan chegou para o seu turno, encontrou a sala de emergência caótica.

– Nossa, o que aconteceu? – ela perguntou à Kristi, depois de entrar e guardar suas coisas.

Kristi revirou os olhos.

– Quase todo mês temos um dia inteiro de loucura. Não dá para prever, só seguimos o fluxo. – Ela sorriu para Megan. – Então, fique alerta hoje.

Megan riu.

– Isso parece bom.

Conforme começou a tratar os pacientes, Megan foi se sobrecarregando cada vez mais. Kristi parecia sentir o mesmo já que suas bochechas estavam marcadas por gotículas de suor. Assim que trataram um paciente e desinfetaram a sala, outro chegou.

Megan seguia bem atrás de Kristi quando ela se dirigiu para a recepcionista.

– Ei, Janet, será que poderia chamar mais alguém? Estamos ficando atoladas.

– Na sala de espera está uma loucura também – Janet respondeu. – Estamos quase transbordando.

– Maravilha. Deve ser a lua cheia que deixa as coisas malucas. – Ela se virou para Megan. – Escute, como estamos atoladas, será que você poderia ficar com o homem na sala de exame B?

Megan arregalou os olhos.

– Sério? Sozinha?

Kristi sorriu antes de dar um tapinha na mão de Megan.

– Eu a acompanhei na última semana. Confio em você.

– Tudo bem. Se você tem certeza.

– Estou confiante.

Megan não conteve o sorriso.

– Obrigada.

Pegando seu iPad, ela abriu o registro do paciente que esperava por ela. Quando ela abriu a porta, olhou para o homem na maca.

– Boa tarde, Sr. Robertson. Sou Megan. O quê... – antes que ela concluísse a pergunta, foi interrompida.

– Não, não. Eu não serei examinado por você. Eu quero um médico. *Um médico homem*. Você entendeu?

– Senhor, eu entendo, mas temos que seguir o protocolo, que é nos certificarmos de seu problema antes do médico vir. Vi em sua ficha que está sentindo com inchaço abdominal...

Ele olhou para a parede, se recusando a se virar para ela, antes de erguer um dedo em sua direção.

– Eu falei sério. Exijo um médico.

– Sim, mas nós estamos bem cheios esta tarde. Não sei quanto tempo demorará para que um médico possa vir vê-lo, ainda mais um homem. – Quando o homem pareceu esmorecer um pouco, Megan deu um passo à frente. – Por favor, deixe-me só dar uma olhada em seu abdômen?

– Não é meu abdômen – ele murmurou.

– Então o que é? – Ele não respondeu e ela suspirou, frustrada. – Sr. Robertson, você não pode ignorar inchaço abdominal. Pode ser resultado de várias implicações e as repercussões são variadas.

Ele se mexeu desconfortável na maca. Exatamente quando ela pensou que estava conseguindo fazê-lo ceder, ele jogou a cabeça para trás e começou a gritar a plenos pulmões:

– QUERO UM MÉDICO E TEM QUE SER HOMEM!

Megan revirou os olhos. Era a primeira vez que ela tinha chance de atender um paciente sozinha e tinha que ser um lunático. Recusando-se a desistir, ela se aproximou. Ela examinaria esse merda sexista nem que fosse a última coisa que ela fizesse.

– Continue gritando e chamarei os seguranças – ela avisou, antes de tirar o lençol de cima dele.

Seus gritos se transformaram em um gritinho de pavor enquanto ele agarrou o lençol de volta, mas era tarde demais. Ela já havia visto o suficiente.

– Ah. Meu. Deus – ela murmurou.

Megan estava em frente a uma daquelas imagens que vêm de aviso de perigo no uso em excesso de Viagra e Cialis para se alcançar uma ereção contínua por horas.

– Precisaremos aspirar isso.

– Como é que é? – ele questionou.

– O acesso de sangue no pênis – ela explicou. – Não irá embora sozinho. Terá que ser aspirado, o que significa drenado.

Sr. Robertson engoliu seco.

– Com uma agulha?

– Sim, com uma agulha bem larga. – Ele tentou protestar, mas ela o conteve. – Para sua sorte, eu não posso fazer esse procedimento. Ele só pode ser executado por um médico.

– Homem, certo?

– Se precisar esperar por um homem até seu pênis explodir, tem certeza de que irá querer seguir esse caminho? – Seus olhos azuis se arregalaram horrorizados. – É, foi o que pensei. Volto já.

Ao sair da sala, ela trombou justamente com a última pessoa que queria ver nesse momento.

– Desculpe. Você está bem? – Pesh perguntou.

– Estou.

Ele sorriu.

– Avaliando pacientes sozinha? Isso é ótimo.

– Hum... Bem. Sim e não.

– Qual é o problema? – ele demonstrou preocupação.

Ela não se imaginava contando a Pesh sobre a condição do Sr. Robertson. A última coisa que ela queria era discutir esse caso com ele. Drenar um pênis ereto era função de um dos internos, não ao chefe dos residentes.

– Ah, não é nada. Ele é um pouco mandão.

Nesse momento, a sala de exame se abriu. Sr. Robertson estava parado em uma posição quase dolorosa, com as pernas o mais esticadas possível. Ele lançou um olhar para Pesh e seu jaleco branco e atirou-se sobre ele.

– Me ajude, por favor!

Embora fosse estritamente contra as regras de enfermagem, Megan teria amado estrangular Sr. Robertson bem ali. Pesh segurou as mãos do homem e as tirou de seu jaleco.

– Senhor, precisa entrar lá na sala de exame e se deitar. Em seu estado, certamente não deveria estar em pé.

Pesh guiou o paciente até a maca e Megan, relutante, seguiu-os, fechando a porta atrás de si.

– Qual é o problema?

Sr. Robertson olhou de um para o outro. Com timidez, ele respondeu:

– Hum... Estou com um inchaço abaixo da área do abdômen.

Megan precisou se controlar para não revirar os olhos. Ela caminhou até ficar entre os dois e olhou para Pesh.

– O paciente se recusa a reconhecer o que tem. Parece que é um caso de extremo priapismo.

Ao ouvir a palavra, as bochechas de Pesh coraram e ele interrompeu o contato visual com Megan. Sua reação foi exatamente a que ela temia. Ela imaginava o quanto deveria ser difícil para um profissional como ele se embaraçar com a condição do paciente. Mas por causa do passado dos dois, qualquer insinuação sexual era um pouco mais mortificante do que se ela estivesse conversando com qualquer um dos outros internos.

Pesh precisou de alguns segundos para se recuperar e depois voltou suas atenções para o paciente.

– Você tomou algum tipo de medicamento para disfunção erétil nas últimas quatro ou seis horas? – Quando Sr. Robertson encarou Megan, Pesh continuou: – Minha enfermeira me acompanhará durante todo o seu tratamento. Então perguntarei outra vez: você tomou algum tipo de medicação?

– Cialis.

– Quantos miligramas? – O paciente engoliu seco e Pesh questionou: – Está sendo propositalmente evasivo ou você não sabe?

– Eu não sei, está bem? Consegui com um amigo meu.

– Você costuma se automedicar?

– Só queria tentar algo.

Pesh fitou Megan.

– Solicitarei um hemograma completo. Quem sabe o que mais ele tomou?

Megan assentiu e digitou o código em seu iPad, para que um dos responsáveis pelo laboratório viesse para fazer o exame de sangue. Após se dirigir ao pequeno armário, Pesh colocou luvas de borracha.

– Eu o examinarei agora.

Com um bufo resignado, Sr. Robertson tirou o lençol. Megan mordeu o lábio com força para conter uma gargalhada ao ver a expressão de Pesh. Ela tinha quase certeza de que Pesh nunca teve que lidar com um pênis tão gigante quanto uma berinjela em toda sua carreira. Claro que seu divertimento acabou ao perceber o quão desconfortável seria estar na mesma sala em que ele segurava o pênis de outro homem.

Ela tentou se ocupar com o iPad. Queria fazer qualquer coisa menos olhar para a cena. Quando Pesh terminou essa parte do exame, Sr. Robertson deitou-se outra vez na maca, para que o médico continuasse o exame em seu pênis berinjela.

– Precisamente há quanto tempo está com essa ereção?

– Há cinco horas e meia.

– Parece que não há nenhuma ruptura de artéria, então não precisaremos levá-lo para a cirurgia. Creio que a forma mais rápida de tratamento e, também a menos invasiva, seriam injeções nas veias para reduzir o volume de sangue em seu pênis. Isso deve reduzir o inchaço.

Os olhos de Sr. Robertson se estreitaram, com desconfiança.

– E onde serão essas injeções?

– No seu pênis, é claro.

Engolindo seco, o paciente respondeu:

– Tudo bem. Pode fazer.

Pesh concordou.

– Pode pegar uma injeção de alfa agoniara, por favor?

– Claro – Megan respondeu.

Ela saiu com prazer da sala de exame e foi até o armário de medicamentos. Após checar a dosagem, voltou relutante para a sala do Sr. Robertson.

– Obrigado – Pesh disse, ao pegar o medicamento. Megan olhou-o com uma mistura de nojo e fascinação quando ele tocou no pênis do Sr. Robertson. – Inspire profundamente – ele instruiu.

Assim que a agulha penetrou na pele, Sr. Robertson, gemeu bem alto e incontrolavelmente. Megan não se conformava com o quanto o paciente estava fazendo drama sobre a dor. Quando Pesh terminou, ele jogou a seringa no lixo designado aos materiais que ofereciam risco de contaminação e examinou o paciente.

– Se o inchaço não começar a diminuir nos próximos dez ou quinze minutos, teremos que ir para outra fase do tratamento.

– Que é? – Sr. Robertson questionou com uma careta.

– Aspirar o sangue do pênis.

O paciente empalideceu consideravelmente.

– Ah, Deus, ela disse isso – ele disse a frase como se Megan fosse um tipo de praga.

Pesh se virou para sorrir para Megan.

– Então ela fez um ótimo diagnóstico. – Então ele olhou para seu pager apitando. – Fique de olho nele. Voltarei em quinze minutos.

– Ok. Ficarei.

O tempo se escoou em uma lenta agonia enquanto ela se distraía com algumas fichas e observava o paciente. A cada minuto ele se levantava para olhar para sua ereção e cada vez que ele fazia uma careta, Megan pensava que a injeção não estava fazendo efeito no inchaço. Quando Pesh entrou na sala outra vez, ele olhou de Megan para Sr. Robertson.

– Como estamos indo?

Ela balançou a cabeça.

– Sem alteração.

– Entendo. – Ele foi até uma gaveta e procurou por uma grande seringa com uma agulha bem grossa. – Sinto muito, Sr. Robertson, mas parece que é o único caminho.

Sr. Robertson ficou sem palavras pela primeira vez desde que chegou.

– Srta. McKenzie, poderia me auxiliar? – Pesh pediu.

– Claro.

– Preciso que me ajude a contê-lo. Preciso que fique o mais imóvel possível.

Megan não soube o que pensar. Sr. Robertson tinha mais ou menos cinquenta quilos a mais que ela. Isso sem mencionar o que a dor faz com a adrenalina no corpo, tornando uma pessoa muito mais forte. Mesmo assim ela fez o que lhe foi solicitado.

Enquanto Pesh aproximava a agulha do pênis do Sr. Robertson, ela ajeitou as mãos e pressionou os ombros do paciente com força. Quando a agulha perfurou a pele, ela precisou de toda sua força para contê-lo deitado. Apertando os dentes, ela usou o peso do próprio corpo. Finalmente, quando a última gota de sangue extra foi drenada, ela pôde relaxar.

Pesh descartou a seringa e se voltou a eles.

– Receitarei um pouco de Ibuprofeno para dor e ação anti-inflamatória. Também aconselho que faça compressa com gelo na região. E meu conselho mais importante e que espero que siga: nunca mais tome medicação para disfunção erétil até que realmente precise disso.

– Ah, fazer o quê? – Sr. Robertson resmungou, se jogando de volta à maca.

– Dê trinta minutos a ele e então o libere. Precisaremos desta sala – Pesh instruiu.

– Sim, pode deixar.

Ele lhe deu um sorriso rápido antes de sair. Após trinta minutos, ela observou o Sr. Robertson deixar o Pronto-Socorro.

– Megan – Kristi chamou.

– Sim?

– Vá fazer sua pausa para o jantar agora.

– Tem certeza? Posso trabalhar enquanto estivermos cheios.

Kristi negou.

– Estamos bem. Vamos precisar de você bem. As coisas provavelmente ficarão ainda mais loucas quando o sol se puser.

Megan tentou não aparentar suas preocupações pela previsão. Em vez disso, foi até a sala de descanso para pegar sua bolsa. Quando saiu, Pesh estava esperando por ela.

– Aonde você vai?

– Ah, é minha pausa para o jantar.

Pesh sorriu, travesso.

– Que coincidência. É a minha também.

Percebendo o que ele pretendia, ela balançou a cabeça vagarosamente.

– Sem encontros.

Depois de cruzar os braços, Pesh perguntou:

– E como seria um encontro se estivéssemos na mesma lanchonete e nos sentássemos à mesma mesa?

– Você está forçando a situação e sabe disso.

– Depois do que acabamos de enfrentar, como pode me negar a chance de lhe pagar um jantar? – Um brilho provocante surgiu em seus olhos, um a que ela não estava acostumada. Por alguma razão, ela o achou completamente irresistível. – Sem contar que como posso pensar em romance agora que acabei de pegar no pênis de outro homem?

Ela arregalou os olhos, chocada.

– V-Você realmente disse isso?

– Sim, acredito que disse.

– Não consigo acreditar em você às vezes.

– Não tente me encaixar em um tipo de perfil. Apenas me aceite como sou – Pesh sugeriu.

– Tentarei. – Quando entraram no elevador, Megan mordiscava o lábio, inquieta. – O que as pessoas dirão se nos virem juntos?

– Que somos duas pessoas solteiras jantando – ele respondeu.

– Você é o chefe dos residentes e eu sou uma estagiária. Não poderia causar problemas?

– Médicos e enfermeiras comem juntos em suas pausas. A lanchonete é um lugar muito discreto para estarmos juntos. Se alguém nos encontrasse em alguma sala vazia no hospital aí sim teríamos um problema.

– Se está dizendo... – ela murmurou e ele apertou o botão do elevador.

Ao entrarem no elevador, ele a encarou.

– Está mesmo preocupada, não está?

Ela assentiu.

– Minha carreira significa tudo para mim. Não quero fazer nada que a coloque em risco.

– Farei o possível para que não nos sentemos sozinhos.

– Obrigada.

Quando o elevador começou a descer, Pesh jogou a cabeça para trás e exalou profundamente.

– Bem, isso foi...

Megan sorriu.

– O bom médico parece sem palavras. Com certeza em todos esses anos de PS você já cuidou de casos mais mortificantes.

Ele pareceu pensativo.

– Uma chave de fenda enfiada no reto é, provavelmente, um caso mais ameno.

– Mais ameno? – Megan questionou sem acreditar, quando a porta do elevador apitou e abriu.

Pesh gargalhou.

– Um homem totalmente drogado entrar no PS segurando o pênis é provavelmente o caso mais louco.

Megan cobriu a boca com a mão.

– Ele o cortou fora... – Ela olhou à sua volta querendo ter certeza de que estava ouvindo essa conversa.

– A boa enfermeira está sem palavras? – ele provocou.

Ela revirou os olhos para ele.

– Então o que aconteceu?

– Nós o sedamos e o levamos o mais rápido possível para a cirurgia. Pelo que ouvi, eles conseguiram costurá-lo outra vez, mas não sei se ele conseguirá... recuperar todas as suas funções outra vez.

– Isso é maluco com certeza.

– Eu sei.

Pesh lhe entregou a bandeja de comida e enquanto eles faziam suas escolhas, Megan perguntou:

– É o seu procedimento padrão em casos assim?

– Acho que ficou claro que não cuidei de muitos casos de priapismo antes, mas, sim, toda vez que tiver casos envolvendo pênis e não houver ligação com a uretra ou bexiga o procedimento é o mesmo. – O rapaz atrás do balcão da comida lhes lançou um olhar estranho pela conversa e Pesh perguntou a ela: – Por que perguntou?

Ela deu de ombros.

– Apenas para estar preparada para a próxima vez.

Ele ergueu as sobrancelhas.

– Quer praticar sua própria linha de questionamento? Quer dizer, me mostrar o que aprendeu?

– Vamos pegar a comida primeiro, certo?

– Vamos.

Após decidir que a salada de frango era o que mais parecia apetitoso no balcão, ela pegou uma bebida e alguns cookies recém-assados. Ela se inclinou para pagar e Pesh colocou a bandeja ao lado da dela. Ele escolheu um tipo de *stir-fry* que não pareceu apetitoso à Megan.

Ela procurou por sua carteira na bolsa e ele esticou uma nota de vinte à caixa.

Ela o encarou enquanto pegava o troco

– O que foi? – ele perguntou.

– Você pagar pelo meu jantar não parece muito inocente – ela reclamou, enquanto caminhavam para as mesas.

Pesh sorriu.

– Duvido muito que ela fará fofocas sobre como Dr. Nadeen pagou uma salada à adorável estagiária de enfermagem.

– Nunca se sabe – Megan contestou.

Seguindo Pesh, ela o viu caminhar até uma mesa cheia de médicos e enfermeiras. Enquanto o lado esquerdo estava cheio de pessoas, a outra extremidade estava praticamente vazia.

– Se importam se nos sentarmos aqui? – Pesh perguntou.

– Vá em frente, Nadeen – um médico de cabelos espessos respondeu.

– Esperamos que mais alguns se juntem a nós – ele respondeu, antes de se virar para piscar para Megan.

– Você é um bom jogador – ela disse, suavemente.

– Obrigado.

Ela tinha acabado de começar a comer a salada quando Pesh disse:

– Pronta para a conversa?

– Vamos falar sobre isso enquanto comemos?

– Você sabe que a maioria das refeições são usadas para revirmos os casos ou ter algum auxílio em algum caso.

– Tudo bem, então. – Tentando manter um ar profissional, ela perguntou: – Você já usou alguma medicação para disfunção erétil?

O brilho que ela viu mais cedo retornou aos olhos dele.

– Acho que você não precisa perguntar isso depois do nosso primeiro encontro.

Um arrepio percorreu por sua espinha enquanto ela se lembrava de como se esfregou por sua rigidez.

– Considerando que eu não teria esse tipo de conhecimento com um paciente, responda a pergunta.

Ele lhe lançou um sorriso travesso.

– Não, nunca.

– Você tem algum problema em manter uma ereção?

– Eu poderia mais uma vez, recorrer ao seu conhecimento de como sou capaz de manter uma ereção, mas me absterei. Em vez disso, direi não.

– Ha, ha, bela forma de provar seu ponto.

– Eu tento.

Ela inclinou a cabeça para ele, sorrindo de forma provocante.

– Se um paciente tentasse flertar tanto quanto você durante um diagnóstico, então eu deveria lembrá-lo de que sou uma profissional.

– Entendo. Perdoe-me por tentar minar seu profissionalismo.

– Está perdoado, por enquanto.

Ele tomou um longo gole de seu chá gelado.

– Você lidou muito bem com a situação.

– Lidei?

– Sim, lidou. Foi seu primeiro caso sem supervisão e você conseguiu dar o seu melhor e dar ao paciente o melhor diagnóstico e cuidado possível.

Ela não conseguiu impedir que suas bochechas se ruborizassem ao ouvir os elogios.

– Obrigada. Aprecio sua confiança.

– Acho que será uma enfermeira maravilhosa. Sei que há muitos hospitais disputando para contratá-la.

Megan se surpreendeu.

– Não sei nada sobre isso.

– Não subestime seus talentos.

– Acha que eles me contratariam aqui? – ela perguntou.

Foi a vez dele de se surpreender.

– Você não se importaria de se tornar alguém permanente neste hospital?

Ela deu de ombros.

– Não estou há muito tempo por aqui, mas tenho sido muito feliz. Gosto das pessoas com quem trabalho. Acho que não gostaria de ir para um lugar desconhecido quando eu sei o que tenho aqui.

Ele engoliu uma porção de seu arroz.

– É compreensível. – Após limpar os lábios, ele sorriu. – Acho que eles seriam loucos se não fizessem uma oferta.

– Espero que sim.

Empurrando o prato, ele sustentou o olhar. A intensidade com que ele a encarava a faz estremecer. Ela não gostava do efeito que ele tinha sobre ela bem no meio da lanchonete do hospital. Uma mistura de emoções a envolvia – calor, segurança, luxúria, felicidade. Ela não sentia esse tipo de coisa por um homem há muito tempo.

Finalmente, ele disse:

– Eu ficaria muito feliz por tê-la aqui e farei tudo o que eu puder para me assegurar que você fique.

Antes que ela pudesse responder, uma bandeja foi colocada a seu lado. Um dos residentes, um jovem médico chamado Dr. Morris, sorriu para os dois.

– Ouvi dizer que vocês dois tiveram um caso de priapismo hoje.

– Sim, tivemos – Megan respondeu. Ela não se atreveu a olhar para Pesh e checar sua expressão após serem interrompidos.

Dr. Morris reclamou.

– Ah, por favor. Me dê os detalhes sórdidos. Ainda não peguei um desses. O melhor inchaço de pênis que peguei foi quando um idiota tentou colocar piercing nas bolas e infeccionou.

Quando Megan franziu o nariz, foi surpreendida pela gargalhada de Pesh. Ela olhou para ele, que piscou.

– Eu disse a você que as conversas que temos nas refeições não são exatamente de abrir o apetite.

– Estou começando a acreditar em você.

De alguma forma, ela conseguiu terminar de comer a salada, enquanto Pesh contava ao Dr. Morris todos os detalhes do caso. Quando ele terminou, ela se levantou da cadeira.

– Acho que é melhor eu voltar. Está tudo uma loucura por lá.

Surpreendentemente, Pesh não se levantou ou se ofereceu para acompanhá-la. Em vez disso, ela percebeu em sua face a aceitação de que ela precisava ir e que ele ficaria aqui para não levantar suspeitas sobre eles.

– Obrigada pelo jantar – ela disse.

– De nada – ele respondeu, com um sorriso.

Seus sorrisos estavam começando a afetá-la de uma forma que ela não estava gostando. Ele não estava fazendo sua calcinha pegar fogo; em vez disso, a faziam querer passar um tempo com ele. Ela rapidamente colocou a bolsa no ombro e saiu da lanchonete. Com o caos que logo a cercou, ela felizmente manteve Pesh longe de sua mente pelo resto da noite.

Capítulo Dez

Após duas semanas exaustivas na emergência, Megan estava pronta para um pouco de descanso e distração. Então ela ficou empolgada quando Emma a convidou para um dia só com garotas. Ficou ainda mais feliz quando Emma disse que Aidan se dispôs a ficar com Mason, para que ele e Noah pudessem brincar juntos. Mesmo que ela soubesse que seus pais teriam ficado com ele, ela não queria incomodá-los ainda mais.

Uma hora depois de receber a ligação, ela estacionava em frente à casa de Aidan e Emma. Quando ela abriu a porta de trás para pegar Mason, viu-o se agitando todo feliz. Ele adorava a casa de Aidan e Emma e especialmente brincar com Noah, mesmo com os onze meses de idade que os separavam.

Ela pegou Maison e sua bolsa de bebê e caminhou até a porta da frente. Emma abriu a porta com Noah no colo.

– Ei, estou tão feliz por você ter vindo.

Megan sorriu.

– Você já deveria saber que eu não tenho vida além de Mason e do trabalho.

– Me sinto da mesma forma às vezes – Emma respondeu e Megan entrou na casa.

Enquanto ela caminhava até a cozinha, Mason se agitou para descer. Ela o colocou no chão e ele correu para a sala de estar.

Aidan estava deitado no sofá com Beau no chão, perto dele.

– Beau! – Mason deu um gritinho e se inclinou para abraçar o enorme labrador.

Megan nunca se preocupou com o relacionamento de Beau e Mason. O cachorro era um gigante muito gentil quando lidava com bebês e crianças. Beau balançou o rabo, feliz por ter atenção.

Aidan desviou o olhar da televisão e sorriu.

– Ei, como você está?

Ela sorriu e se abaixou para beijá-lo na bochecha.

– Bem, obrigada. E você?

– Ótimo. Ansioso para ter um dia de homem com os meninos.

Megan riu.

– Ah, sim, com duas crianças com menos de 2 anos... Vamos ver quanta diversão você terá.

Aidan deu de ombros.

– Será bom praticar, já que mais um bebê está chegando.

– Bebê ou bebês? – ela perguntou.

Com os olhos arregalados, ele respondeu rapidamente:

– *Bebê*, no singular. Foi confirmado, graças a Deus.

Ela continuou provocando:

– E quando será a ultrassonografia que confirmará que teremos uma nova netinha Fitzgerald a caminho?

Aidan bufou, exasperadamente.

– Ainda demorará uns meses, engraçadinha.

Ela levou as mãos ao peito, simulando ultraje.

– Foi só uma pergunta.

– Sim, e sabendo que você já tem um filho, tenho certeza de que você sabe bem o mês que dá para ver o gênero na ultrassonografia.

Megan sorriu.

– Eu só acho que será legal eu ser a neta mais velha e ela ser a mais nova.

Com uma expressão de dor, Aidan resmungou:

– Tanto faz.

Ela bagunçou seus cabelos, divertidamente.

– Relaxe, Ankle. Você será um pai maravilhoso para essa garotinha. Ela o controlará mesmo antes de sair do ventre.

– Um homem como eu, ou devo dizer, um homem como eu era não deveria trazer filhas ao mundo.

– O destino é cruel – ela provocou.

– Não é? – ele resmungou outra vez.

Emma se juntou a eles na sala de estar. Ela entregou Noah e uma mamadeira a Aidan.

– Tem certeza de que você ficará bem?

– Eu ficarei bem. Nós ficaremos bem. Não ficaremos, Mason?

Mason os olhou por cima das costas de Beau.

– Sim!

– Viu? Pare de se preocupar. – Ele trocou um longo olhar com Emma, antes de acrescentar: – Uma promessa é uma promessa, afinal.

Ela corou um pouco perante suas palavras e lhe deu um sorriso tímido. Quando ele piscou, brincalhão, para ela, Megan sentiu seu peito apertar. Ver seu tio tão mulherengo agora ser um amoroso e devotado marido e pai era sempre surpreendentemente desconcertante. E lá no fundo, ela sabia que queria o que Aidan e Emma tinham. Amor, compaixão, casamento e ter alguém para dividir a maternidade.

"Se você não fosse tão orgulhosa, provavelmente poderia ter algo como Aidan e Emma com Pesh! Mas não, você prefere acreditar que é nova demais para se casar. Você com certeza está jogando fora a felicidade só porque está com muito medo."

Emma a tirou de sua autodepreciação:

– Então, onde devemos ir primeiro? – ela perguntou, enquanto caminhavam até a garagem.

– Manicure e pedicure? – Megan sugeriu.

– Hum... Parece ótimo.

As duas entraram no carro de Emma. Quando Megan colocou o cinto, Emma se virou para ela.

– Espero que não se importe por eu ter convidado Casey para almoçar conosco.

– Claro que não. Quanto mais melhor. Sem contar que Casey é um poço de divertimento.

Emma sorriu e ligou o carro.

– É mesmo.

Em pouco tempo, elas estacionavam em frente ao Starbucks para pegar café para Megan e chá para Emma. Então caminharam um pouco até o salão. Depois de um tratamento relaxante de manicure e pedicure, elas dirigiram por mais vinte minutos até se encontrarem com Casey, no restaurante favorito delas, que ficava na antiga estação de trem.

Ao chegarem, viram Casey sentada do lado de fora, mandando mensagens no celular.

– Ei, garota! – Emma chamou.

Casey acenou antes de se levantar.

– Olá, olá.

Elas trocaram abraços.

– Achei que vocês duas nunca chegariam. Estou faminta.

Emma sorriu.

– Desculpe. Eles estavam um pouco cheios no salão.

Elas cruzaram a porta e foram imediatamente recebidas pela *hostess* que as conhecia bem. Depois de se sentarem em sua mesa confortável de sempre, elas pegaram os cardápios.

– Você tem que beber por nós já que somos duas damas que não podem consumir álcool por enquanto – Casey informou.

Megan se surpreendeu.

– Eu não sabia que você estava grávida.

Casey sorriu.

– Sim, Nate finalmente me dobrou. – Ela mexeu a cabeça. – Às vezes, eu acho que ele é a mulher desse relacionamento.

– Ele deve ter um poder muito grande de convencimento – Megan disse.

Concordando, Casey respondeu:

– Ele vem de uma família muito grande, então queria muito ter um filho. Estamos casados há um ano e juntos há oito, então acho que já era hora. E apesar de eu não estar muito empolgada com a ideia de ter um bebê durante sua residência tão maluca, seu horário estará melhor quando o bebê nascer.

– Está de quanto tempo?

– Mais ou menos o mesmo que Emma.

A declaração fez Emma sorrir.

– Nossos bebês serão melhores amigos também. Eu sei.

Casey também sorriu.

– Ou namorado e namorada...

– Pode ser. – Emma levantou o queixo. – Mas não sei se quero seu filho corrompendo minha menininha.

Com seus olhos escuros arregalados, Casey bufou:

– E se for a minha filha e seu filho a corrompendo?

Emma deu uma risadinha.

– Se meu filho puxar ao pai, então teríamos isso mesmo. Mas também temos que pensar que se sua filha puxar para você, será ela quem o corromperá.

Casey gargalhou.

– É verdade.

– Acho que devo manter Mason afastado dela também, hein? – Megan perguntou, com um sorriso.

– Provavelmente – Emma respondeu.

Uma garçonete apareceu para anotar os pedidos, depois se foi. Casey fitou Megan com intensidade.

– Então – ela começou, erguendo uma sobrancelha para Megan. – Ouvi dizer que está fazendo seu estágio sob o Dr. McDreamy Indiano.

Megan não conteve a risada.

– Se você quer dizer que estou estagiando sob a supervisão do Dr. Nadeen, então a resposta é sim.

Emma mordeu o lábio antes de começar a falar.

– As coisas estão estranhas pelo que aconteceu na noite do batismo do Noah?

Antes que Megan pudesse responder, os olhos de Casey saltaram.

– Opa, opa. Espere um minuto. Algo aconteceu entre vocês dois?

Megan sentiu o calor se espalhar por suas bochechas. Era muito difícil repetir, mas finalmente ela contou à Casey cada detalhe embaraçante daquela noite.

– Cara, ele é tão assustadoramente honrado, não é? – Casey refletiu.

– Sim, ele é – Megan respondeu.

Emma concordou.

– Não há nada de errado com sua honra. Foi o que me atraiu a ele naquela época. Há tão poucos cavalheiros no planeta.

Antes que conseguisse se controlar, Megan deixou escapar:

– Mas eu não queria um cavalheiro. Queria transar.

Casey sorriu.

– Não é o que todas queremos?

Emma revirou os olhos.

– Bem quando eu pensava que seus hormônios de gravidez não a deixariam tão enlouquecida no que se refere ao sexo, você solta uma dessa – ela se queixou.

Megan deu um gole em sua Coca-Cola Diet, pensativa.

– O mais bizarro é que mesmo que ele devesse estar completamente sem desejo por mim por causa do que aconteceu naquela noite, ele continua interessado. Quer dizer, o homem é maravilhoso e metade das mulheres do hospital se jogam em cima dele e ele ainda me quer.

– E qual é o problema disso? – Emma perguntou.

– Ele quer namorar, não transar.

Emma franziu o cenho.

– Mas você não transaria se estivesse namorando?

Megan suspirou.

– Estamos em um impasse. Eu só quero sexo sem sair para ver filmes ou jantar e ele quer me mostrar um mundo ideal em relação a namoro.

– Tão Aladdin – Casey disse e recebeu um olhar exasperado de Emma.

Encolhendo os ombros, Megan respondeu:

– Ficaremos presos para sempre na *friend zone* porque nenhum de nós quer ceder.

– Mataria você sair com ele? – Casey questionou.

Megan arregalou os olhos, surpresa.

– Você, dentre todas as pessoas, vai bancar a advogada dele? – Megan apontou o dedão para Emma. – Eu esperava isso dela, mas não de você.

Casey limpou o canto dos lábios com um guardanapo.

– É apenas um encontro. Não acho que ele irá drogá-la e arrastá-la para que um padre case vocês.

– Espero que não mesmo.

– Então o que há de errado em ter um jantar inocente e talvez ver um filme? – Casey inquiriu.

– Porque não é justo com ele. Eu estaria só o deixando se levar pela situação e acho que todas nós concordamos que ele não precisa disso.

– Exatamente – Emma concordou.

Virando a cabeça, Casey fitou Megan, pensativa.

– Bem lá no fundo, você gosta dele, não gosta?

Megan revirou os olhos.

– Claro que gosto. Todo mundo gosta dele.

– Não, você realmente gosta dele. Você pensa nele mais do que deveria. E você meio que deseja não ser tão orgulhosa sobre namorá--lo. Mesmo porque você mataria para saber como ele usa seu instrumento, você está ainda mais intrigada para saber sobre como é fazer amor com ele.

Megan encarou Casey com cara de boba. Ela certamente lia seus pensamentos. Finalmente, ela suspirou.

– Olha, não haverá vencedores nessa situação. Eu sou estudante de enfermagem. Não posso me envolver com o chefe dos residentes. Não ficaria bem para mim. Essa é apenas uma das muitas razões pelas quais não daria certo nada entre nós.

– Certo. Continue repetindo isso para si mesma.

– Por que não conversamos sobre outra coisa? – Megan sugeriu.

– Quem quer ver um filme depois de passearmos e fazermos compras? – Emma perguntou.

Megan mordiscou o lábio.

– Ah, eu não sei se deveria demorar tanto. Não quero me aproveitar da gentileza do Ankle em cuidar de Mason.

Emma não concordou.

– Ele não se importará. Está feliz cuidando dele.

Megan a olhou cética e Casey perguntou:

– Deixe-me adivinhar... Você o subornou com sexo para que ele desistisse de um sábado tranquilo e o passasse cuidando de duas crianças com menos de 2 anos.

Emma corou.

– Não sei do que você está falando.

Casey gargalhou.

– Ah, Emma, você foi pega em flagrante! – Inclinando-se, ela colocou os cotovelos na mesa e encarou Emma diretamente. – Então com o que foi? Lingerie verde? Boquete? Talvez um boquete usando lingerie verde?

Se recusando a enfrentar o olhar inquisitivo de Casey, Emma finalmente murmurou:

– Foi um boquete no chuveiro esta manhã, ok?

Casey riu.

– Eu sabia que tinha feito algo. Hum... Isso foi divertido. Foi como um jogo de detetive sexual. Então foi Emma, no chuveiro, com um boquete.

Megan cobriu os olhos com as mãos.

– Hum... Oi? É do meu tio que vocês estão falando.

– Desculpe, desculpe. Me abstenho de fazer mais comentários sobre a vida sexual de Emma e Aidan.

– Obrigada – Emma e Megan responderam em uníssono.

– Compras e cinema, então? – Casey perguntou.

Megan concordou, relutante.

– Eu culparei as duas se Ankle estiver nervoso.

Casey piscou.

– Culpe apenas Emma. Então, ele poderá descontar depois... na cama.

– Eu odeio você de verdade – Emma resmungou.

Felizmente, a comida chegou e a conversa sobre sexo foi esquecida. Pelo menos por enquanto.

Capítulo Onze

Passando a mão por suas sobrancelhas suadas, Pesh se inclinou contra a porta de vidro da área de traumatologia. Conforme a adrenalina começou a sair de seu sistema, ele precisou se encostar em algo. Apesar do quanto ser chefe dos residentes o drenasse, emocionalmente ele estava nas nuvens. Um sorriso bobo tomou seu rosto ao olhar para a maca no quarto. Nela estava uma jovem mãe com seu recém-nascido. Ela deu a luz apenas vinte minutos depois de sofrer um acidente de carro, que antecipou o parto. Os paramédicos a tiraram de uma situação difícil, mas felizmente eles conseguiram chegar a tempo no hospital. Seu parto estava em um estado tão adiantado que eles não quiseram arriscar a levá-la à maternidade. Em vez disso, ela ficou na emergência e Pesh teve que fazer o trabalho. Foi realmente um momento incrível, considerando que ele fez apenas mais três outros partos em sua carreira médica. Cada experiência foi um tesouro.

A mulher olhou para ele e sorriu.

– Muito obrigada, Dr. Nadeen.

– De nada. Eles a levarão para a maternidade em poucos minutos.

Assim que ele saiu da sala, foi encurralado por Kara, uma das enfermeiras.

– Aí está você. Como está o bom médico hoje?

O jeito que ela falava era mais como um ronronar, o que combinava com a situação, já que ela sempre agia como uma gata no cio quando ele estava por perto. Ele se encolheu quando ela passou a mão por seu braço.

– Estou bem. Obrigado. Como você está? – ele perguntou, educadamente.

– Estou melhor agora que encontrei você – ela respondeu.

– Sim, bem, preciso ir para meu próximo caso.

Seus lábios carregados de batom se curvaram para baixo.

– Você nunca mais sairá comigo para beber?

Interiormente, ele gemeu. Em um momento de fraqueza quando ele ainda estava se recuperando do que havia acontecido com Megan, ele deixou que Kara o convencesse a sair para beber depois do trabalho. Isso se repetiu muitas vezes e então ele fez o impensável: transou com ela em seu carro, sob as fracas luzes de néon que iluminavam a entrada do bar. Bem, eles não chegaram a transar de fato. Ela lhe fez um boquete. Embora ele tenha prometido a si mesmo que isso nunca se repetiria, ele ficava em uma situação complicada toda vez que se encontravam no trabalho.

– Hum... Claro. Talvez. Está tudo muito corrido ultimamente.

– Espero que consiga um tempinho livre. Eu preciso muito, muito mesmo, de uma noite com você outra vez. – Olhando à volta, Kara fez o impensável. Ela apertou uma de suas nádegas.

Um suspiro, chocado, chamou a atenção de Pesh e ele se virou. De todas as pessoas no mundo que poderiam estar ali, estava bem... Megan.

Pesh se afastou rapidamente de Kara. Os olhos de Megan saltaram enquanto os encarava, até que ela olhou para outra direção. Com a cabeça ereta, ela passou por eles. A última coisa que ele queria era uma situação desconfortável entre eles. Sem dar mais nenhuma palavra à Kara, Pesh se virou e seguiu Megan.

– O que você está fazendo? – ela perguntou.

Ele deu de ombros.

– Nada. Apenas caminhando a seu lado. É um problema?

Olhando por seu ombro, ela avistou Kara, e disse:

– Parecia que você estava um pouco ocupado.

Com uma careta, ele disse:

– Eu não queria conversar nem ser tocado por ela.

Megan o encarou.

– Por que não estou surpresa por isso?

Ele a olhou com curiosidade.

– O que quer dizer?

– Você não é o tipo de cara que faz demonstração pública de afeto... ou melhor dizendo luxúria.

– Nós já não estabelecemos que você não deveria me qualificar? Eu não me encaixo a nenhum dos modelos preconceituosos em que você me coloca.

– Há um modelo em que você se encaixa perfeitamente e é ser um cavalheiro no que se refere a mulheres e sexo.

Por mais que ele odiasse admitir, ela estava certa sobre ele ser um cavalheiro. Ele tocou seu braço, fazendo-a parar.

– Sim, eu sou um cavalheiro nos dois casos: em público e quando estou sozinho com uma mulher. Mas me deixe acrescentar algo à sua presunção. Quando estou comprometido com uma mulher, eu nunca rejeito públicas manifestações de afeto ou luxúria.

Os lábios de Megan se curvaram em um sorriso.

– Então o que está dizendo é que você apertaria a bunda da sua namorada em público?

– Sim, apertaria. – Olhando à sua volta, ele felizmente os encontrou fora das vistas de qualquer um. – Quando estou verdadeiramente comprometido com uma mulher, tenho dificuldade de manter minhas mãos longe dela independentemente de onde estivermos.

– É bom saber – ela respondeu, com uma piscada.

Ele não conteve o sorriso bobo que preencheu seu rosto ao vê-la correr pelo corredor para se juntar à Kristi. Ele estava progredindo com ela, não estava? Com certeza Megan estava percebendo o quanto ela gostava de passar tempo com ele no hospital e não demoraria para perceber que ela queria mais. Seu sorriso morreu ao pensar que talvez ele estivesse iludindo a si mesmo.

Com um suspiro resignado, ele caminhou até a recepção para assinar algumas liberações. Ele estava abaixado e imerso em papelada, então não pensou mais sobre Megan.

– Alpesh! – alguém o chamou em voz alta.

Ele ergueu a cabeça. Sem nem mesmo olhar para trás, Pesh soube a quem a voz pertencia. Poucas pessoas em sua vida se dirigiam a ele pelo nome completo e ninguém no hospital nunca o chamou pelo primeiro nome.

Vagarosamente, ele se levantou da banqueta e se virou. Seu irmão caçula, Dev, parou em frente a ele com uma expressão tempestuosa. Como era o irmão mais velho, Pesh sempre se sentiu responsável por seus dois irmãos e irmã. Enquanto Arjan e Shveta nunca deram trabalho, Dev, que foi o caçula mimado da família, era sempre um desafio a Pesh e seus pais.

Após uma adolescência rebelde e uma vida adulta impetuosa, aos 25 anos, ele lutava para manter sob controle sua natureza selvagem. Dev havia se interessado por uma bela enfermeira, amiga de Pesh, enquanto ele ainda era um residente. Mia Martinelli viveu um inferno com um namorado abusivo, então Pesh relutou em apresentar os dois. Mas como Dev continuou insistindo, Pesh juntou os dois. O que resultou em 3 anos de namoro e um noivado. Mia foi aceita e amada por toda a família de Pesh. Então Dev estragou tudo ao traí-la. Com seu coração partido, Mia se fechou até para Pesh e tudo o que ele queria era que ela fosse feliz.

Pesh queria apreciar ser surpreendido pela visita do irmão, mas como ele fora chamado por Mia há poucos dias para confortá-la, ele antecipou o que o irmão queria. Felizmente ele estava preparado para a ira do irmão.

– Oi, Dev – ele disse, com a voz calma.

Balançando a cabeça, furiosamente, Dev disse:

– Acabei de receber uma porra de uma bomba em uma mensagem da Mia. Quando liguei para exigir explicações, ela não pôde explicar porque estava no México. Com AJ.

– Estou ciente disso.

Os olhos escuros de Dev se estreitaram à confirmação.

– Então é verdade que você foi conversar com ela?

– Sim, é verdade.

– Não posso acreditar. – Ele balançou as mãos, frustrado. – Eu não quis acreditar em nada do que Mia disse, especialmente quando ela disse que foi você quem a aconselhou a não me dar uma segunda chance e que ela deveria se acertar com AJ.

– É verdade também. Você e eu sabemos que Mia nunca mentiria.

– Mas como você pôde? – Dev exigiu, com a voz cortada.

– Sinto muito, mas só fiz o que considerei melhor para Mia.

Dev ergueu as sobrancelhas, irritado.

– E eu? Tenho a porra do seu sangue.

Com um suspiro, Pesh respondeu:

– Sinto muito, meu irmão, mas tendo meu sangue ou não, não poderia ficar parado e deixá-lo machucá-la outra vez. Ela sofreu demais.

– Eu a amo! – Dev gritou, o que chamou a atenção das enfermeiras à volta.

– Essa não é a hora nem o lugar para esse tipo de conversa – Pesh rosnou.

– Eu não vou a lugar nenhum. Então é melhor se explicar antes que eu realmente comece uma confusão.

– Ótimo. Quer a verdade? Aqui vai. Você só pensa que ama Mia. Você e eu sabemos que você não pode ser fiel a uma mulher.

– Eu poderia ser por Mia.

– Você já falhou com ela. Ela merece algo melhor.

Dev estreitou os olhos.

– O quê? Está fodendo com ela agora?

Ele fez uma careta pela dura escolha de palavras do irmão.

– Claro que não. Nunca houve nada nesse sentido entre mim e Mia. Felizmente, ela voltou para o homem que ama, o pai do filho que ela está esperando.

– Mas eu preciso dela – Dev insistiu, sua voz adquirindo um tom queixoso.

– Sinto muito, mas acho que é melhor você partir para outra. Acima de tudo, irmãozinho, acho que precisa refletir bem e amadurecer antes de pensar em se envolver em outro relacionamento.

Dev se surpreendeu.

– Você... Seu filho da puta! – ele gritou.

Pesh estava decidindo se deveria chamar o segurança para conter seu irmão rebelde quando foi nocauteado por um murro de Dev no maxilar. Ele cambaleou e caiu para trás. Antes que Dev pudesse chutá-lo enquanto ele ainda estava caído, Megan apareceu e se postou entre eles.

– Acho que você deve ir antes que eu chame o segurança – ela exigiu.

Pesh se levantou ao ver que Megan se colocou na linha de fogo de Dev. Ele não conseguiria se conter se Dev a machucasse em seu momento de fúria, só porque ela o estava defendendo. Dev a encarou com um sorriso:

– Então meu irmão precisa que uma baixinha o defenda agora? Um conselho, gracinha, não perca seu tempo com ele. Ele só tinha ereção com a esposa morta.

Um rugido escapou da garganta de Pesh quando ele se jogou sobre o irmão, mas ele nunca o alcançou. Em vez disso, o punho de Megan acertou o maxilar de Dev. O impacto não o fez nem tropeçar, mas ele deu um passo atrás. Ela mexia o punho para lá e para cá em visível dor e mesmo assim o enfrentou:

– Suma daqui. *Agora.*

Dev a encarou em choque enquanto massageava o maxilar.

– Vadia louca – ele murmurou e começou a se afastar.

Quando Megan se virou para Pesh, sua expressão carrancuda se transformou em preocupação.

– Você está sangrando! – ela disse, aflita, correndo até ele.

Sua mão tocou sua bochecha. Ele se surpreendeu ao sentir-se molhado. Dev deveria ter batido mais forte do que ele pensara. Ele acariciou o maxilar, fazendo uma careta de dor ao sentir os estalos.

– Venha. – Megan o pegou pela mão.

Ela começou a caminhar até uma das salas de exame, mas ele parou.

– Não preciso de toda essa comoção.

Megan não concordou.

– Nós precisamos limpar você.

Resignado, ele a seguiu. Pela primeira vez em muito tempo, ele era um paciente. Ele deitou-se na maca.

– Sério, Megan, isso não é necessário.

Enquanto ela pegava gaze, bolas de algodão e antisséptico, respondeu:

– Pare de putaria. – Ela o olhou por cima do ombro. Ao ver a expressão incrédula dele pela escolha de palavras, Megan sorriu. – É isso mesmo. Cale a boca e me deixe cuidar de você.

– Quando você fala desse jeito, como eu não deixaria? – ele provocou.

Sua risada aqueceu seu coração. Interiormente, ele estava feliz por vê-la tão atenciosa. Era óbvio que ela se importava muito com ele para querer cuidar dele. Ou ela estava tão atenciosa porque era uma grande enfermeira? Mas também havia o fato de que ela havia batido em Dev por insultá-lo. Claro, aquilo foi horrível. Isso significava que ela questionava sua masculinidade por ele não enfrentar o irmão? Deus, o que ela deveria pensar dele agora?

Enquanto ele permitia que Megan cuidasse de suas feridas, seus pensamentos se voltaram para a última agressão verbal de Dev. Ele se sentiu mal por seu irmão ter querido dizer que ele estava apaixonado por um fantasma. Seria isso que tinha feito Megan acreditar que ele não estava atraído por ela? Ela estaria escondendo seu medo de compromisso atrás da crença de que ele ainda estava apaixonado por sua esposa?

Seus sentimentos o distraíram até que Megan perguntou:

– Estou machucando você?

– Não, está tudo bem. – Quando ela lhe lançou um olhar cético, ele respondeu. – É que estou zangado por estar machucado.

– Então, sobre o que foi tudo isso? – ela perguntou, ao passar antisséptico por seu maxilar.

Ele se encolheu quando o medicamento tocou o queixo machucado.

– Meu irmão está irritado comigo.

Ela exalou.

– Não brinca? – Ela manteve a bola de algodão no ar enquanto olhava para ele, curiosa. – O que eu estava querendo saber é o que o deixou tão exaltado a ponto de entrar em um hospital, vir até você e lhe bater? Você é a última pessoa na Terra que eu imaginaria em uma briga.

– A razão é tão clichê – ele murmurou.

– Esclareça – ela insistiu.

– Ele é uma criança perdida e petulante. Ele está descontando seus problemas em mim porque acha que é minha culpa.

– Ouvi o nome Mia. Foi por causa de uma mulher?

– Sim, por isso eu disse que era clichê. – Ele inspirou o ar ruidosamente, antes de contar à Megan o que aconteceu entre ele, Mia e seu irmão.

– Uau – ela murmurou, quando ele terminou.

– Acho que isso é tudo o que posso dizer sobre essa situação.

– Você foi muito amável por cuidar dela do jeito que fez. Tanto com o ex-namorado abusivo quanto com seu irmão.

Ele deu de ombros.

– O que mais eu deveria fazer? Eu me preocupava com ela e queria vê-la feliz. – Ao ver o olhar de Megan, ele rapidamente acrescentou. – Não havia amor nesse sentido entre nós. Eu era muito bem casado na época e ela precisava desesperadamente de alguém que a amparasse.

Megan tocou a bochecha não machucada de Pesh.

– Você realmente é o homem mais decente que já conheci.

– Não sei nada sobre isso – ele disse, baixo.

– Você é, realmente. Não é à toa que as mulheres estão loucas por você. Seria uma coisa se você fosse só um médico bonito e inteligente, mas ao acrescentar o fato do quanto você é doce, carinhoso e compassivo... Você é um pacote completo. – Ela se virou para jogar o algodão no lixo.

As batidas do coração de Pesh ficavam cada vez mais altas enquanto ele permanecia sentado sem piscar ou se mover. Parte dele queria questioná-la sobre não o ver como as outras mulheres. Se ela realmente via o que as outras viam, então ela deveria querer namorá-lo, não deveria? Como ela não podia ver o quanto ele seria bom para ela?

Quando Megan notou o olhar tenso de Pesh, ela deu um passo atrás e derrubou o pedaço de gaze no chão. Ela rapidamente colocou aquele no lixo e pegou um novo.

– Então, essa Mia... Ela se mandou com o baterista, certo? – ela perguntou, claramente tentando mudar de assunto e o clima da sala.

– Não apenas um baterista. Um dos mais famosos.

– Sério? De que banda?

Pesh inclinou a cabeça enquanto tentava se lembrar.

– Alguma coisa *train*.

Megan engasgou.

– Não é a *Runaway Train*, é?

Ele estalou os dedos.

– Essa mesma.

Batendo a mão na testa, Megan arregalou os olhos.

– Você conhece alguém que conhece AJ Resendiz?

Pesh gargalhou.

– Acho que sim, se considerarmos que Mia é noiva dele.

– Isso é demais. Eu adoro essa banda.

– Verei se consigo um autógrafo para você.

Com um gritinho, Megan disse:

– Sério? Isso será maravilhoso.

– Qualquer coisa pela mulher que está disposta a arriscar sua vida por mim.

Megan riu.

– Não foi nada.

– Como está sua mão?

– Não vou mentir. Está doendo. Eu meio que me esqueci como é socar a cara de alguém.

Pesh não conteve a surpresa.

– Você já lutou bastante?

Ela sorriu.

– Não faço o tipo MMA, faço? – Quando ele mal assentiu, ela respondeu: – Eu posso ter dado alguns socos na faculdade, nos dias festeiros, quando um cara quis ultrapassar meus limites.

Com um sorriso, Pesh disse:

– Bom para você.

– Sim, meu pai foi ótimo me ensinando movimentos de autodefesa. Você sabe que ele foi um ex-militar, não sabe?

Pesh apreciou ver que Megan era ainda mais forte e corajosa do que ele pensava. Ele não conhecia muitas mulheres como ela. Neste mundo, as mulheres eram criadas para serem recatadas e obedientes. Mesmo Jade, que não era indiana, nunca sonhou em bater em Dev para defendê-lo. Mas Megan era revigorante com sua habilidade de ser forte por ela e pelos outros. Para ouvir sua mente, não importando se era certo ou errado.

– Você deixou seu pai muito orgulhoso hoje.

– Obrigada. Tenho certeza de que ele vai querer saber, mais tarde, por que os nós dos meus dedos estão roxos.

– Eu sinto muito. – Ele pegou sua mão e a levou aos lábios. – Um beijo para fazer os hematomas sumirem.

Ela lhe lançou um sorriso provocante.

– É o melhor curativo que pode fazer, Dr. Nadeen?

A mente dele enlouqueceu com imagens ilícitas de todo "curativo" e "cuidado" que ele poderia oferecer a ela. Um beijo casto para aliviar sua dor era tudo o que ele poderia dar agora. Seu pager disparou antes que ele pudesse responder:

– Preciso ir. – Ele desceu da mesa e começou a andar até a porta. Quando sua mão tocou a maçaneta havia tantas coisas que ele queria dizer a ela. Mas, no final, ele apenas disse: – Obrigado mais uma vez, por cuidar de mim.

– De nada.

– E você provavelmente deveria colocar gelo em sua mão na hora da sua pausa.

– Sim, senhor – ela respondeu, com uma contingência.

Ele assentiu com um sorriso antes de sair.

CAPÍTULO DOZE

Os dias se tornaram semanas enquanto Megan mergulhava mais e mais no estágio. Todo dia ela encontrava um novo desafio a ser conquistado. Ela não imaginava o quanto seria difícil ou o quanto ela estaria exausta a maioria das noites quando se arrastasse para a cama. Mas era uma exaustão empolgante porque fazia o que nascera para fazer.

A cada dia, ela passava mais e mais tempo com Pesh. Ela adorava trabalhar a seu lado nos casos. Ele era o melhor companheiro de trabalho entre todos os residentes e internos. Pacientes, jovens e velhos, o adoravam. E quanto mais ela ficava com ele, mais o adorava também.

Ela acabara de deixar uma sala em que Pesh convencera um menininho a deixá-los fazer os exames que precisavam quando Kristi acenou para ela no fim do corredor. Depois de se juntar à Kristi, Megan foi rapidamente direcionada a uma das salas de traumatologia. De imediato, seu corpo todo estremeceu enquanto ela se preparava para o que enfrentaria.

– Mulher, 30 anos, acidente de carro – os paramédicos disseram antes de passar seus sinais vitais e outras informações.

Após absorver as informações, Megan se virou para a paciente.

– Olá, sou Megan e começarei seu atendimento.

A mulher deu um sorriso fraco.

– Sou Mary.

– Acho que seria errado dizer que é um prazer conhecê-la, certo? – Megan disse, tentando conversar normalmente para tranquilizar a paciente.

– É, acho que sim – Mary respondeu.

Quando Megan tocou o braço de Mary para procurar uma veia para a agulha, Mary se encolheu.

– Ai.

Megan examinou o antebraço.

– Parece que você teve uma fratura aqui.

– Meu braço está quebrado? – Mary perguntou, em pânico.

– Nós não teremos certeza até fazermos uma radiografia. Tentarei pegar uma das veias do punho. – A agulha deslizou facilmente até a veia e Megan deu início a medicação intravenosa.

Pesh entrou na sala e sorriu para Mary na maca.

– Olá, Mary, sou Dr. Nadeen. Soube que você teve um pequeno acidente hoje?

Ela assentiu.

– O carro veio do nada e me acertou.

– Eu sinto muito. Por que não começamos com você me dizendo onde dói?

– Meu peito – ela respondeu, fazendo uma careta.

Pesh levantou a camisola do hospital.

– Você estava usando cinto de segurança?

– Sim, eu sempre uso.

– E pela poeira em seu cabelo, posso presumir que o *airbag* abriu?

– Sim, abriu.

– É aqui que dói? – ele perguntou, passando os dedos por uma grande marca vermelha que começava no pescoço e descia por seu peito. Algumas delas escondidas pelos fios que estavam conectados ao monitor de batimento cardíaco.

– Sim.

– Parece que o cinto de segurança e o *airbag* machucaram você.

Mary se encolheu.

– Eu pensava que eles deveriam me ajudar, não me machucar.

Pesh sorriu.

– Acredite em mim, você está muito melhor com essas pequenas queimaduras do que estaria se não usasse cinto de segurança e airbag.

– Depois de olhar para os monitores, Pesh se virou para Megan. – A pressão sanguínea está baixa. Vamos fazer uma transfusão para melhorar isso.

Megan assentiu. Depois de checar a ficha de Mary para saber o tipo sanguíneo, ela pegou uma bolsa de sangue do refrigerador. Trocando de lugar com Pesh, ela iniciou outra intravenosa na dobra do cotovelo direito de Mary.

– Além do peito, está doendo em outro lugar? – Pesh perguntou, após auscultar seu coração e pulmões.

– Meu estômago.

Megan prendeu o fôlego. Nunca era bom quando um paciente sentia dor abdominal após um acidente de carro. Normalmente indicava hemorragia interna, que também poderia causar baixa pressão sanguínea.

Pressionando o abdômen de Mary, Pesh perguntou:

– Isso dói?

– Não.

– Aqui?

– Não.

– E aqui?

Mary gritou e Pesh franziu o cenho, preocupado.

– Farei uma rápida ultrassonografia, Mary. Quero ver o que está causando a dor.

– Está bem.

Megan pegou a máquina atrás da maca, depois derramou um pouco de gel na barriga de Mary e Pesh deslizou a sonda sobre sua pele.

– Estou sentindo um pouco de tontura também – Mary disse, com a voz baixa.

Pesh e Megan trocaram um olhar rápido antes dele se voltar para a máquina de ultrassonografia outra vez. Voltando-se para Kristi, ele disse:

– Ligue para o centro cirúrgico. Ela tem uma ruptura no baço.

Depois de soltar o breque da maca, Pesh a deslizou pela sala de traumatologia e começou a empurrá-la pelo corredor.

– Vá com ele – Kristi instruiu Megan ao desligar o telefone.

Megan se apressou pelo corredor para alcançar Pesh. Ele apertou o botão do elevador antes de se virar para Mary.

– Fique acordada, está bem? Vamos levá-la para a cirurgia e então você ficará nova em folha.

– Você tem certeza? – ela perguntou.

Sem hesitar, Pesh respondeu:

– Sim, mas você tem que ficar acordada.

As portas do elevador se abriram. Enquanto Megan ajudava Pesh a colocar a maca dentro dele, Mary perguntou:

– Você ligou mais luzes?

Megan olhou para Pesh, preocupada.

– Estamos entrando no elevador para levá-la ao centro cirúrgico – Megan respondeu.

– Mas está tão claro – Mary sussurrou, antes de fechar os olhos.

Sua cabeça caiu para o lado no exato momento em que os alarmes dos monitores começaram a tocar.

– Droga, ela está tendo uma parada cardíaca! – Pesh se agitou.

Um pânico que congelava começou na cabeça de Megan e se espalhou por todo o seu corpo. A paciente estava tendo uma parada cardíaca no elevador, onde eles não tinham um desfibrilador. O que eles deveriam fazer?

– Abaixe a maca – Pesh ordenou.

As mãos trêmulas de Megan alcançaram a alavanca. Assim que ficou plana, Pesh levou às mãos ao peito de Mary e começou a pressionar. Sem precisar de ordens, Megan se inclinou, apertou o nariz de Mary e começou a soprar ar em sua boca. Eles trabalharam em perfeita sincronia.

– Fique comigo, Mary! – Pesh bradou, suas mãos subindo e descendo sem parar de seu peito.

Olhando para o monitor, Megan disse:

– Sem pulso.

Quando Pesh não respondeu, ela continuou soprando ar em sua boca. Ao sentir algo quente tocar seus lábios, ela se afastou. Sangue escorria para fora da boca de Mary.

– Há mais dano que o baço. Ela está sangrando pela boca.

Pesh nem prestou atenção ao comentário.

– O cinto de segurança e o airbag podem ter causado o rompimento da aorta. Não há nada que possamos fazer.

Em vez de parar, ele continuou com as compressões. As portas do elevador se abriram e Megan viu as faces da equipe cirúrgica, que esperava em expectativa.

Quando um médico deu um passo à frente, ela balançou a cabeça.

– Ela se foi.

Pesh grunhiu atrás dela:

– Não, ela não se foi. Temos que continuar tentando. Peguem o carrinho do desfibrilador.

O médico olhou para os dados no monitor.

– Não acho que vá ajudar.

Desviando a atenção de Mary, Pesh rugiu:

– Vá pegar a porra do aparelho!

Enquanto uma enfermeira se afastava, outros dois puxaram a maca do elevador. Megan permaneceu atrás, se sentindo impotente. Quando o carro chegou, Pesh afastou a camisola aberta de Mary.

– Carregar em 260 joules. – Ele esfregou as pás. – Afastem-se!

O corpo de Mary se ergueu sobre a maca com a força da eletricidade. Megan não precisou olhar para os monitores. O coração permanecia em uma linha reta.

– Carregar em 360 joules. – Megan fechou os olhos quando Pesh administrou o segundo choque. – Caramba, Jade, não faça isso! Tente por mim!

Megan não conteve o ar que escapou ruidosamente de seus lábios ao ouvir Pesh chamou Mary pelo nome da esposa morta. Antes que Pesh pudesse tentar outra vez, um cirurgião deu um passo à frente. Depois de remover sua máscara, ele colocou a mão nas costas de Pesh.

– Diga a hora da morte.

Derrotado, Pesh baixou a cabeça. Lentamente, ele desceu da maca. Uma enfermeira pegou as pás de suas mãos e as colocou de volta no carrinho.

– Vou informar a família – Pesh murmurou.

O cirurgião não concordou e trocou um olhar com Megan.

– Diga para um residente fazer isso. Nadeen, você precisa de uma pausa.

– Eles merecem falar com o médico que estava com ela na hora da morte.

– Você não precisa fazer isso.

Pesh se afastou do cirurgião e começou a andar até o elevador. Megan sabia que não havia como discutir com ele e fazê-lo pedir que um dos residentes tomasse seu lugar. Ela não sabia se deveria tentar ir com ele ou não. Ela se arrependeu de sua decisão quando ele olhou para ela dentro do elevador. Sua expressão estava partida em agonia. Conforme as portas fecharam, seu coração doeu por ele. Ela sabia que qualquer médico odiava perder um paciente, especialmente alguém tão nova, mas havia algo muito mais profundo que isso. Pelo seu comportamento, havia reaberto uma ferida em Pesh – uma que mesmo depois de 2 anos não estava curada. De alguma forma ele vira a esposa em Mary e, mais uma vez, ele não foi capaz de salvá-la.

***

Após levar o corpo de Mary para esperar o funeral, Megan foi procurar Pesh. Ela não o encontrou nas salas de exame nem na sala de descanso dos médicos. Finalmente, ela foi até Kristi para respostas.

– Você viu Dr. Nadeen?

Kristi deu um sorriso triste.

– Você provavelmente o encontrará no telhado.

Megan se surpreendeu.

– No telhado?

Kristi assentiu.

– Sempre que ele tem um dia ruim que o remete à sua esposa... – Ela prendeu o fôlego ao perceber que poderia ter falado demais.

Ao pensar no sofrimento de Pesh, o peito de Megan se inundou em agonia. Ele era um homem bom demais para sofrer assim.

– Então ele vai até o telhado? – Megan completou por Kristi.

– Ele gosta de ficar sozinho para pensar. Embora nenhum de nós diga nada, ele acaba emendando mais um turno para compensar o tempo em que ficou fora.

Claro que Pesh faria algo assim. Ele era honrado em cada momento de sua vida, mesmo quando estava imerso em sofrimento. Mesmo sabendo que ele provavelmente gostaria e precisava ficar sozinho, Megan precisava ver como ele estava. Ela não conseguia lidar com os pensamentos de que ele estava sofrendo demais.

– Hum... Se estiver tudo bem, eu quero fazer minha pausa para jantar.

Kristi lhe lançou um olhar compreensivo antes de concordar.

– Claro, querida. Pode ir.

Megan sorriu ao passar por Kristi. Ela passou pela sala de descanso onde sua bolsa estava. Em vez de parar, ela seguiu adiante. Depois de um caminhar acelerado pelo corredor, ela chegou à escada em que estava escrito "Somente Pessoas Autorizadas". Ela não ousou usar o elevador por onde pacientes da traumatologia eram trazidos por transporte aéreo. Sem hesitar, Megan passou seu cartão de acesso. Quando a fechadura abriu, ela empurrou a porta e começou a subir as escadas. Ela estava sem fôlego quando alcançou o topo. Com cautela, ela segurou a maçaneta. Ela pensava no que encontraria do outro lado. Estaria Pesh destruído emocionalmente? Ele ficaria zangado por ela interromper seu sofrimento particular? Afastando os pensamentos da mente, ela empurrou a porta.

Ao sair para o telhado, o ar se tornou mais frio. Uma brisa se chocou contra seu avental. Ela procurou freneticamente à sua volta até encontrá-lo. Pesh estava no limite do telhado. Sua postura sempre ereta estava caída, seus ombros pendiam baixos, encolhidos. Embora ela não pudesse ver seu rosto, seu olhar parecia fixo no céu noturno.

Ela tentou se aproximar.

– Ei – Megan disse, suavemente.

Ele se virou, surpreso. O coração de Megan se apertou ao ver o brilho das lágrimas em seus olhos. Mesmo na escuridão ela podia ver suas bochechas corando. Suas mãos correram para limpar as lágrimas que escorriam por seu rosto.

– Olá – ele finalmente respondeu, com um sussurro rouco.

Eles permaneceram em um silêncio desconfortável, encarando-se. Finalmente, Megan deu um passo à frente e cortou a distância entre eles.

– Como sabia que eu estava aqui? – ele perguntou.

– Kristi me contou.

– Hum...

Incapaz de se controlar, ela se inclinou e tocou seu braço.

– Sinto muito, Pesh.

– Isso não é necessário.

– Sim, é. Você está sofrendo... Você vive sofrendo. Não posso evitar de sentir muito pelo que você está passando.

Seus olhos normalmente calorosos adquiriam um tom frio.

– Você estava naquele elevador também e tem todo o direito de se sentir abalada. Talvez você devesse se preocupar mais em por que você não está chorando.

– Não faça isso – ela murmurou.

– Fazer o quê?

– Não tente mascarar sua dor sendo alguém que você não é ou apontando dedos para os outros. Esse não é você e não pode me enganar.

Com um suspiro nervoso, Pesh passou a mão pelos cabelos escuros e ondulados.

– Desculpe. Isso foi muito inapropriado.

– Está tudo bem.

– Não, não... – Ela o silenciou cobrindo sua boca com as mãos. Quando ela se afastou, ele inspirou profundamente.

– Fale comigo – Megan pediu.

As nuvens sobre eles se abriram e uma leve garoa começou a cair.

– A morte de um paciente nunca é fácil. Qualquer médico ou enfermeira são tomados de compaixão. E é inevitável que essa mesma compaixão volte para assombrá-lo, podendo até paralisá-lo. Quando a morte vem, é impossível não sentir a perda que é para a família que fica para trás – sua voz falhou e Megan se aproximou ainda mais dele. Ela sabia que a última declaração tinha um significado especial para ele.

– O que exatamente aconteceu à sua esposa? – ela perguntou, suavemente.

Pesh fechou os olhos.

– Jade tinha um problema de coagulação não diagnosticado. Ela era adotada então não sabia nada sobre a história de sua família. Ela sempre teve uma saúde perfeita. Raramente tinha gripe. E depois de estarmos casados há 3 anos, decidimos que era hora de ter um bebê.

Quando Pesh continuou em silêncio, Megan tentou perguntar:

– Ela morreu no parto?

Ele negou.

– Não, nós não chegamos tão longe. Tentamos uma gravidez do modo tradicional por um ano, mas não aconteceu. Então nos recomendaram uma clínica de fertilização. Quando o primeiro processo não funcionou, começamos o segundo. – Um suspiro lhe escapou. – Todo o processo nos desgastou fisicamente e abalou demais emocionalmente, principalmente a Jade. – Ele fitou Megan. – Ela passou a se culpar desde que os testes mostraram que estava tudo certo comigo. E embora estivéssemos classificados como "infertilidade não específica", ela sentiu que era culpa dela.

– Que triste... – Megan murmurou, condoendo-se por uma mulher que nunca conheceu.

Engravidar fora bem fácil para ela. Mesmo Mason não sendo necessariamente fruto de uma gravidez esperada, ele sempre fora muito querido. Mas ela sabia o que a infertilidade fazia com as mulheres porque viu o que houve com a irmã de seu pai. Embora sua tia hoje fosse muito feliz e ótima mãe para suas duas filhas adotivas, ela sofreu por não conseguir engravidar. A própria Megan causou, sem querer, um pouco de dor na tia ao anunciar que estava grávida de Mason.

Ainda sem saber como Jade havia morrido, Megan pressionou Pesh.

– Então o que houve com o processo de fertilização?

– Ela ficou grávida através de inseminação, mas abortou três semanas depois. Havíamos acabado de tentar outra vez quando ela morreu. – O pomo de Adão de Pesh subiu e desceu enquanto ele engolia a saliva com dificuldade. Megan imaginava que ele tentava controlar as emoções. Depois de um tempo, ele recomeçou: – Ela teve um embolismo, provavelmente causado pelo medicamento de fertilização. Eu estava na cozinha, fazendo o café da manhã, quando ouvi um barulho no quarto. – Lágrimas se acumulavam em seus olhos. – Quando chamei seu nome e ela não respondeu, corri até ela. Ela estava caída no chão do quarto. Depois de ligar para a emergência, tentei reanimá-la com massagens cardiorrespiratórias muitas e muitas vezes, mas eu não consegui revivê-la.

– Ah, Pesh – Megan murmurou.

A dor de sua perda era tão forte que Megan sentiu dificuldade para respirar.

Sem olhar para ela, ele continuou:

– Pelo que os médicos que a examinaram disseram, consegui ter alguma paz por saber que ela não sofreu, que ela se foi rapidamente, sem sentir dor ou medo. Em um minuto estava se arrumando para o trabalho e no outro estava morta.

– É verdade que há um pouco de paz, principalmente por ela não saber o que aconteceria. Às vezes não consigo acreditar no quanto é difícil para pacientes terminais. – Ela estremeceu. – Quando você vive pensando que cada dia pode ser seu último, quando se pensa no que está deixando para trás.

– Sim, é verdade – ele disse, puxando o ar com dificuldade. Quando finalmente voltou a olhar para ela, lhe lançou um sorriso triste. – Já se passaram 2 anos. Toda vez penso que superei, que fui capaz de lidar com meu luto, vem um caso desses e me coloca de joelhos.

– Eu sinto muito – Megan disse, baixo, tocando uma das bochechas de Pesh com as mãos. Ele virou a cabeça até que os olhares se cruzassem. – Você precisa se lembrar que não importa o que aconteceu com sua esposa, e Mary, não foi sua culpa. Você não foi responsável. Você precisa continuar vivendo. Você está vivo. – Inclinando levemente a cabeça, ela fitou seus olhos castanhos. – Você está *vivo* – repetiu.

A garoa começou a aumentar. Seus cílios se inundavam enquanto protegiam seus olhos, que não se desviavam de Pesh. Sua boca estava próxima a ela, seu hálito aquecendo sua bochecha. Ela mal podia respirar. Era como se cada molécula em seu corpo estivesse pulsando por ele. Silenciosamente, ela implorava para que Pesh a beijasse.

E então, depois do que pareceu uma eternidade, ele cobriu seus lábios com os dele. Não era a primeira vez que eles se beijavam, mas era a primeira vez que Megan estava sóbria. Agora seus sentidos estavam alertas e ela podia aproveitar exatamente tudo o que sentia. Seus lábios eram ternos e suaves para depois mudarem para desesperados e exigentes. Era como se ele estivesse respirando-a a cada tomada de fôlego e sua língua provasse a ele que ainda estava vivo a cada investida. Os lábios se tocavam, dançando juntos, fazendo-a gemer. Ele levou as mãos a seu rosto para segurá-la, enquanto ela o abraçava, puxando-o para mais perto.

Gotas de chuva caíam sobre a cabeça de Megan e escorriam por suas bochechas. Ela percebeu em um turbilhão vertiginoso que nenhum homem já a havia beijado dessa forma antes. Era como fazer amor com os lábios e ela não queria que terminasse.

Quando Pesh afastou os lábios dela, sua respiração estava irregular. Ela abriu os olhos para vê-lo. A expressão de Pesh mudou de luxúria para angústia.

– Eu sinto muito.

– Pesh, você não...

Ele ergueu a mão.

– Por favor, apenas vá. – Ele se virou de costas. Ferida, Megan não sabia se deveria discutir ou ir embora. – Por favor – ele murmurou.

Com o coração ainda batendo desesperadoramente pelo beijo apaixonado que trocaram, ela se virou e se foi. Enquanto descia as escadas, suas emoções estavam confusas e ela se sentiu muito ferida. Ao passar pela porta, encontrou Kristi no corredor. A supervisora arregalou os olhos ao ver a aparência de Megan.

– Eu, hum... Eu fui jantar e começou a chover – Megan mentiu.

– Da próxima vez não se esqueça do seu guarda-chuva – Kristi respondeu.

– Não esquecerei.

– Por que não vai para a sala de descanso? Há um secador de cabelos sob a pia. Quando terminar de se secar, você poderia fazer o inventário no armário de suprimentos. Precisamos dar uma fugidinha de tudo de vez em quando.

– Claro, posso fazer isso.

Quando Megan se virou para ir na outra direção do corredor, Kristi a alcançou e segurou seu braço.

– Ele está bem?

Megan mordeu o lábio para conter uma risada histérica de nervoso. Pesh estava bem? Ela estava bem? Quem poderia saber? Em um minuto ele estava chorando por sua esposa morta e por ter perdido uma paciente e no outro estavam se beijando apaixonadamente. E apesar do estado emocional dele, ela sentiu o mesmo. Agora se via desejando mais beijos quando não deveria. Mas não era só um beijo que ela queria, ela o queria inteiro e não só para sexo.

– Não, não está. Acho que está tentando aceitar as perdas, a do passado e de hoje, da melhor forma que pode – ela finalmente respondeu.

Kristi assentiu, compreendendo, e Megan percebeu que estava livre de mais questionamentos, então correu para a sala de descanso. Felizmente estava vazia.   Após pegar uma escova na bolsa, foi até a pia para pegar o secador. Ao se olhar no espelho, viu-se completamente desarrumada. Estava toda encharcada, exceto pelos lábios. Eles estavam vermelhos, inchados e brilhantes pelos beijos de Pesh. Enquanto a memória dos beijos preenchia sua mente, ela tentava desesperadamente pensar em outra coisa.

Ela havia subido para o telhado querendo salvar Pesh e, no fim, em vez disso, perdeu a si mesma para ele e suas emoções.

Capítulo treze

Pesh observou Megan se afastar, arrependido. Ele se amaldiçoou enquanto viu sua figura desaparecer pelas escadas. Qual era o problema dele? A mulher estava meramente o confortando e ele permitiu que sua libido assumisse o controle. Ele prometera que manteria distância. Apesar do flerte e das brincadeiras entre eles, ele vinha mantendo tudo profissional. Agora ela provavelmente havia se sentido enganada e abusada por ele. Ela tentou falar com ele sobre isso e ele a dispensara.

Ele caminhou pelo telhado até que a chuva que o encharcou se dissipasse. Sua mente estava uma confusão de pensamentos e emoções. Uma voz discutia e repetia que Megan quis que ele a beijasse, que seu olhar lhe dizia essa verdade. Mas Pesh se preocupava que em sua agonia ele tivesse interpretado mal os sinais que ela poderia ou não ter dado a ele. No final, ele transformou uma situação terrível em outra ainda pior por não ter controlado seus sentimentos por Megan.

Com um gemido frustrado, ele percebeu que tinha que acertar as coisas com ela. Ele precisava se desculpar. Depois de olhar mais uma vez para o horizonte, ele se virou e desceu as escadas.

Ao entrar no hospital, procurou por Megan pelos corredores. Quando viu Kristi, surpreendeu-se por não ver Megan com ela.

– Onde está Megan? – ele perguntou.

– Ah, como estamos com pouco movimento hoje, eu a mandei trabalhar no armário de suprimentos. Estamos atrasados com o inventário e catálogo.

– Entendo.

Kristi o olhou de cima a baixo e balançou a cabeça.

– Você está encharcado.

– Está chovendo.

– Foi o que eu ouvi – ela disse, astuta.

– O que quer dizer? – ele perguntou.

Ela mexeu a mão, displicente.

– Nada. Agora porque você não faz um favor a nós dois e vai trocar de roupa? A última coisa de que precisamos é que fique doente.

Pesh sabia que era inútil discutir com ela. Em vez disso, enfiou o rabo entre as pernas e se dirigiu à sala de descanso dos médicos. Ele pegou uma calça e uma camisa secas em seu armário. Depois de vestir um outro jaleco, caminhou até o armário de medicamentos. Passou o cartão de acesso e entrou na sala.

Quando Pesh fechou a porta atrás de si, Megan se virou, olhando-o com expectativa. Agora que estava em frente a ela, ele não sabia exatamente o que dizer. No telhado, ele estava sobrecarregado emocionalmente e tudo aconteceu muito rápido.

– Olha, só queria dizer o quanto sinto muito por ter beijado você.

– Bem, eu não sinto – ela respondeu, de forma natural.

Pesh se afastou ligeiramente em choque. Sua resposta não era o que ele esperava. Ele pensou que ela ficaria aliviada ou até envergonhada, mas nunca pensou que ela não se arrependeria. Ele limpou a garganta.

– Apesar disso, eu não deveria tê-la beijado. Eu estava vulnerável emocionalmente e você só estava tentando me confortar. Nada mais. – Suas palavras eram mais para o seu próprio bem do que o dela.

Ela negou.

– Só porque eu estava confortando você, não quer dizer que eu não quis que me beijasse e que eu não queira beijá-lo outra vez.

Suas sobrancelhas se franziram por seu estado de confusão.

– Mas você...

– Pesh, eu quis você desde a noite do batismo de Noah, mas você não quis e continua não querendo.

Seu coração queria absorver sua admissão ao dizer que o queria, mas a realidade das palavras fez seu peito se apertar.

– Sexualmente. Você me queria apenas sexualmente.

– Sim.

Ele deveria se sentir lisonjeado que uma mulher jovem e sexy como Megan o desejasse, mas não estava. Metade das mulheres do hospital estaria disposta a arrastá-lo para uma sala vazia para uma transa rápida. Mas ele não era assim. Ele nunca ia por esse caminho com as mulheres e não via como poderia mudar. Tudo o que ele queria era que ela realmente o visse e percebesse o quanto poderia ser bom para ela. O quanto poderiam ser bons um para o outro. Ele pensou que era isso o que ela sentia momentos antes deles se beijarem, mas agora via que era apenas desejo.

Mesmo sem fazer sentido, ele não conseguiu evitar uma nova tentativa.

– Mas quando estávamos no telhado, não houve um momento em que você quis mais do que sexo? – Ele umedeceu os lábios e deu um passo na direção dela. – Não houve apenas um segundo em que você me imaginou em sua vida?

Megan o fitou, pensativa. Por um breve momento, Pesh pensou que sua hesitação significava uma chance, mas então ela negou.

– Quantas vezes você me fará machucá-lo com essa conversa? Você é bom demais para mim, Pesh. Nós dois sabemos disso. Eu o lembrarei mais uma vez por que não sou boa para você. Tenho 25 anos e você tem trinta e sete. Você quer uma esposa e eu não estou pronta para me casar.

Suas palavras cortaram seu peito como se ela tivesse enfiado uma lâmina afiada. Ela precisou se repetir mais uma vez, mas ele finalmente percebeu a clareza de suas palavras. E então uma ideia o atingiu com tanta força que ele estremeceu – uma epifania clara e intensa. Só havia um jeito de ter sua doce Megan: se ele se rendesse a ela. Ele teria que se transformar em outra pessoa por ela, ainda que por pouco tempo. Ele poderia distraí-la com sexo, que ambos desejavam e precisavam, mas ao mesmo tempo ele a faria se apaixonar. Daria certo. Tinha que dar.

– Então vamos ser claros de uma vez por todas, você me deixaria... – ele tentou perguntar, depois parou, lutando contra si mesmo para dizer o que precisava. Inspirou profundamente e continuou: – Você me deixaria foder com você, mas não a amar?

Megan se chocou com a escolha de palavras.

– O que houve com você?

Ele deu de ombros, com indiferença, se sentindo como na história de *O médico e o Monstro*, com duas personalidades distintas.

– Só fiz uma pergunta.

Ela expirou, exasperada.

– Sim, sobre... – Ela engoliu a saliva com dificuldade. – Foder e essas coisas.

– Sim.

Megan balançou a cabeça para frente e para trás várias vezes.

– Eu mal posso acreditar que o ouvi dizendo a palavra, muito menos que consiga agir assim.

– Você não consegue me imaginar...

Ela levantou a mão para impedi-lo de continuar.

– Você não é o tipo de cara que fode – ela contestou.

Cruzando os braços, foi a vez dele questionar:

– Ah, é? Sou do tipo gentil demais?

– Mais ou menos isso.

– Eu sou um *homem*, Megan. Todos nós temos nossas necessidades. E foder não é uma delas?

O corpo de Megan estremeceu perante as palavras. Ela umedeceu os lábios antes de responder:

– P-pare de dizer essa palavra. Não é você.

– Então, foder não é para mim? Não me diga que acha que sou totalmente assexuado e que você não me imagina fodendo uma mulher... fodendo você? – Ele se aproximou ainda mais. – Nós dois sabemos com certeza que você quer foder comigo desde a noite do batismo de Noah. Aqui está a chance. Me deixe tirar seu avental e foder com você contra o armário de medicamentos.

O peito de Megan subia e descia, conforme ela tinha dificuldade para respirar. Ela deu um passo para longe dele, se chocando contra o balcão.

– Mas você não diz esse tipo de coisa. Você é refinado. É um cavalheiro – ela rebateu, em voz baixa.

– Tenho sido assim por muito tempo, mas mesmo um cavalheiro gosta de foder. – Ele cortou a distância entre os dois.

– O que está fazendo? – ela sussurrou.

– Estou dando o que você quer.

– Está cedendo?

– Sim, por que não? – Ele mexeu a cabeça e sua boca resvalou a dela. – Se você realmente me quer, então me beije.

Sem hesitar, Megan beijou seus lábios. O beijo foi áspero e desesperador, ambos querendo mais. Quando a língua dele entrou em sua boca, sua mão tocou seu peito. Ternamente, ele envolveu-a, sentindo o peso do seio em sua mão. Insatisfeito, afastou a mão e deslizou-a por baixo do top dela. Sob o sutiã, ele acariciou-lhe um seio outra vez, sentindo o mamilo endurecer. Ele sentiu sua ereção aumentar conforme ela gemia. Ele não queria nada mais do que tirar sua roupa e beijá-la em todos os lugares.

Megan afastou sua boca da dele e olhou-o com os olhos semicerrados.

– E se alguém nos pegar?

– Eu trancarei a porta – ele respondeu.

Relutante, ele andou até a porta. Após fechar o trinco, ele se certificou de colocar uma caixa em frente. Eles precisavam se precaver caso alguém usasse o cartão de acesso para entrar. Com as mãos em seus ombros, ele a empurrou contra uma prateleira que ia do chão ao teto, levando-os a um lugar um pouco mais privado.

– Onde estávamos? – ele perguntou, sorrindo.

Ela sorriu e envolveu seu pescoço com os braços.

– Acho que estávamos prestes a ultrapassar alguns limites.

– Sim, eu me lembro.

Em vez de voltar a tocar seus seios, ele a puxou contra si. Quando os lábios se tocaram, ele deslizou suas mãos até a cintura de Megan. Ele desceu até sua bunda e a apertou, fazendo Megan gemer em seus lábios. Ele acomodou as mãos e a ergueu, enquanto ela enroscava as pernas em sua cintura. Assim que ela estava em uma posição segura, ele caminhou com ela até que se chocassem contra a parede. Ele impulsionou sua rigidez contra a virilha de Megan, deixando-a sentir o quanto ele a queria.

– Humm... – ela murmurou, enquanto ele continuava a se esfregar nela. Uma das mãos dela, soltou seu ombro e apertou sua bunda.

Ele afastou os cabelos dela e separou os lábios mais uma vez, descendo para o seu pescoço. Sua língua acariciou a jugular de Megan, sentindo seu pulso acelerado.

– Então, você me deixará entrar em seu corpo, mas não em seu coração? – ele questionou.

– Sim, por favor, Pesh.

Agora que ele a tinha exatamente onde ele queria, era hora de colocar seu plano em ação.

– Se eu lhe der um orgasmo, você sairá em um encontro comigo.

– Você não pode estar falando sério – ela disse, surpresa.

– Ah, mas eu estou. Dar e receber, Megan. Eu lhe dou o que você quer... – Ele fez uma pausa para colocar seus dedos bem no cós da calça do avental dela, acariciando-a sobre a fina tira da calcinha e fazendo-a suspirar. – Que é explodir em prazer. – Ele continuava provocando-a e ela suspirou ao olhá-lo. – Você me quer demais, não quer, Megan? – ele perguntou, quando seus dedos sentiram a umidade crescente.

Megan cravou as unhas em seus ombros.

– Sim. Deus, sim, eu quero.

– Então me deixe lhe dar esse prazer. Não quero nada mais do que vê-la desmoronar. – Ele umedeceu os lábios. – Então, você me deixará levá-la para sair.

Os cílios de Megan estremeceram e ela mordeu os lábios. Ele sabia que ela travava uma guerra interna para se decidir sobre o que fazer. Pesh aumentou a pressão dos dedos sobre o clitóris e Megan encostou a cabeça contra parede.

– Você não joga limpo – ela gemeu.

Ele tirou uma mão momentaneamente dela.

– Não quero jogar com você, mas você não me deu escolha. – Ele puxou sua cabeça para beijá-la outra vez. – Tudo o que eu quero é você – ele murmurou.

– Tudo bem, tudo bem.

– Tudo bem o quê? – ele questionou, fitando-a nos olhos.

– Me faça gozar e eu sairei em um encontro com você.

Ele sorriu antes de colocá-la no chão. Quando ele se ajoelhou aos pés dela, Megan estava confusa. Então ele pegou o cós da calça dela e puxou, assim como sua calcinha, sem nunca tirar seus olhos dela. Quando as peças de roupa chegaram aos tornozelos, ele se levantou.

Pegando-a pela cintura, ele ergueu-a e colocou-a sobre o balcão. Ele agarrou seus quadris e permitiu que a parte de baixo da roupa dela caísse no chão.

Ele estava tão tomado de desejo que não parou para pensar quanto tempo havia que ele não se perdia em uma mulher. Afastou as vozes em sua mente que lhe lembravam do quanto Jade gostava de provocar, chamando a língua dele de "expert em orgasmos". Ele se focou na linda mulher em sua frente e na forma convidativa como ela apertava as pernas em volta dele.

Quando ele deslizou a língua lentamente pela umidade de Megan, ambos estremeceram. Ele pegou uma das pernas dela e colocou-a sobre o ombro, para melhorar seu acesso enquanto empurrava gentilmente a outra coxa. Seu centro rosado e brilhante estava exposto lindamente para ele.

Pesh tocou seu clitóris com a língua, provocando-a, e Megan atirou a cabeça para trás. Os lábios se fecharam sobre o clitóris, sugando-o, ao mesmo tempo em que ela empurrava seu quadril para frente e para trás. Ele sabia que não demoraria muito para que ele a fizesse gozar – ela estava muito perto disso. Ela não era tocada havia muito tempo também.

Ele se controlou para não usar os dedos, preferindo inserir sua língua ritmicamente dentro dela. Os gemidos de Megan aumentavam mais e mais, forçando-o a usar a mão para tampar a boca dela. A última coisa de que eles precisavam era de alguém batendo na porta.

Pesh sentia as paredes internas de Megan se tencionando enquanto ela enroscava os dedos em seus cabelos. Ele recebeu a dor de ser puxado quando ela se aproximou do limite, estremecendo e gritando contra sua mão.

Quando as paredes de Megan estavam pulsando e se apertando, Pesh tirou a língua de dentro dela. Ele pousou doces beijos em sua virilha e no interior de suas coxas.

Finalmente os olhos se encontraram e ele viu uma combustão de emoções brilhando nos olhos azuis de Megan.

– Isso foi...

Sorrindo, ele se levantou do chão. Suas mãos gentilmente tocando a cintura de Megan. Ele estava prestes a colocá-la no chão, quando ela o impediu.

– Não. Não consigo nem sentir minhas pernas agora.

Ele tirou uma mecha de cabelos do rosto dela.

– Já fazia um bom tempo, não é?

Ela confirmou.

– E se eu disser que nunca foi assim?

Ele a olhou, sem acreditar.

– Como assim?

– Quero dizer que nunca gozei assim. – Ela deu um sorriso tímido. – Pelo menos não com um homem. – Pesh enrubesceu após a insinuação. – Você está corando só porque me referi à masturbação?

– Não, não estou – ele protestou.

Megan riu.

– Você é realmente uma figura, sabia disso?

– Sou?

– Oh, se é. Em um minuto você estava com a língua dentro de mim, me dando o mais intenso orgasmo da minha vida e no outro está corando. É como se fosse uma pessoa diferente de minutos atrás. Você foi forte e dominador. – Ela estremeceu e ergueu as sobrancelhas. – Você é sempre assim quando se trata de sexo?

Pesh se sentiu corando ainda mais. Ele não fazia ideia de como ela podia falar tão tranquilamente ainda estando sem calcinha?

– Acho que devemos vestir você.

– Você estava gostando da vista há alguns minutos. – Ela se inclinou e piscou para ele. – Uma visão muito íntima.

Ele passou a mão pelo queixo.

– Honestamente, não sei o que me deu. Vim até aqui para dizer que sentia muito e que você não precisava se preocupar comigo beijando você outra vez. – E então tudo se perdeu. Foi como se ele tivesse sido eletrocutado com as pás do desfibrilador. Ele decidiu virar outra pessoa para ganhá-la e, nossa, ele tinha conseguido. Quase fácil demais para seu gosto. O que ele havia dito a ela no calor do momento? Ele a encarou, intensamente. – Tudo o que eu conseguia pensar era no quanto eu queria você e o que precisava fazer para conseguir.

– Você realmente me queria tanto assim? – ela perguntou, ainda surpresa.

– Sim, eu queria.

Com um sorriso tímido, ela aproximou-se mais do limite da bancada, envolvendo-o com suas pernas e puxando-o para mais perto.

– E você? – ela perguntou, tocando sua ereção.

O quadril dele vibrou involuntariamente e ele fechou os olhos, tentando se controlar.

– Isso não foi sobre mim – ele murmurou.

– Não posso deixá-lo sair com uma ereção. – Ela lambeu sua bochecha, fazendo-o estremecer. – Eu devo a você pelo menos um final feliz depois dos orgasmos múltiplos que você me deu.

Ele abriu os olhos.

– Você disse múltiplos?

Ela deu uma risadinha.

– Sim.

– Então isso quer dizer que você me deve múltiplos encontros, certo?

Megan se inclinou para dar um tapa na bunda de Pesh.

– Você é um menino malvado tentando me enrolar.

– Desculpe. Eu jogo sujo quando preciso.

Sem mais uma palavra, Megan desabotoou e abaixou o zíper da calça de Pesh. Ela abaixou sua calça e boxer até a altura das coxas. Quando a ereção se libertou, Megan olhou dela para Pesh.

– Hum... Muito impressionante.

Ele riu da observação, mas quando ela o segurou firme, ele prendeu o fôlego. Todos os pensamentos coerentes evaporaram de sua mente enquanto ela o acariciava para cima e para baixo, alternando delicadeza e força.

– Você prefere que seja em minha boca ou em minha mão? – ela perguntou.

– Será bom dos dois jeitos – ele murmurou, com a cabeça apoiada em seu ombro.

Seu hálito batia contra a orelha de Megan.

– Humm... Adoro que seja tão duro. Apenas para mim, certo?

– Sim – ele ofegou. – Apenas para você. Só para você.

Ela lambeu seu lóbulo da orelha, provocando-o.

– Pode imaginar como seria enterrar-se profundamente dentro de mim?

Suas palavras o afetaram demais. A conversa sobre sexo e o jeito como ela mexia com ele, faziam-no se contrair. Ele tentou se afastar, mas ela o segurou. E então ele gozou.

Quando finalmente ele voltou a si, abriu os olhos para ver que gozou nas coxas nuas de Megan.

– Desculpe – ele disse.

– Está tudo bem. Valeu a pena poder vê-lo chegar ao momento. – Ela sorriu, pensativa. – Deus, você é tão lindo.

Como ele nunca ouvira isso de uma mulher, ele corou. Ele se afastou para procurar algo para os limpar e encontrou um rolo de papel toalha. Limpou, gentilmente, a pele de Megan e ao terminar ajudou-a a descer do balcão.

– Eu sairei primeiro. Preciso me limpar e você também.

Ele assentiu rapidamente. Pesh estava com problemas para processar todas as informações que passavam por sua mente.

– Então, quando será? – ela perguntou.

– Quando será o quê? – ele devolveu a pergunta, confuso. Ele fora obliterado por uma simples masturbação que o impedia de pensar de forma coerente.

– Nosso encontro.

Ele quase se esqueceu do que haviam combinado. Fora do calor do momento, ele sentiu culpa pelo que fez.

– Não, não foi justo. Você não me deve um encontro.

– Sim, eu devo. Eu sempre cumpro minhas promessas.

– Você quer mesmo sair comigo?

Ela sorriu.

– Claro que quero.

Os batimentos de Pesh se aceleraram.

– Está livre neste sábado?

– Sim.

– Não tem planos?

– Não, não tenho.

– E consegue alguém para tomar conta do seu filho?

– Simmm! – ela respondeu, com um sorriso.

– Certo. Então será sábado.

– O que será exatamente?

– Um encontro.

Ela riu.

– Sim, mas o que vamos fazer?

– Será uma surpresa.

Virando a cabeça, ela o olhou, desconfiada.

– Não sei se gosto disso.

– Prometo que gostará.

– O que devo vestir para esse encontro surpresa?

Embora ele não soubesse exatamente, já começava a pensar em tudo. Poderia ser sua única chance, então queria que fosse a mais especial possível.

– Vista algo elegante. Podemos ir a algum lugar mais formal.

– Certo. Posso fazer isso.

Ao ouvir o sinal do pager, ele fez uma careta.

– Acho que eu serei o primeiro a sair. – Sem hesitar, Pesh se virou para beijá-la. Exatamente como antes, ele sentiu-a em chamas. Relutante, ele se afastou.

– Vá enxaguar a boca antes. – O hálito de Megan tocou sua bochecha antes que ela olhasse para ele. – Posso sentir meu gosto em você.

Ele fechou os olhos e estremeceu.

– Você está tentando me matar.

Ela sorriu, travessa.

– Desculpe. É verdade.

– Comporte-se – ele respondeu, antes de sair.

Capítulo Quatorze

Faltando dez minutos para Pesh chegar para buscar Megan para o encontro, ela se encontrava completamente neurótica no banheiro. Ela mudou de roupa, pelo menos três vezes, antes de se decidir por vestido de renda preto e branco com o comprimento na altura dos joelhos. Na verdade, ele estava bem no fundo do seu guarda-roupa. Era uma das poucas peças remanescentes de seus dias rebeldes. Pesh dissera para ela usar algo elegante e ele se encaixava, apesar de provavelmente ser um pouco mais sexy do que ela queria.

Megan arrumava seus longos cabelos em um coque frouxo e seguia pensando em sua estratégia. Se ela deixasse os cabelos soltos, cobriria bastante da pele nua que as alças finas do vestido expunham. Olhando de relance para o telefone mais uma vez, ela apertou os dentes.

– Porra – murmurou, depois de passar um pouco mais de perfume.

Após a nuvem de fragrância se dissipar, ela saiu do banheiro, pegou a bolsa e subiu as escadas.

Ao chegar à cozinha, foi recebida por um alvoroço de assovios. Ela franziu o cenho para Sean.

– Sério?

Ele deu de ombros.

– Você está gata, irmãzinha.

Gavin, que estava atrás de Sean, concordou:

– Nunca a vemos com nada além do uniforme do hospital.

Megan não conteve o sorriso.

– Obrigada.

Balançando as sobrancelhas, Gavin perguntou:

– Será um encontro intenso, né?

– Não exatamente – ela respondeu.

– Aham... Tá bom – ele murmurou.

Depois de ajeitar a bolsa no ombro, ela se virou para olhar para o irmão.

– O que quer dizer com isso?

– Quer dizer que garotas não se vestem assim por nada. É óbvio que quer impressioná-lo. Então, é claro que será um encontro intenso.

– E desde quando você é um guru do amor? – ela perguntou.

Sean sorriu ao dar uma cotovelada em Gavin.

– Ela está ficando irritada, cara. Ser irracional sobre coisas pequenas normalmente quer dizer amor.

Megan abriu a boca para responder, mas se encontrou sem palavras e a fechou outra vez. Sem dizer mais nada, foi para a sala de estar. Ela encontrou seu pai deitado em sua poltrona, com Mason ao lado. Quando seu pai a olhou, ficou impressionado.

– Você está linda, querida – ele disse.

Ela se abaixou para beijar sua bochecha.

– Obrigada, pai.

Mason desviou o olhar da televisão para a mãe.

– Mamãe, tchau, tchau?

Essa era uma questão que ela não pensou que teria que explicar.

– Sim, mamãe irá ver um amigo hoje e você ficará com vovô e vovó.

Ele franziu suas sobrancelhas pequenas.

– *Mace* não vai?

A culpa a atravessou. Como podia passar um dos poucos dias livres que tinha longe do filho? A campainha tocou e ela foi forçada a deixar a autocomiseração e ir abrir a porta.

Inspirando profundamente, ela a abriu. Seu coração deu um divertido solavanco ao ver Pesh parado na varanda. Não era apenas por ele estar lindo vestindo calça caqui, uma camisa vermelha e blazer preto. Era o fato dele estar segurando uma dúzia de rosas vermelhas.

– Oi – ela disse, timidamente, depois de permanecerem se encarando por um tempo.

Ele sorriu.

– Olá.

– Quer entrar?

Ele assentiu e ela deu um passo para o lado, permitindo sua passagem. Ele virou-se para ela e entregou as rosas.

– São para você – assim que disse as palavras, ele fez uma careta, com medo de tê-la ofendido de alguma forma.

– São lindas. Obrigada.

– Beijo de tchau, mamãe! – Mason chamou da sala de estar.

Ela sorriu, sem jeito, para Pesh.

– Sinto muito. Volto em um minuto.

– Fique à vontade.

Ela caminhou apressada até a sala de estar e depositou as flores em uma mesa.

– Voltarei à noite. Seja um bom menino, ok? – ela disse, inclinando-se para a poltrona do pai e beijando os dois.

– Quero dar beijo na mamãe – ele lhe deu um beijo estalado na bochecha.

– Tchau, meu amor – disse antes de deixar a sala.

Quando Megan retornou para Pesh, encontrou-o olhando para trás dela.

– O que foi? – ela perguntou.

– Acho que alguém também quer ir – ele respondeu, com um sorriso.

Ela se virou e viu Mason parado no corredor.

– O que foi, querido?

– Não ir – ele sussurrou.

Ela olhou para Pesh.

– Sinto muito. Normalmente ele não liga se eu sair. – Ela se ajoelhou ao lado de Mason. – Não ficarei fora por muito tempo e você se divertirá muito com vovó e vovô. Pesh e eu faremos coisas chatas, coisas de adultos.

– Não ir! – ele choramingou, com grandes lágrimas se acumulando em seus olhos.

Pesh se ajoelhou ao lado deles.

– Ei, garoto, não chore. Não vou tirar sua mãe de você.

– *Mace* ir? – ele perguntou, com esperança.

Megan negou.

– Não, querido. Eu lhe disse que faremos coisas de adultos hoje.

– É verdade – Pesh disse e sorriu para Mason. – Mas isso não quer dizer que não possamos levá-lo para um pequeno passeio antes.

Megan arregalou os olhos, surpresa.

– O que quer dizer?

– Por que não levamos Mason para comer no seu local favorito?

– Você não está falando sério – Megan argumentou.

– Sim, estou. Posso ajustar nossas reservas.

Ela não conseguia conter seu choque. Como era possível que ele estivesse disposto a mudar seus planos só porque Mason não queria deixá-la ir. Ela se controlou para não tocar seu ombro para ver se ele era mesmo real. Era bom demais para ser verdade.

– Está tudo bem para você? – Pesh perguntou.

– Claro que está. Eu estava preocupada em não estar para você.

– Eu não teria sugerido se não estivesse. – Ele se levantou e bagunçou os cabelos de Mason. – Muito bem, meu amigo, onde quer ir comer?

– Queijo! Queijo! – ele gritou, pulando.

Megan gemeu e Pesh não entendeu.

– Ele quer comer queijo? – perguntou.

– Não. Ele quer ir ao Rei do Queijo, o pior pesadelo dos pais.

Pesh riu.

– Muito bem, vamos ao Rei do Queijo.

– Vá pegar seus sapatos – Megan instruiu.

Mason correu para a sala de estar e Megan falou com Pesh:

– Você não precisava mesmo fazer isso.

– Sinceramente, não ligo. Podemos levá-lo para comer e depois começar nosso encontro. Tenho certeza de que ele estará cheio e pronto para uma soneca quando voltar, certo?

– Sim, estará.

– Bom. Então ele não terá motivo para sentir sua falta já que estará dormindo.

Ela sorriu pela gentileza.

– Obrigada. Significa muito.

– De nada. – Ele se aproximou e acariciou sua bochecha. Quando ele já começava a se inclinar para beijá-la, Mason voltou correndo com os sapatos e Pesh rapidamente se afastou.

Para lidar com o momento de desconforto, Megan se concentrou em colocar os sapatos em Mason. Quando ela terminou, Mason cercou Pesh e pegou sua mão.

– Vamos! Vamos!

Pesh riu do entusiasmo de Mason e estendeu a outra mão para Megan. Ela aceitou e eles caminharam para o carro.

***

Megan passou pelas portas do Rei do Queijo e reconheceu de imediato o barulho ensurdecedor e os aromas de revirar o estômago. Também lutou contra o embaraço por ela e Pesh estarem formais demais para o local.

– Acho que estamos muito arrumados – ela disse.

Ele ergueu o dedo indicador e depois o juntou ao polegar.

– Um pouquinho.

Puxando Pesh pela mão, Mason o levou até a área de jogos. Megan logo procurou por dinheiro em sua bolsa para comprar alguns tíquetes. Após comprá-los foi até Pesh.

– Vou pegar pizza – ela balançou os tíquetes. – Quando esses tíquetes terminarem, iremos embora.

– Não me importo de comprar mais.

Ela balançou a cabeça.

– Vai por mim. Iremos embora.

– Tudo bem, então – ele respondeu, bem-humorado.

Megan sentiu-se completamente à vontade deixando Mason com Pesh. Ela comprou dois pedaços de pizza de pepperoni, a preferida do filho, e bebidas, depois procurou uma mesa perto da área de jogos. Ao cruzar um olhar com Pesh, acenou para ele. Depois de alguns momentos de tensão, ele finalmente convenceu Mason a ir comer.

Mason pulou em sua cadeira e Megan soube que ele daria umas quatro mordidas na pizza e já iria querer voltar a brincar. Ela também temia que ela, Pesh, ou os dois terminassem sujos de molho de tomate.

– Esse lugar é muito interessante – Pesh comentou, olhando ao redor.

Megan gargalhou.

– Você nunca esteve aqui?

– Infelizmente, não. Meu irmão, Arjan, e seus filhos vivem na Flórida, então nunca tive motivos para vir.

– Você tem sorte por ter escapado daqui. Pode ter certeza.

Ele sorriu antes de morder a pizza. Sua expressão se fechou e Megan deixou escapar uma risadinha.

– Isso é horrível – ele murmurou.

– Eu deveria tê-lo avisado para não comer. Só é apetitosa para crianças cheias de adrenalina.

Ele deu um longo gole de sua Coca-Cola e fez um bochecho tentando tirar o gosto ruim. Ao pegar Mason olhando para ele, Pesh fingiu um sorriso.

– Hum... Que pizza gostosa. Melhor comer a sua antes que eu coma.

– Boa saída – Megan murmurou.

Ele piscou e atirou o guardanapo no prato. Ela mal pôde acreditar o quanto seu coração flutuou com um simples gesto. Como era possível que ela tivesse sentimentos por ele no meio do Rei do Queijo?

– Pronto. Ir brincar – Mason disse, tirando-a de seus pensamentos.

– Acho que não. Você precisa comer mais.

Mason franziu o cenho antes de morder mais um pedaço. Ele terminou seu prato graças a uma pequena persuasão de Pesh. Então os dois foram até a área de jogos. Enquanto Megan os assistia, uma pequena dor começava a crescer em seu peito. Pesh estava perfeitamente à vontade, levantando Mason quando ele precisava alcançar objetos ou guiando-o quando precisava deslizar algo. Ele parecia estar gostando realmente de passar um tempo com Mason. Alguns homens teriam brincado com seu filho apenas para ficar bem com ela, mas Pesh não tinha um plano quando foi até ela, a menos que quisesse que ela aceitasse a ideia de ter um relacionamento com ele.

Quando o último tíquete foi gasto, ela se levantou da cadeira.

– Muito bem, hora de ir.

Mason emburrou e parecia que a qualquer instante ele teria uma crise pedindo que ficasse, mas Pesh pegou sua mão.

– Nós voltaremos outro dia.

Sua resposta pareceu acalmar Mason e o garotinho seguiu balançando o braço de Pesh para frente e para trás até o carro. Quando todos estavam em seus lugares, Megan se virou para trás para perguntar ao filho:

– O que você tem que dizer ao Pesh por tê-lo trazido hoje?

– *Brigado, Esh* – Mason disse.

Suas palavras tiraram um sorriso amplo de Pesh.

– De nada, amiguinho. Me diverti bastante.

Quando Pesh olhou para Megan, ela sorriu, com franqueza.

– Também me diverti bastante.

Ele colocou o cinto de segurança e depois segurou a mão dela. Embora o gesto fosse um pouco romântico demais para Megan, ela não reclamou. Em vez disso, ela apenas apreciou o contato.

***

Assim que chegaram com Mason bastante sonolento em casa, eles deixaram o carro de Megan na garagem e entraram no Jaguar de Pesh.

– Então, onde exatamente estamos indo? – Megan perguntou ao ajustar o cinto de segurança.

– É uma surpresa.

– Sério? Ainda está fazendo suspense com isso?

– Não por muito tempo.

Ela se virou no banco para poder olhá-lo melhor.

– Posso tentar adivinhar?

– Acho que sim, mas não sei se eu contaria mesmo que acertasse – ele provocou.

– Vamos para Atlanta?

Ele desviou o olhar da estrada por um instante.

– Seja paciente.

Cruzando os braços, ela bufou.

– Não tenho paciência para jogos.

– Tudo bem. Então eu lhe darei uma pequena pista. Na verdade, é mais uma pergunta que pista.

– É?

– Você tem medo de altura?

Ela inspirou.

– Não, não tenho. Por quê?

Ele deu um sorriso tímido.

– Eu disse. Era uma pista.

– Eu pulei de paraquedas quando fiz 21 anos, então altura é bem tranquilo. É claro que duvido que iremos pular de paraquedas com essas roupas.

– Não, não vamos.

Ela franziu o nariz.

– Por favor, me diga que não é uma cabine vip para uma ópera ou algo assim.

Ele demonstrou preocupação.

– Você não gosta de ópera?

– Nunca fui e nunca pretendo ir.

Pesh sentiu-se pessoalmente insultado.

– Terei que mudar seus pensamentos quanto a isso.

– Por que não estou impressionada que você goste de ópera?

– Não rejeite algo até ter tentado.

– Um punhado de homens e mulheres gritando em uma língua que eu não entendo? Não é muito a minha ideia de diversão.

– Mas há tanto amor e paixão na interpretação – ele argumentou.

– Hum... Acho que tenho que concordar em discordar de você nesse caso.

– Pelo menos por enquanto – ele disse, piscando.

Quando o carro diminuiu a velocidade, Megan espiou pelo para--brisa.

– Estamos no McCollum?

– Sim.

– Vamos voar?

Ele sorriu.

– Sim, nós vamos.

Megan desconfiava que ele tinha um avião pelo modo como ele ajudou Aidan a chegar ao parto de Noah, mas não podia acreditar que seu encontro envolvia algo tão único como voar.

– Então, vamos esclarecer as coisas, estou vestida assim – ela disse apontando para a própria roupa – para voar?

Um brilho divertido surgiu nos olhos escuros de Pesh.

– Você não tem paciência nenhuma, tem?

– Não, não tenho.

Ele estacionou o carro do lado de fora do hangar e se virou para ela.

– Pela sua falta de capacidade de saber esperar para ter prazer, posso presumir que nunca fez sexo tântrico?

Megan ficou boquiaberta.

– O-o quê? – ela gaguejou.

Voltando a se ajeitar em seu assento, Pesh a encarou.

– Eu a choquei outra vez?

Incapaz de falar, ela mal conseguiu assentir. Pesh apenas riu em resposta.

– Vamos indo.

Ainda em choque, ela permaneceu grudada no banco. Quando ele deu a volta para abrir a porta, ela o examinou.

– Sexo tântrico? Como Sting, Trudie Styler e sexo tântrico?

– Sim, creio que sim – ele respondeu e estendeu a mão.

A princípio, ela não quis aceitá-la, mas ao ouvir a declaração de Pesh e perceber que o sexo para ele vai um pouco além do normal, ela estava muito chocada para discutir.

– Eu não pensei que você gostasse de algo tão... ousado.

Pesh arregalou os olhos.

– Tântrico não é ousado. É sobre se conectar com sua amante em um nível muito íntimo. É sobre absorver um ao outro e ser verdadeiramente um só.

– Então não é uma maratona de sexo que dura dias?

Ele riu.

– Você fez uma confusão gigantesca sobre o que é isso de verdade.

Megan apertou os lábios enquanto sua mente girava com as possibilidades. Afinal, se sexo tântrico com Pesh for tão bom quanto ele foi naquele dia, ela seria uma mulher de muita sorte.

– Acho que você terá que me ensinar.

Eles foram interrompidos por um controlador aéreo que usava um *headset*.

– Ei, Dr. Nadeen, como está?

– Bem. Obrigado. Tudo pronto para partirmos, Lewis? – Pesh perguntou, apertando sua mão.

– Abastecido e checado. Só precisamos de seu plano de voo.

Pesh olhou para Megan antes de responder.

– Voaremos para Savannah, Aeroporto Hilton Head.

– Ótimo. Obrigado – Lewis respondeu, antes de voltar para o hangar.

– Está me levando para Savannah? – ela perguntou.

– Para comer e dançar. Eu tinha preparado mais coisas, mas estamos saindo mais tarde.

– Isso é loucura. *Você é louco.*

Ele a olhou, confuso.

– Você não gosta de Savannah?

– Não, eu amo. É que você está me levando para comer em um lugar a quatro horas daqui.

– Não demora tanto voando.

Cruzando os braços, ela inclinou a cabeça.

– Você não poderia me levar em algum lugar chique em Atlanta? Precisava me levar em seu avião privado para outra cidade?

Ele deu de ombros.

– Por que não?

Embora provavelmente não fosse muito atraente, ela não conseguiu evitar uma fungada de desprezo.

– Eu provavelmente vou parecer como a Julia Roberts em Uma Linda Mulher, quando ela diz que aprecia a cena de sedução, mas que ela é bem fácil. – Ela tocou o próprio peito. – Eu sou bem fácil. Você não precisa ter todo esse trabalho.

Ele estreitou os olhos.

– Seu modo de pensar é exatamente a razão de eu estar fazendo isso.

– O que isso quer dizer?

– Você só esteve com homens que quiseram apenas uma coisa. Homens que não se importavam em tentar imaginar um futuro com você além do final de uma noite. – Ela prendeu o fôlego ao ouvir suas palavras. Com a expressão suave, ele cortou a distância entre os dois. – Mesmo você querendo apenas sexo de mim, eu quero mais de você. Quero seu tempo, mas também quero que entenda que você é especial. E se for preciso voos e refeições chiques para provar, então farei isso.

Depois de sua argumentação, Megan ficou com cara de boba. Como era possível que ele a conhecesse tanto? Ele estava certo em pensar que ela se considerava fácil pelos caras que teve no passado. Ela sabia que não queria cometer erros outra vez, então por que ela não poderia deixá-lo tentar com vinho e boa comida?

– Tudo bem. Me leve para Savannah.

Ele abriu a porta de passageiro do avião.

– Aqui vamos nós. Prenda seu cinto de segurança.

Ela assentiu antes de entrar no avião. Pesh esperou que ela ajeitasse o vestido antes de fechar a porta. Enquanto ele caminhava pela frente do avião, ela se ocupou procurando o cinto e ajustando-o. Assim que ele entrou, estendeu-lhe um *headset.*

– Isso ajudará com o barulho da cabine.

– Vou bagunçar meu cabelo – ela reclamou.

Ele riu.

– Nunca pensei que fosse o tipo de mulher que se importasse com os cabelos.

Ela sorriu e colocou o *headset.*

– Agora já sabe. Eu me preocupo com meu cabelo e você tem suas esquisitices na cama.

Ele revirou os olhos e se ajeitou no assento. Após colocar o *headset,* ele começou a apertar interruptores e girar botões. A hélice em frente ao avião começou a girar.

– Então que tipo de avião é este? – ela perguntou, em meio ao barulho.

Erguendo um dedo, ele falou no microfone do *headset.*

– Terra para Torre, aqui é Cessna 172 requerendo permissão para taxiar e decolar.

Em seguida a resposta da torre ecoou em seus *headsets.*

– Permissão para taxiar e decolar, Cessna 172.

– Entendido – Pesh respondeu. O avião se sacudiu para frente e começou a taxiar pela pista.

– Hum... Acho que somos Cessna 172.

Pesh sorriu.

– Sim, somos.

– É legal. Gostei.

– Espero que continue dizendo isso daqui um minuto.

Megan sabia que ele se referia à quando o avião pegasse velocidade na pista. Assim como quando ela viajava por um voo normal, eles estavam em terra em um minuto e no outro no ar. Eles subiram pelo céu azul enquanto cortavam nuvens brancas e fofas. Quando ganharam altitude suficiente, Pesh afrouxou as mãos no leme e olhou para ela.

– Está tudo bem?

Ela sorriu.

– Está brincando? Isso é maravilhoso.

– Fico feliz de ouvir que está gostando. Eu não sabia se você reagiria como seu tio Aidan.

– Ouvi dizer que você teve que dar tranquilizante para ele.

Pesh gargalhou.

– Sim, eu dei. Ele dormiu quase o caminho inteiro.

– Um completo covarde – ela disse, sorrindo.

Depois de ajustar um dos controles, Pesh disse:

– Bem, preciso admitir que minha finada esposa não era fã também. Ela tolerava voar comigo porque sabia que eu amava, mas na maioria das vezes ela tomava pílulas para relaxar.

– Ela não compartilhava sua paixão?

– Não. Ela sempre me encorajou a fazer o que eu amava. Ela nunca me fez escolher entre ela ou outra coisa. Ela era muito altruísta.

– Ela foi muito maravilhosa assim.

Pesh permaneceu em silêncio e Megan soube que era hora de mudar de assunto.

– Agora que sei que estamos indo para Savannah, você me dirá o que iremos comer?

Ele sorriu.

– Provavelmente será um almoço tardio quando chegarmos lá.

– Então, onde nosso almoço tardio será?

– Você gosta do Distrito Histórico?

– Adoro.

– Bom. Escolhi um restaurante por lá.

– Você vai a Savannah com frequência?

– Umas duas vezes por ano. Na maioria das vezes para conferências médicas na Costa.

– E sempre vai voando?

– Sim – ele respondeu, sorrindo.

O voo levou menos tempo do que ela pensou e com o bom tempo foi muito tranquilo. Quando começaram a fazer a decida, Pesh olhou-a.

– Está pronta para pousar?

– Claro. Por que não estaria?

– Algumas pessoas acham um pouco intenso. Você vê muito mais do chão se aproximando do que quando está em um avião de grande porte.

Ela inclinou a cabeça.

– Pulei de paraquedas, lembra?

– Ah, é verdade. – Com uma piscada, ele acrescentou: – Você é minha pequena viciada em adrenalina.

Megan gargalhou.

– Eu era. Não sou mais.

– O que mudou?

– Mason. Quando se é responsável pela saúde, segurança e felicidade de outra pessoa, suas perspectivas mudam completamente.

– É um verdadeiro presente.

– Sim, ele é.

Pesh sorriu antes de falar com a torre pelo rádio. Assim que ele conseguiu permissão para pousar, eles foram perdendo altitude rapidamente. A pista foi se aproximando cada vez mais até que o avião solavancou e começou a taxiar no pavimento até uma parada repentina.

Megan soltou o ar que estava retendo.

– Está bem? – Pesh perguntou.

Ela sorriu.

– Nunca estive melhor.

O som da torre chegou aos *headsets* e Pesh ouviu as instruções, dirigindo o avião para um dos hangares. Depois de estacionar e conversar rapidamente com um dos membros da tripulação terrestre, ele saiu para ajudá-la a descer e a guiou pela mão para fora do hangar. Um táxi os esperava para levá-los para a cidade.

Ela gargalhou ao sentar no banco.

– O que foi? – Pesh perguntou.

– Fui surpreendida pelo táxi. Acho que por tudo o que faz imaginei que teríamos uma limusine ou um chofer para nos pegar.

– Gosto de ser humilde – ele respondeu e piscou.

Ela assentiu antes de virar para a janela para admirar a paisagem. Quando passaram pelas casas magníficas construídas antes da Guerra Civil o estômago de Megan roncou. Ela estava nervosa demais para tomar o café da manhã e não ousou comer no Rei do Queijo.

O táxi parou do lado de fora de um restaurante chique. Enquanto Pesh pagava o taxista, Megan saiu do carro e observou à sua volta. Ela amava a sensação de época antiga que permeava em toda essa cidade histórica e encantadora. Pesh lhe ofereceu o braço e eles entraram. A popularidade do restaurante era evidente. Estava bem cheio mesmo sendo quatro horas da tarde. Eles foram guiados a uma mesa tranquila à luz de velas.

– Vinho? – Pesh perguntou.

– Sim, por favor.

– Branco, certo?

– Claro.

Após o garçom se retirar com o pedido de bebida, Megan observou o cardápio e suspirou.

– Tudo parece ótimo.

Olhando-a sobre seu cardápio, Pesh disse:

– Achei que apreciaria a cozinha do sul.

– Amo todo tipo de comida. Acredite em mim, do jeito que estou com fome comeria em qualquer lugar.

O garçom retornou com o vinho e Megan soube que precisava tomar uma decisão.

– Vou querer camarão e grãos, por favor.

– Muito bem, senhora.

– Quero o mesmo – Pesh disse, entregando o cardápio ao garçom. Quando Megan sorriu, ele não entendeu. – O que foi?

– Só me surpreendi por você comer algo tão sulista como camarões e grãos.

– Quando vai entender que não deve me classificar como uma coisa ou outra?

Ela gargalhou.

– Na verdade, gosto que prove que estou errada e seja inesperado.

– Mesmo?

Ela assentiu.

– Às vezes, sinto que as pessoas tentam fazer o mesmo comigo. Pessoas têm seus pensamentos e preconceitos com garotas e mulheres que engravidam fora do casamento. Espero que eu mostre o tempo todo que elas estão erradas.

– Tenho certeza que sim. – Após dar um gole no vinho, ele continuou: – Prove que eu estou errado nessa. Uma garota sulista como você gosta de comida indiana?

– Ah, sim. Eu amo.

Seus olhos se abriram mais.

– Qual seu prato favorito?

– Hum... Amo Frango amanteigado, mas também sou fã de Pav Bahaji.

– Estou impressionado. Emma nunca comeu comida indiana e acho que não causei uma boa impressão nesse sentido. – Pesh conteve o riso e imediatamente se fechou ao perceber que mencionou o nome de Emma.

Cientes de que eles estavam numa situação constrangedora, Megan se inclinou e tocou a mão dele.

– É normal que você fale de Emma.

– Falar de antigas namoradas ou mulheres com quem já saiu não é um bom assunto para falar com nenhuma mulher.

– É diferente. Emma é da minha família. – Ela girou o vinho no copo. – Já ouvi o lado dela dessa história, mas nunca ouvi o seu.

– Você ouviu um pouco quando estava embriagada na noite do batismo de Noah.

Megan fez uma careta.

– Eu ainda quero saber.

Pesh expirou profundamente. Quando o garçom apareceu com as saladas, parecia que ele havia deixado a questão de lado, mas quando ficaram a sós outra vez, ele sorriu.

– Emma surgiu em minha vida na época em que eu estava sendo extremamente pressionado por minha família e amigos para seguir adiante, deixar meu luto e namorar outra vez. Não tinha escapatória. Era o pessoal no hospital e o mesmo em casa. As pessoas cismaram que apenas um ano era tempo suficiente para terminar o luto. Então, um dia ela surgiu no PS. Ela estava completamente apavorada por seu avô. De alguma forma eu me conectei com ela através da dor e sofrimento. – Ele limpou a boca com um guardanapo. – Ela me lembrou tanto de Jade que foi fácil tentar imaginar que o que eu estava sentindo era algo romântico. Eu não saía há tanto tempo que só quis protegê-la, como quero com você.

– E Aidan ficou entre vocês?

– De certa forma, ele e Jade ficaram.

– Como assim?

Pesh riu.

– Vamos dizer que durante os nossos momentos intensos, Emma estava com Aidan e eu com Jade.

Megan se impressionou por sua franqueza.

– Entendi. – Havia algo mais que ela sempre quis saber no relacionamento de Pesh e Emma. – Você não se importou dela estar grávida?

Negando, ele respondeu:

– Só a deixava mais linda. Eu vinha lidando com tanta morte que fui drenado pela vida que ela carregava dentro dela.

– Isso é muito bonito – Megan murmurou.

Ele deu uma risada triste.

– Uma das minhas piores falhas de caráter é ter complexo de herói. Acho que é uma das razões pelas quais me tornei médico. Eu vi Emma e quis salvá-la. Quando ela precisou fazer repouso, eu quis ser seu cavaleiro de armadura brilhante.

– Ser um herói não é exatamente uma falha de caráter.

– É quando você não pode salvar alguém e precisa viver constantemente com a culpa.

O coração de Megan se condoeu com a dor que surgiu em sua face. Sentindo que precisava aliviar o clima, ela provocou:

– Fico feliz de ouvir que você tem alguma falha de caráter. Você parecia perfeito demais para mim.

A sombra de um sorriso surgiu em seus lábios.

– Já mencionei que sou o maior bagunceiro?

– Você? Nunca – ela respondeu.

– Ah, sou. Se eu não tivesse uma empregada, tenho certeza de que acabaria em um daqueles programas que mostra as casas mais bagunçadas do mundo.

Megan riu.

– Acho difícil de acreditar.

– É verdade. E também não tenho nenhuma habilidade atlética.

Após mastigar um bocado de salada, pensativamente, ela disse:

– Mas você tem o corpo de um jogador de futebol americano.

– Sou assim porque vou à academia, mas se me colocar em um campo, seria uma vergonha.

– Isso é ótimo. Já tive minha cota de jogadores.

– É? – ele questionou. Embora ele tentasse parecer indiferente, ela sabia que ele queria ouvir a história toda.

– Namorar jogadores é minha sina e quando eu namorei um era sempre o melhor. Meu primeiro relacionamento com um jogador foi o que arruinou minhas chances na faculdade de medicina.

– É uma pena.

– Sim, é. O que foi pior é que eu não aprendi com meus erros e me apaixonei por outro jogador. – Com um sorriso triste, ela acrescentou: – Pelo menos eu consegui Mason com esse último.

Pesh entrelaçou seus dedos.

– O pai do Mason é um atleta profissional?

– Sim. Ele joga futebol para os Falcons.

– Você sabe que tenho amigos entre os médicos que atendem a liga. Eu provavelmente poderia arranjar algo para ele. Quem sabe um pouco de gelo seco em sua calça?

Vendo o brilho travesso nos olhos de Pesh, Megan explodiu em uma gargalhada.

– Não posso acreditar que você, dentre todas as pessoas, sugeriu algo assim.

Dando de ombros, ele respondeu:

– É só uma brincadeira inofensiva.

– Claro. É que não posso imaginar alguém como você sequer pensando em fazer algo assim. – Quando ele começou a abrir a boca para discutir, ela ergueu a mão. – Eu sei, eu sei. Não o classifique.

– Exato.

O prato principal chegou e Megan salivou com o aroma delicioso.

Enquanto comiam, a conversa saiu facilmente. Era uma das coisas que ela mais gostava sobre Pesh: era muito fácil conversar com ele. Como ele era mais velho, refinado e um médico, ela poderia se sentir intimidada por ele, mas ele nunca permitiu que ela se sentisse assim. Ele sempre parecia fascinado por qualquer coisa que ela dissesse e isso era muito diferente de todos os homens com quem ela já havia saído. Eles normalmente mal a ouviam enquanto olhavam para a televisão por cima do seu ombro, querendo saber o placar de algum jogo.

Quando eles terminaram de comer, o garçom retirou os pratos.

– Sobremesa? – Megan pediu, tomando o resto de seu vinho.

Pesh apontou com a cabeça para uma pequena pista de dança.

– Que tal um pouco de dança?

Ela franziu o nariz.

– Não sou boa dançarina. – Ele arqueou as sobrancelhas para ela, como se soubesse que estava mentindo. – Tudo bem, eu dançava quando estava na escola e faculdade.

– Então dance comigo.

– Não sou boa em música lenta. Você provavelmente se arrependerá de ter me convidado no momento em que chegarmos à pista.

Pesh colocou uma porção de notas no envelope da conta.

– Como Shakespeare costumava dizer, a senhora protesta demais. E acho que sei a razão.

– Ah, sabe?

Ele assentiu.

– Dança lenta é íntima e você não quer que fiquemos íntimos.

– Nós dois nos pegamos em um armário de suprimentos. Acho que isso é bem íntimo – ela desafiou.

– Aquilo não foi íntimo. Sexo representa o prazer que a mente quer. Intimidade está no coração. – Ele a encarou. – Nós dois sabemos que você me deixará entrar em seu corpo, mas não em seu coração.

Sabendo que ele estava certo, ela cruzou os braços e franziu o cenho para ele. Ela não entendia por que não podia se levantar e ir dançar como ele queria. Ela já dançara música lenta milhares de vezes. Qual era a diferença? Mesmo que não admitisse, ela sabia a resposta.

– Se você não quer dançar, então vamos ver a cidade.

Não querendo que ele levasse a melhor, ela se levantou.

– Tudo bem. Eu dançarei com você.

Ele zombou.

– Não precisa ficar tão empolgada.

Depois de fitá-la, ele segurou sua mão e a guiou até a pista de dança. Ela começou a subir as mãos para encaixá-las em seu pescoço, como estava acostumada, mas ele colocou uma das mãos dela em seu ombro e manteve a outra segura, enquanto tocava sua cintura.

A banda terminava um jazz e então se preparou para tocar outra canção. O pianista tocou os primeiros acordes e a voz da cantora sulista inundou o ar.

– *Like a flower waiting to bloom...*

Megan reconheceu de imediato a música da Norah Jones, *Turn Me On*. A eletricidade os percorreu e quando ela fitou os olhos de Pesh, viu-os carregados de desejo.

Seu olhar se desviou para os lábios cheios e ela quis que ele a beijasse. Como se lesse sua mente, Pesh tomou seus lábios. Tocando-o com sua língua, ela buscou sentir seu calor. Pesh sentiu seu gosto, uma mistura de vinho e temperos da refeição que partilharam. Ele tocou seus lábios com a língua, puxando-a contra si. Ela seguiu sua liderança pressionando-se contra seu peito e estremecendo quando ele gemeu em sua boca.

Seu polegar acariciava o ombro de Megan e ela arqueava a cada toque. Quando ele terminou o beijo, permaneceu encarando-a sem desviar os olhos. Ela nunca teve um homem que a fitasse tanto. Era como se ele tentasse ver através dela, como se tentasse enxergar sua alma. Isso a amedrontava e excitava ao mesmo tempo. Era parte de um plano de sedução que estava dando certo.

– Por favor, me leve para algum lugar... Algum lugar em que possamos ficar sozinhos.

A expressão de Pesh demonstrou preocupação.

– Megan...

Ela tirou a mão do ombro dele para cobrir sua boca.

– Não me faça mais implorar para ficar com você.

Negando com a cabeça, ele respondeu:

– Não posso mais negar isso a você, não depois de ter provado um pouco.

Megan estremeceu com a intensidade com que ele pronunciou as palavras. Pesh pegou-a pela mão e a guiou para fora da pista de dança. Eles passaram por algumas mesas e seguiram até a saída. Caminhando pelas pessoas, eles se dirigiram para o hotel adjunto do restaurante. Era mais uma pousada do que um hotel. Ao entrarem na recepção, Pesh pegou a carteira no bolso do casaco e falou com o recepcionista:

– Quero um quarto, por favor.

– Cartão de crédito e documentos, por favor – o recepcionista pediu, medindo-o. Megan não pôde deixar de perceber o quanto ele parecia pomposo, do tipo que sempre estava bem-vestido. – Você prefere cama queen size ou...

– King size, por favor – Pesh pediu entre os dentes.

– Precisa de ajuda com a bagagem?

– Não, nós não temos nenhuma.

O rapaz digitou algo no computador.

– E por quanto tempo vocês estarão conosco?

– Por quanto tempo precisarmos – Pesh respondeu, tamborilando os dedos sobre o balcão.

Megan observou os olhos do rapaz se arregalarem e o rubor se espalhar por seu rosto. Ele terminou rapidamente a reserva e entregou um cartão de acesso a Pesh.

– Conseguimos uma das nossas suítes kink size para vocês.

– Obrigada.

Pesh e Megan seguiram para o elevador. Quando ela criou coragem para olhar por cima do ombro para o rapaz da recepção, notou que ele os olhava com curiosidade. Ao entrarem no elevador, Megan deu uma risadinha nervosa. Pesh a olhou surpreso e ela riu ainda mais.

– O que foi?

– Pela conversa lá embaixo, ele provavelmente pensa que sou uma prostituta.

Pesh arregalou os olhos.

– Você não pode estar falando sério.

– Tudo bem. Talvez uma acompanhante de alta classe.

Um gemido escapou da garganta de Pesh.

– Não se menospreze dessa forma.

– Não estou me menosprezando. Pense. Viemos no meio do dia, sem bagagem e queremos uma cama king size. – Ela tocou o queixo dele – Hum... O que provavelmente faremos?

O canto dos lábios de Pesh se curvou em um sorriso.

– Eu provavelmente deveria me importar com o que ele pensa, mas no momento estou cagando para ele.

Ela gargalhou.

– Eu também.

O elevador apitou, sinalizando que estavam no andar correto e Megan saiu, observando a decoração acolhedora do quarto, com uma lareira, antiguidades e uma cama de dossel. Ir a um motel poderia ser um pouco sórdido, mas esse quarto tinha um lado romântico.

Pesh aproximou-se por trás dela, envolvendo-a com os braços e ela se sentiu tímida.

– Está tudo bem?

– Sim.

O hálito dele tocou sua orelha.

– Você se encolheu quando toquei você.

– Desculpe. Eu não pretendia. Acho que estou nervosa.

Pesh virou o rosto de Megan para ele.

– Você não tem por que ficar nervosa. Se não quiser fazer mais nada, nós não faremos.

– Não, eu quero – ela assegurou.

Sem mais uma palavra, Pesh tocou os cabelos de Megan. Após soltar o fecho, os cabelos caíram soltos sobre os ombros. Um estremecimento de contentamento a tomou quando ele afundou o rosto entre as mechas. Depois, ele abaixou o zíper do vestido até o meio das costas. Vagarosamente, ele foi descendo. Quando as costas do vestido estavam completamente abertas, ele pegou as finas alças e as deslizou pelos ombros. Megan sentiu a respiração quente de Pesh em suas costas enquanto o vestido caía até o chão.

O calor do olhar causou um incêndio dentro dela. Ele estava focado em seu sutiã sem alça e calcinha.

– Você é tão linda.

Por alguma razão, ela sentiu-se corar. Homens já disseram que ela era linda antes, mas as palavras nunca soaram como as de Pesh. O jeito como ele disse que ela era linda, somado ao modo como a olhava, fizeram-na formigar em vários lugares.

Megan levou as mãos à gravata de Pesh para soltar o nó, tirá-la e jogá-la no chão. Habilmente, seus dedos desabotoaram a camisa e quando ela a abriu, prendeu o fôlego ao ver o peito forte e peludo. Os pelos desciam pelo abdômen malhado até se perderem dentro da calça.

– Você é muito lindo também – ela disse, com um sorriso.

Ao se livrarem da camisa, ela desceu os dedos pelo abdômen. Pesh olhava-a em chamas a cada passo de Megan enquanto ela o desabotoava.

– Por que você fica me encarando? – ela perguntou, sem jeito.

– Tenho medo de olhar para outro lado e você não ser real. – Ele tocou seu rosto. – Quero isso há tanto tempo, eu quis você por tanto tempo que é difícil acreditar que esteja realmente aqui.

– Me toque – ela pediu, pegando a mão de Pesh e trazendo até seu peito. – Me toque e verá o quanto sou real.

Abaixando a cabeça, Pesh a beijou.

– Inspire-me – ele instruiu, ao apertar seu seio por cima do sutiã.

Megan sentiu o hálito de Pesh contra seus lábios e o inalou enquanto o calor queimava suas bochechas. Mesmo se ela quisesse, não conseguiria deixar de olhá-lo. Quando ela expirou, ele inspirou e parecia que eles estavam participando de uma dança erótica e relaxante ao mesmo tempo. Ela nunca havia passado um tempo apenas encarando e respirando alguém.

– Agora você teve sua primeira lição no Tantra – ele murmurou, contra seus lábios.

Ela se mostrou surpresa.

– Vai me ensinar mais?

– Talvez. – Ele desabotoou o sutiã. – Quer que eu ensine?

– Acho que sim.

– Então ensinarei. Quero fazer tudo o que lhe agrade.

Megan envolveu-o com os braços e o beijou. Ele tirou a calça e a cueca e a deitou na cama de dossel, tirando sua calcinha. Megan se sentou na ponta da cama maciça e abriu as pernas, permitindo que ele se encaixasse entre elas.

Pesh levou sua mão entre as coxas de Megan, que se permitiu cair para trás, murmurando, enquanto ele inseria dois dedos dentro dela e a provocava devagar. Ela empurrou seu quadril contra ele, acrescentando a fricção que ela necessitava. Ao sentir a ereção de Pesh tocando sua coxa, ela se ergueu e a segurou.

Com os olhos pouco abertos, eles observavam-se tocando um no outro e levando-os a um frenesi ofegante. Quando Pesh inclinou seus dedos dentro dela, Megan mordeu os lábios para conter um grito de prazer. O orgasmo ricocheteou por ela, fazendo-a baixar a cabeça.

Pesh ajeitou seu corpo sobre o colchão e se inclinou sobre ela, beijando-a nos seios e sugando seus mamilos até que endurecessem.

– Agora, Pesh – ela implorou. – Preciso de você dentro de mim.

Bem quando ele estava prestes a penetrá-la, ele parou.

– Ah, não – ele murmurou, antes de se sentar sobre os joelhos.

Megan se ergueu, sem entender.

– O que houve? – ela perguntou, esperando que ele não tivesse mudado de ideia no último minuto.

Ele passou a mão pelo maxilar.

– Eu, é... nós não podemos fazer isso sem camisinha e não tenho nenhuma.

– Ah – ela murmurou. No calor do momento, havia se esquecido completamente disso.

– Você não tem uma? – ele perguntou, torcendo.

Ela negou.

– Não, tenho. Desculpe.

– Sou eu que devo me desculpar por colocá-la em uma situação dessas sem proteção. – Quando ele começou a se afastar, ela o segurou pelos ombros.

– Nós ainda podemos fazer isso. Nenhum de nós esteve com ninguém há 2 anos e temos os testes de sempre no hospital.

– Estamos bem, sim, mas e gravidez? Você toma pílula?

– Não. – Ela mordeu o lábio. – Espera um minuto – murmurou, fazendo uma contagem do último período em sua mente. – Vinte.

– Vinte o quê?

– Estou no dia vinte, então não corremos riscos.

– Vou gozar fora.

– Se prefere assim – ela respondeu.

Agarrando seu bíceps ela implorou para que ele cobrisse seu corpo outra vez. Ela amou sentir como os pelos em seu peito roçaram em seus mamilos.

Pesh abriu suas pernas e deslizou dentro dela, preenchendo-a. Era tão intenso que ela sentiu uma picada.

– Está tudo bem?

– Sim.

Ele se apoiou e flexionou o quadril, entrando outra vez e dessa vez os dois gemeram. Pegando o ritmo, ele começou a entrar e sair de dentro dela. Era vagaroso e sensual e mesmo que ele a preenchesse completamente, ela queria mais.

Durante o tempo todo, Pesh a olhava nos olhos. O olhar carregava tanto desejo que ela não se atreveu a cortá-lo. Quanto mais o fitava, mais se conectava. As pessoas mais velhas costumavam dizer que os olhos eram a janela da alma e Megan começava a ver a alma de Pesh e isso a assustava demais.

Querendo sair do campo emocional, Megan apertou seu braço e pediu:

– Mais forte.

Ficando de joelhos, Pesh deslizou os braços sobre os joelhos de Megan, erguendo-a. Essa posição permitiu lhe intensificar as estocadas e, enquanto no início a conexão era mais íntima e sensual, agora era luxúria e desejo.

Megan o puxou para um beijo e as bocas e línguas se encontraram em um frenesi.

Quando ele saiu de dentro dela, Megan sentiu a perda. Ele a virou de costas e a ajudou a ficar de joelhos. Ao penetrá-la novamente, Pesh a fez gemer. A cada estocada, ele ia mais fundo. Ela apertava os lençóis entre os dedos, enquanto ele depositava um rastro de beijos em sua espinha. Ela não conseguia entender como parecia que ele estava em tantos lugares ao mesmo tempo. Sua boca brincava com suas costas, ora beijando, ora mordendo, de forma provocante e suas mãos acariciavam suas coxas e deslizaram por seu corpo para apertar seus seios ou tocar seu clitóris. Ele estava dando tanto a ela que era impossível ficar em silêncio. Ela gemia, gritava seu nome e implorava por mais enquanto a pele molhada dos dois se tocava.

Finalmente, ela não conseguiu aguentar mais. Virando a cabeça, ela gritou contra o travesseiro ao atingir o orgasmo. Conforme suas paredes internas se apertavam, Megan sentiu Pesh saindo dela. Ele gemeu e ela sentiu o calor inundar suas costas e nádegas.

Depois de tê-lo visto gozar da outra vez, ela odiou ter perdido a experiência agora. Ele ficava tão lindo quando chegava ao ápice.

Ela se ajeitou de bruços na cama e deitou-se sobre um travesseiro. Após alguns segundos, Pesh deitou-se com ela. Ela virou-se para ele. Estava exausta e completamente satisfeita sexualmente pela primeira vez na vida e tudo o que pôde dizer foi:

– Uau!

Um sorriso lento se espalhou pelo rosto de Pesh.

– Você sempre parece ter muito a dizer sobre mim depois de um orgasmo.

Ela riu.

– É porque você me deixa absolutamente sem palavras com seus talentos.

– Obrigado. Posso dizer o mesmo de você. – Pesh olhou para suas costas. – Você precisa se limpar.

Dando de ombros, ela disse:

– Eu meio que gosto disso. Faz com que eu me sinta marcada ou algo assim.

Ele sorriu, tímido.

– Gosto da ideia de marcar você. Marcar como minha.

Ele a queria para si. Ela não sabia o que pensar depois da declaração. Ela o queria? Certamente não podia imaginar pertencer a outro. Além da espetacular química que tinham, ela começava a se sentir muito conectada a ele.

Fitando-o, ela tentava imaginar o que se passava por sua mente.

– Nós realmente fizemos, não é?

– Sim. Acho que o que é reconhecido universalmente como fazer, sim – ele provocou.

Ela bateu em seu braço, brincando.

– Não foi o que eu quis dizer.

– Eu sei – ele murmurou.

– Não importa o que aconteça agora, isso muda tudo.

– Para melhor, eu espero.

– Acho que sim.

A verdade é que ela nunca tivera sexo casual antes. Houve apenas uma vez quando era caloura na faculdade que ela transou com um cara do trabalho. Foi a primeira e última vez que ela fez algo tão louco. Naquela vez, o sexo terminou antes mesmo que ela percebesse e ela sequer atingiu o orgasmo. Depois do fiasco, ela nunca quis repetir a performance com ele ou qualquer outro desconhecido até que ficou sem sexo após o nascimento de Mason.

Mas com Pesh o sexo fora... ela estremeceu com a lembrança. Antes de transar com Pesh, ela podia contar o número de parceiros em uma mão, ainda mais as vezes em que havia tido sexo de qualidade. Para Megan, o que ela experimentou com Pesh seria um divisor de águas. Ela não se via simplesmente se afastando agora.

Pesh se levantou da cama e lhe estendeu a mão.

– Vamos tomar banho.

– Se você insiste.

Ela deslizou na direção dele, antes de colocar as pernas para fora do colchão. Embora se sentisse um pouco tímida de estar nua, ela se sentia surpreendentemente confortável.

Quando chegaram ao banheiro, ela teve outra surpresa.

– Uma banheira? – ela perguntou.

Pesh riu.

– O charme antigo, mas com conveniências modernas. – Ele apontou para o chuveiro.

– Ótimo.

Ele ligou a água e esperou esquentar. Ao decidir que estava morna o suficiente, ajudou Megan a entrar. Ela se virou de costas para o jato de água para se lavar. Pesh não pareceu achar que era suficiente porque ensaboou suas costas e nádegas.

Sentindo as mãos mágicas de Pesh massageando-a, Megan não conteve a pergunta que a estava atormentando.

– Eu sou diferente?

Suas mãos pararam.

– Como assim?

Olhando por cima do ombro, ela respondeu:

– Foi a primeira vez que fiz sexo depois que Mason nasceu. Só queria saber se sou diferente. Você sabe, por dentro.

Ele aconchegou o rosto em seu pescoço.

– Você é maravilhosa.

– Não tem nenhuma diferença?

– Você me ouviu reclamando?

– Não, mas estou preocupada.

– Não há nada com que se preocupar, meu amor. – Suas mãos passaram pelas costelas de Megan para acariciar os seios. Um mamilo endureceu sob os dedos de Pesh e ela prendeu o fôlego. – Não quero mais nada além de entrar outra vez em você assim que eu puder.

– O que o impede? – ela o desafiou.

– Muito bem. Coloque as mãos na borda – ele ordenou.

– Sim, senhor – ela provocou, antes de colocar as mãos na borda molhada e fria da banheira.

Pesh direcionou o chuveirinho prateado entre as pernas dela, fazendo-a puxar o ar com o contato. Depois virou-o de modo que o jato de água atingisse o clitóris. Ela gemeu e jogou as costas contra o peito dele. Lentamente, ele começou a mexer o chuveirinho para acariciá-la outra vez. Cada vez que ela se afastava, a água a atingia no lugar certo. Ela arqueou os joelhos quando a pressão se expandiu. Pesh usou a mão livre para acariciar os seios, tocando a pele e esfregando os mamilos que já estavam endurecidos. Ela apertou os olhos com força devido à sobrecarga de sensações. Quando estava sentindo-se prestes a gozar, ele mudava o foco para outro lugar.

– Por favor, Pesh – ela gemeu.

– O quê, amor?

– Por favor me faça gozar.

– Você já teve prazer suficiente ou devemos continuar? – ele perguntou, afastando o chuveirinho dela.

Ela gemeu pela perda. Esfregando a bunda contra a ereção crescente, ela implorou:

– Me deixa gozar e aí eu o farei gozar também.

Com o joelho, ele separou as pernas dela e trouxe o chuveirinho outra vez, para áreas ainda mais sensíveis. Demorou apenas poucos segundos para que a água, somada a carícias, fizesse Megan gritar tomada por ondas de convulsões pulsantes. Ela bateu as mãos contra a parede enquanto a onda de prazer passava por ela. Quando finalmente parou de estremecer, deu um sorriso fraco para Pesh.

– Uau? – ele disse, com um sorriso.

Ela o beliscou, brincando.

– Eu ia dizer intensamente maravilhoso.

– Tenho certeza que ia.

Aproximando-se mais dele, ela pegou a ereção entre as mãos.

– Ainda bem que ficarei de joelhos, porque não sei se conseguiria permanecer em pé por muito tempo – ela disse, com uma piscada provocante.

Megan depositou um rastro de beijos sobre o peito molhado de Pesh. Apoiando-se nele, ela beijou os mamilos e os sugou. Seus gemidos contaram a ela que havia descoberto áreas muito sensíveis. Após brincar com os mamilos, seguiu descendo pelo seu delicioso abdômen e a área peluda que coroava sua ereção.

Sentando-se na banheira, ela o massageou com força da base à haste. O peito de Pesh subia e descia com dificuldade quando Megan tomou seu membro com os lábios.

– Megan – ele gemeu, seus dedos se enrolando pelas mechas molhadas dos cabelos dela.

Ela o tomou o mais profundo que pôde. Sua língua passava pela cabeça sensível antes de a sugar, para depois passar a língua por toda a extensão. Seus gemidos ecoavam pelo banheiro.

– Ah, Megan – Pesh murmurou. Ele puxava seus cabelos e empurrava o quadril para entrar cada vez mais profundamente em sua boca.

Quando ele estava prestes a perder o controle, tentou se afastar, mas ela segurou suas coxas e o manteve no lugar. Ele gemeu ao gozar em sua boca. Ela engoliu antes de olhar para ele e ver sua expressão de adoração.

– Obrigado.

Liberando-o de sua boca, ela sorriu.

– De nada.

Ele a ajudou a se erguer.

– Melhor corrermos antes que acabemos com toda a água quente nesses canos.

– Acho que você conseguiria me manter aquecida mesmo assim.

Ele sorriu.

– Penso o mesmo de você.

***

Embora estivessem tentados a ter um novo *round*, Megan sabia que Pesh não queria arriscar sem camisinha, então se manteve afastada enquanto terminavam de tomar banho. Ela secou os cabelos enquanto ele se vestia e depois ele a ajudou a colocar o vestido. Então, abandonaram a suíte sem sequer voltar à cama.

Ao chegarem ao saguão, Megan gemeu desconfortável por ver o mesmo rapaz na recepção. Ela percebeu que ele também os reconheceu. Pesh entregou o cartão a ele e Megan decidiu tirar o máximo da situação.

Ela acariciou o braço de Pesh.

– Obrigada mais uma vez, Sr. Nadeen. Lembre-se de me ligar na próxima vez que estiver na cidade. Adoro homens que gostam de gastar – ela ronronou.

Os olhos do homem saltaram e Pesh encarou Megan como se ela tivesse duas cabeças. Sua boca abriu e fechou como um peixinho fora da água, mas ele não pronunciou nenhuma palavra. Quando finalmente se recuperou, ele respondeu, lacônico:

– Tentarei me lembrar disso, Srta. McKenzie.

Interpretando sua parte, Megan virou-se e caminhou pelo saguão. Não demorou muito para que Pesh a alcançasse. Depois de guardar a conta do hotel no bolso, ele a puxou pela cintura.

– Você está muito encrencada – ele sussurrou em seu ouvido.

Ela deu uma risadinha e os dois caminharam para fora do hotel.

– Hum... Você vai me castigar me colocando de joelhos e me dando uns tapas?

– Poderia ser – ele respondeu.

Ela o olhou sob as luzes da cidade.

– Você não espera que eu acredite que você curte BDSM, certo?

– Não, não curto.

Ela riu.

– Mais uma vez, isso não me surpreende.

Quando ele parou de supetão bem no meio da rua cheia, ela se admirou.

– Umas boas palmadas, alguns arranhões e vendas são uma possibilidade. É tão justo quanto o resto? – Seu polegar acariciou o lábio inferior de Megan. – Se alguém sabe de verdade como foder, não precisa de acessórios ou adornos.

Ela umedeceu o lábio ao ser tomada por um arrepio.

– E você certamente sabe o que está fazendo. Você já me deixou molhada bem aqui no meio da rua.

Ele apertou o maxilar e a segurou pelo braço.

– Não diga algo assim. Preciso levá-la para casa.

– Para sua cama? – ela perguntou.

– Eu queria, mas você precisa ir para a casa da sua família.

Megan não discutiu porque sabia que ele estava certo. Ela tinha que pensar no filho. Apesar do quanto era tentador, ela não podia se jogar em uma orgia de prazer quando era uma mãe. Mas havia uma parte de Megan que não queria deixar Pesh e voltar para sua vida normal. Ela não queria nada mais do que ir à casa dele. Sexo com Pesh era fenomenal. E embora ela ainda estivesse um pouco dolorida, sentia-se pronta para mais.

Pesh conseguiu um táxi e eles foram para o aeroporto. Mesmo que eles não conversassem, Megan não se sentiu estranha pelo que fizeram. Ele sentou-se o mais próximo que pôde e manteve a mão dela entre as dele.

Uma vez de volta ao avião, ela sentiu a exaustão apertar. Ajeitando-se no banco, ela fechou os olhos enquanto Pesh se preparava para voar. Ela só abriu os olhos outra vez quando sentiu que estavam prestes a pousar.

Observando tudo à sua volta, Megan não pôde deixar de apreciar as luzes da cidade brilhando na noite escura.

– É tão bonito à noite.

– Às vezes, prefiro voar à noite.

– Prefere?

– Por alguma razão, parece muito mais tranquilo. É um pouco mais vulnerável também. De dia, tudo está à vista, mas à noite é preciso confiar em seus instrumentos e instintos.

– Adoraria aprender a pilotar.

– Mesmo?

Ela assentiu.

– Sempre pensei que seria algo maravilhoso para se aprender.

– Eu a ensinarei.

– Sério?

– Claro. Por que não?

Encolhendo os ombros, ela respondeu:

– Você é um homem ocupado e não sei o quanto isso demoraria.

Ele sorriu.

– Eu encontraria tempo para você.

Fitando-o dentro do avião, ela soube que estava pronta para passar mais tempo com ele. Onde isso os levaria, ela não tinha como prever.

Capítulo Quinze

Com o azul brilhante do horizonte se espalhando por quilômetros e quilômetros à volta deles, Megan sentia um desejo incontrolável de se beliscar. Ela estava no avião de Pesh para sua primeira aula de voo.

Desde que decolaram, ela estava sobrecarregada por uma sensação surreal. Era demais estar no controle de um avião enquanto ele taxiava e depois tomava os céus. Claro que ela não estava no controle absoluto do avião. Pesh estava sentado no banco do copiloto e era capaz de assumir a qualquer momento. Isso a fazia se sentir melhor já que ela tinha tão pouca experiência em voar e o manual que ela tinha lido pelo menos duas vezes não a preparava para tudo.

Eles sobrevoavam o céu da cidade e Megan mantinha as mãos firmemente seguras no manche da aeronave enquanto passavam por várias nuvens brancas. Quando Pesh ofereceu-se para dar lições de voo, Megan não soube se deveria acreditar ou não. Raciocinando, ela não entendeu por que duvidara dele já que ele sempre mantinha sua palavra.

E agora duas semanas após seu primeiro encontro em Savannah, eles estavam de volta ao céu em uma quinta à tarde.

Eles tiveram uma semana tranquila, jantando juntos ou comprando algo na volta para a casa dela. Embora o primeiro dia juntos mostrou-se difícil e estranho enquanto eles tentavam fingir que nada havia mudado. Mas o fato era que tudo havia mudado e não foi apenas porque a relação deles se tornou física. Por mais que Megan tentasse lutar, era impossível, e seus sentimentos cresciam por Pesh. Era difícil para qualquer mulher não se apaixonar por um homem como ele. E por mais que ela não quisesse admitir, podia ver-se se apaixonando a cada dia.

Ele era cheio de surpresas. Como na segunda, quando ele pediu que ela checasse se havia um monitor de batimentos cardíacos em uma das salas vazias de pacientes do primeiro andar. Ela foi obedientemente e ao encontrar o monitor, também encontrou Pesh.

O cavalheiro que ela conhecia se transformou em um demônio do sexo quando trancou a porta e desapareceu com ela atrás de uma cortina. Sexo durante o dia em uma cama vazia do hospital foi uma experiência e tanto, especialmente quando o breque da cama soltou e eles se chocaram contra a parede.

Mas apesar da *sexcapadinha*, ele continuava querendo passar tempo com ela e Mason. No começo da semana, Pesh trouxera Mason para ver seu avião. Megan sorriu ao ver o filho sentado no colo de Pesh enquanto apertava botões no painel e ouvia explicações. Pesh tinha tanta paciência com Mason ao ouvir suas perguntas e colocar o *headset* em sua cabeça. Ele inclusive mandou uma mensagem à torre para que Mason pudesse ouvir a resposta. Foi assim que o que deveria ser uma pré-lição de voo para ela, tornou-se algo educacional para Mason também. E para tornar o dia inesquecível, Pesh os levou ao McDonalds para que Mason pudesse brincar no playground.

O fato de Pesh ser tão atencioso com qualquer coisa que pudesse fazer Mason feliz, aos poucos foi quebrando as barreiras de Megan sobre não o namorar. E não era apenas isso. Quando eles conversavam, ela dividia mais com ele do que com qualquer outro homem. Era fácil conversar com ele e contar sobre coisas boas e ruins. Ele era um ótimo ouvinte e ela nunca sentia que estava cansando-o ou irritando-o. Ele parecia realmente interessado no que ela dizia e isso era maravilhoso.

– Está tudo bem? – Pesh perguntou, tirando-a de seus pensamentos.

Ela sorriu.

– Sim.

– Queria que pudesse ver seu rosto – ele comentou.

– Estou com cara de boba? – ela perguntou.

– Não é cara de boba. É como uma criança contente na manhã de Natal.

– Ah, acredito muito nisso já que isso parece um brinquedo enorme e muito perigoso.

– É uma forma maravilhosa de se ver. Estou tão feliz por compartilhar com você. – Ele tirou uma de suas mãos do manche e trouxe a seus lábios, beijando-a nos nós dos dedos e fazendo-a se tencionar.

– Preciso da minha mão. Não acho que estou segurando o manche com firmeza como você disse que eu deveria – ela protestou.

Pesh suspirou e soltou-lhe a mão.

– Como me arrependo de ter dito isso... – ele lamentou.

Ela sorriu.

– Não é justo tentar me distrair. Preciso de foco para não cairmos.

– Tudo bem. Manterei minhas mãos quietas, por enquanto.

Um arrepio passou por Megan mediante as palavras. Se houvesse alguma chance de voar e transar com ele, ela tentaria. Balançando a cabeça, ela tentou afastar os pensamentos inapropriados.

– O que é aquilo? – ela perguntou, apontando para um pontinho escuro no horizonte.

Pesh inclinou-se no assento e examinou através do para-brisa.

– Parece tempestade chegando.

– Deveríamos voltar então.

– Não acho que vá nos afetar.

– Não gosto da ideia de voar em uma tempestade.

– Então voltaremos.

– Para que lado devo virar o avião?

– Vamos para a direita – Pesh respondeu.

Megan assentiu e virou o manche ao mesmo tempo que pisou no pedal direito.

– Bom. Continue assim. Estamos quase dando a volta. – Quando eles estavam na direção correta, Pesh continuou: – Agora vamos aumentar a velocidade.

Ela obedeceu e esperou por mais orientações.

– Estamos indo bem. Quando estivermos a dez minutos do McCollum, você precisará enviar uma mensagem à torre de controle para que saibam que estamos indo.

– Ok. Posso fazer isso.

– Tem algum plano para esta noite?

– Não que eu saiba.

– Gostaria de jantar comigo?

Ela mordeu o lábio para não rir do jeito formal com que ele falou.

– Acho que sim. Ganharei sobremesa?

O corpo de Pesh se tencionou.

– Você está dizendo que eu sou a sobremesa ou que devo comprar uma sobremesa após o jantar?

Megan riu.

– Não, quero você para sobremesa.

– Então você me terá. Sempre.

– Acho que terei que deixá-lo na mão já que Mason estará conosco.

– Não importa. Gosto de passar um tempo com ele.

Megan não conteve o sorriso.

– Ele adora estar com você também. Nunca o vi gostar tanto de um estranho como gostou de você.

– Sou um cara legal – ele brincou.

– Sim, você é – ela murmurou, tentando não perder o controle de seu coração e querer mais dele do que deveria.

Pesh interrompeu o fluxo de seus pensamentos ao apontar para os controles.

– Comece a fazer a checagem de pouso.

Megan lembrava vagamente que botões e medidores tinha que conferir e precisou da ajuda de Pesh.

– Agora envie um rádio para a torre de controle.

– Hum, ok – Megan respondeu, mordendo o lábio. Após limpar a garganta, olhou de relance para Pesh e o viu apontar para o manche. – Ah, dã! – ela respondeu e apertou o botão com o polegar. – Aqui é Cessna 172 se preparando para pousar.

Antes que ela pudesse perguntar a Pesh se tinha feito direito, ele enviou uma mensagem diferente à torre e a resposta deles chegou pelos *headset*.

– Cessna 172, aqui é a torre de controle confirmando que vocês estão livres para pousar.

– Agora empurre o manche para iniciar a descida – Pesh instruiu.

Ela obedeceu e conferiu o velocímetro.

– Deveríamos estar tão rápido?

– Sim e não – Pesh respondeu.

– O que diabo isso quer dizer? – ela perguntou.

Ele riu.

– Vê aquele botão preto em que está escrito "regulador de pressão"?

– Sim.

– Veja assim, quando você está em um carro e descendo uma colina, você pega velocidade? – Megan assentiu. – É a mesma coisa em um avião, mas se você apertar esse botão reduzirá a potência e não aumentará a velocidade.

Com os dedos sobre o botão, Megan perguntou:

– Era difícil dizer que eu precisava apertar esse botão?

– Tente apertar até a metade.

Após apertar, ela conferiu a velocidade.

– Estamos diminuindo.

– Bom.

– Estamos a nove nós?

– Sim.

– Ok, então abaixe o nariz um pouco. Isso nos fará planar e uma descida controlada.

Megan empurrou o manche até que o nariz estivesse um pouco abaixo na linha do horizonte.

– Agora baixe o trem de pouso – Pesh instruiu.

– É o botão com o pneuzinho nele?

– Sim, é esse.

Megan apertou.

– Pronto.

– Usando o manche, mantenha as asas um pouco à direita para que possamos alinhar-nos com a pista.

Megan girou o manche um pouco abruptamente.

– Ops... – ela respondeu.

– Está tudo bem. Apenas ajuste.

Enquanto Megan olhava para frente, ela percebeu o quanto estavam próximos da pista e, em contrapartida, do chão. De repente, ela não teve certeza de que conseguiria pousar o avião. Uma coisa era decolar, mas havia muito mais que poderia dar errado quando se referia a pousar.

– U-uh, P-Pesh... – ela gaguejou.

– Sim? – ele perguntou, tranquilamente.

– Não acho que posso fazer isso. – Ela o olhou. – Não posso pousar. É muito assustador.

– Sim, você pode.

Megan negou várias vezes com a cabeça.

– Não posso. Você precisa assumir os controles. Eu poderia causar um acidente.

– Mas tenho fé em você.

– Sério?

– Claro. Não a deixaria fazer isso se não tivesse.

Ela buscou sinceridade em seu olhar e encontrou. Deus, ele realmente acreditava nela. E não era pelo fato deles estarem transando sempre que possível. Ele podia ver quem ela era de verdade.

Após inspirar profundamente, ela sentiu-se se acalmando.

– Tudo bem. Tentarei, mas não farei promessas.

– Essa é a minha garota – Pesh respondeu.

– O que devo fazer agora?

– Certo, agora você precisa apertar o regularizador até o final e puxar o manche para impedir que o nariz abaixe.

Limpando a garganta que estava mais seca que um deserto, Megan seguiu as ordens. Foi um pouco difícil, considerando o quanto suas mãos estavam transpirando.

– Mantenha-se assim. Está indo muito bem.

Conforme se aproximavam da pista, Megan lutou contra a urgência de fechar os olhos, mas ela percebeu que isso não era o certo a fazer. Em vez disso, preparou-se para o impacto. No momento em que os pneus tocaram o asfalto, ela gritou e apertou o manche.

– Calma. Nós estamos bem. Você está bem. – Eles taxiaram pela pista. – Muito bem. Agora mantenha a calma com o manche e aperte os pedais do freio.

Sem pensar, Megan apertou de uma vez, fazendo o avião ranger.

– Calma – Pesh disse.

Ela tirou os pés dos freios e eles seguiram taxiando.

– Agora vamos levá-lo de volta para o hangar.

– Ah, inferno! Vou acabar batendo do lado de fora do hangar ou acertando outro avião! – ela choramingou.

A risada de divertimento de Pesh morreu ao receber uma encarada mortal.

– Megan, você ficará bem. Já pousamos. Acho que você consegue levá-lo até o hangar.

Ela franziu o cenho para ele.

– Tudo bem. Mas quando tivermos um acidente enorme, eu direi "eu avisei".

– Veremos – ele respondeu. Ela sabia que ele estava contendo um sorriso, só pelo modo como os cantos dos lábios se mexiam. – Certo, vire à direita – ele disse, apontando para a pista.

Ela seguiu as instruções e manteve o pé no freio até avistar os hangares.

– Qual é o seu?

– Divido o terceiro. Para a sua sorte é só ir em linha reta. Só tome cuidado com o avião do meu pai.

Megan olhou-o, horrorizada.

– Posso bater no avião do seu pai?

– Você não baterá no avião de ninguém, Megan. Tenho fé em você.

Ela apertou o manche até que os nós dos dedos ficassem brancos. Após inspirar profundamente outra vez e se tranquilizar, ela entrou com o avião vagarosamente no hangar. Mesmo sabendo que estava longe demais das paredes, ela apertou os freios.

– Está bom?

– Parece bom para mim. Agora, quer apertar o botão vermelho?

– O que diz mistura?

– Sim. Esse mesmo. Isso o desligará.

Quando Megan o apertou, o avião silenciou. Ela permaneceu sentada, absolutamente congelada, por alguns momentos, apenas processando o que aconteceu.

Pesh ergueu a mão e tocou seu ombro.

– Está tudo bem? – ele perguntou.

Ela se virou e sorriu.

– Acho que sim.

– Você me assustou por um minuto.

– Acho que estava apavorada.

A risada calorosa de Pesh a fez formigar em partes que ela não deveria. Com a adrenalina deixando seu corpo, ela sabia exatamente o que queria fazer. Ou talvez a palavra certa era com quem ela queria fazer.

Freneticamente, ela desabotoou o cinto de segurança e deslizou para o colo de Pesh.

– Megan, o que pensa que está fazendo? – ele questionou.

Sua resposta foi beijá-lo com avidez, devorando seus lábios. Enquanto sua língua se enfiava nos lábios dele, sua mão tocava a crescente ereção. Ele gemeu ao ser tocado. Quando ela se ergueu para se ajeitar, bateu a cabeça no teto do avião.

– Merda!

– Você está bem? – ele perguntou, levando as mãos à cabeça dela.

– Estou bem.

– A última coisa que você precisa é de uma contusão. Como explicaremos isso?

Megan deu uma risadinha.

– Turbulência no voo?

– Você está criando uma turbulência – ele respondeu, com um brilho malicioso no olhar.

– Como faremos isso? – ela perguntou.

– Banco de trás – ele respondeu.

Assentindo, ela passou por cima dele e foi para o banco pequeno de dois lugares. Enquanto Pesh soltava o cinto de segurança, Megan desabotoava seu jeans. A calça já estava em sua coxa quando ele veio para cima dela. Mais uma vez ela tomou a boca de Pesh, enquanto ele se livrava da própria calça.

– Bolso. Camisinha – ele murmurou contra seus lábios e ela esticou a mão para pegá-la.

Durante o Ensino Médio, ela transara no banco de trás de alguns carros, mas o que estavam fazendo levava a situação a um novo nível. De alguma forma, mesmo sem estar enxergando direito ela conseguiu colocar o preservativo em Pesh. Ela sentiu a rigidez pressionando-a e abriu as pernas o máximo que pôde. Com uma única estocada, ele a penetrou.

Ela agarrou seus ombros e puxou-o. Considerando onde estavam, não havia tempo para ser delicada. Os sons de pele se chocando freneticamente invadiam o ar. Ela amava cada minuto e não demoraria muito para chegar ao limite. Suas unhas arranharam as costas de Pesh e ela gritou seu nome. Com suas paredes internas apertando a ereção de Pesh, ele gozou rápido, esmagando-a com seu corpo.

Quando ela pensou que não conseguiria mais respirar, ele se ergueu.

– Você está bem?

– Estou – ela respondeu, tocando sua bochecha. – Muito bem, graças a você.

Ele sorriu, tímido, e ela sentiu-se aquecer por dentro.

– Fico feliz em ouvir isso.

– Hum, Dr. Nadeen? – alguém chamou do lado de fora.

– Ah, merda – Pesh sussurrou, levantando-se. Apenas quando se livrou da caminha e ergueu as calças, ele respondeu: – Sim, Trace?

– Eu estava preocupado por você ter pousado há alguns minutos, mas não ter desembarcado. Aí ouvi uma série de barulhos de dentro do avião.

Megan tampou a própria boca para conter uma série de risadinhas incontroláveis. E a reação piorou ao perceber que as janelas do avião estavam embaçadas.

– Obrigado por se preocupar, Trace. Eu estava checando algumas coisas. Descerei em um minuto.

Pesh voltou para o assento da frente e Megan se apressou em colocar a calça e ajeitar seus cabelos bagunçados após a transa no banco de trás do avião. Ao sair, ela viu Pesh conversando com Trace.

Bastou um segundo para que Trace olhasse para ela e somasse um mais um, percebendo o que fizeram. Ele começou a se afastar, vagarosamente, do avião.

– Bem, vocês dois tenham um bom-dia – ele disse.

– O mesmo para você – Megan respondeu, tentando não rir outra vez.

– Vamos. É melhor irmos antes que arrumemos mais problemas.

– Mas arrumar mais problemas seria tão bom – Megan protestou.

Ele sorriu ao mirá-la.

– Você, minha amada, é má influência. – Ele a puxou pela cintura, trazendo-a para perto – Mas agradeço por cada momento que passo com você.

– Hum... Você sabe como elogiar uma garota – ela disse antes de beijá-lo.

Após alguns minutos intensos, Pesh se afastou.

– Considerando que o hangar tem câmeras de segurança, vamos tentar não mostrar demais por hoje.

Megan deu um gritinho.

– Eles... Eles podem...

– Não no banco de trás.

Ela expirou, aliviada.

– Graças a Deus.

Ele riu.

– Vamos, minha linda encrenqueira. Vamos comer.

– Parece ótimo – ela respondeu e acrescentou com uma piscada: – Principalmente se tiver sobremesa!

Capítulo Dezesseis

Poucos dias depois da pequena aventura compartilhada, Megan estava pegando algumas receitas na farmácia quando foi agarrada pelo braço e arrastada até uma sala de exame.

– O quê... – ela começou quando a porta bateu atrás de si.

Em vez de Pesh, era Kristi quem estava ali.

– Preciso ter uma conversa com você.

O peito de Megan se encheu de ansiedade e ela tentou respirar pausadamente.

– Fiz algo errado com algum paciente?

Kristi negou.

– Ah, não, isso tem a ver com Dr. Nadeen.

Megan ergueu as sobrancelhas, surpresa.

– Pesh? O que há com ele?

– Não há nada com ele. Há com você.

Megan engoliu seco.

– Comigo?

– Eu realmente gosto de você, mas estou preocupada que esteja brincando com ele. É cruel e ele não merece.

– Não sei do que está falando.

– Por favor, não se faça de desentendida. Tenho duas filhas da sua idade e passo a maior parte do tempo trabalhando com mulheres. Sei muito bem o que se passa na mente feminina. Então, perguntarei mais uma vez, o que está fazendo?

Megan estremeceu sob o olhar de Kristi. Se alguém soubesse que ela e Pesh estavam transando, poderia fazer muito mal à sua carreira como enfermeira.

– Somos amigos. Ele é padrinho do meu primo.

Kristi revirou os olhos.

– Tudo bem. Serei sincera já que você insiste em se fazer de boba. Não dou a mínima se você e Pesh estão transando em cada canto do hospital...

Megan foi incapaz de conter um suspiro exasperado.

– Desculpe, mas eu...

Kristi a interrompeu outra vez.

– Me deixe terminar.

– Certo – Megan murmurou.

– Sei que no fundo ele é só um homem e depois de tanto tempo sem sexo é mais fácil ter uma relação casual com você. Mas trabalho com ele há 7 anos então sei muito bem como ele se sente de verdade.

– Ah, é? – Megan contestou, incapaz de conter o sarcasmo.

– Sim, eu sei. Aquele homem ama você com cada fibra de seu ser.

As palavras abalaram a determinação inflexível de Megan e ela cambaleou. Ela sabia que Pesh gostava dela, qualquer bobo poderia ver isso, mas amar?

– E-Ele ama?

– Sim, ele ama. Ele tem sentimentos fortes por você desde a primeira vez que apareceu aqui. Eu vi quando apresentei os dois. Eu não sabia o que estava acontecendo naquela época, mas sei que algo mudou entre vocês.

– Eu me preocupo com ele. Ele é um dos homens mais maravilhosos que já conheci.

– Então, que diabo, qual é o problema?

– Queria poder contar a você, mas nem eu mesma sei – Megan murmurou, com lágrimas nos olhos. – Droga de hormônios da TMP.

– Ah, querida, você realmente gosta dele, não gosta?

– Gosto – ela sussurrou.

– E está abalada pelo que sente por ele, não é? – Kristi perguntou.

Megan não conteve mais os soluços. Eles a tomaram, fazendo com que se curvasse pelo peso que sentia. Kristi se aproximou e a abraçou. Mesmo sabendo que deveria lidar com as emoções no ambiente de trabalho, Megan permitiu-se extravasar até se sentir um pouco mais aliviada.

Erguendo a cabeça, Megan enxugou o rosto que provavelmente estava todo borrado de rímel.

– Sinto muito. Isso não foi profissional.

Kristi sorriu, triste.

– Quer parar com isso, por favor? Não está em avaliação agora. Além disso, fui eu quem a puxei e provoquei. Você sempre mantém as emoções no lugar.

– A verdade é que eu tenho sentimentos por Pesh. Como não teria? Só não sei se sou a mulher certa para ele.

– Mas se ele a ama, como pode não ser a mulher certa?

Megan repetiu todos seus medos e dúvidas: a idade, a falta de desejo de se comprometer. Ao terminar não encontrou julgamento no olhar de Kristi. A enfermeira-chefe tocou a bochecha de Megan.

– Ah, querida, você precisa calar todas essas vozes negativas e ouvir seu coração.

– Mas e se eu não souber o que meu coração quer dizer?

– Você saberá. Apenas dê tempo ao tempo. – Kristi tocou suas costas. – Por que não se limpa e depois sai para a pausa do almoço?

– Não, preciso me maquiar para esconder essa cara.

– Você está bem. – Ela apontou para a porta. – Vá. Veja se Dr. Nadeen está indo almoçar e se junte a ele.

– Mas eu não deveria. Não é certo ficarmos sozinhos.

Kristi riu.

– Sozinhos em uma lanchonete cheia de hospital? Não acho que isso seja possível.

Megan mordeu o lábio para se controlar e não discutir com Kristi. Se a mulher que estava encarregada de seu estágio não dava a mínima para ela almoçar com Pesh, por que ela deveria? Finalmente, ela suspirou, rendida.

– Tudo bem. Vou vê-lo.

– Boa garota. E ouça seu coração, está bem?

– Tentarei. Prometo.

Embora ela houvesse pronunciado as palavras com convicção, Megan temia que seria muito mais difícil do que ela pensava.

Capítulo Dezessete

Quando Pesh chegou ao trabalho, encontrou Kristi sozinha na enfermaria. Olhando à sua volta, ele perguntou:

– Onde está Megan?

– Ah, ela está doente hoje.

Preocupação e desapontamento o invadiram. Ela parecia um pouco distante na noite anterior quando eles jantaram juntos. Estava quieta e retraída. Ele até tentou pensar que era por estarem cercados de colegas de trabalho e ela não querer tornar o ambiente estranho para eles.

Pesh estava pensando se deveria ligar e verificar como ela estava. Eles estavam tão próximos que parecia o certo a fazer, mas não tinha certeza. Com um suspiro resignado, decidiu deixar as coisas como estavam e deixar para saber amanhã quando ela retornasse ao trabalho.

Por mais que Pesh odiasse admitir, o dia se arrastava sem Megan. Ele passou de paciente em paciente em uma monotonia que havia tempo não sentia. Quando seu turno acabou, encontrou Kristi no corredor.

– Quer que eu a acompanhe? – ele perguntou.

– Obrigada. Seria ótimo.

– Será um prazer.

Eles passaram pelas portas automáticas e seguiram pelo estacionamento. O som dos sapatos batendo no pavimento ecoava entre eles.

– Odeio ouvir que Megan não está bem.

– Eu também. A pobrezinha se ofereceu para pegar um turno duplo amanhã para compensar – Kristi sorriu. – Ela está se saindo uma ótima enfermeira.

– Sim, está.

– Você tem um interesse especial nela, não é? – Kristi perguntou.

Os pés de Pesh vacilaram e ele tropeçou.

– O que quer dizer?

Kristi riu.

– Você sabe exatamente o que quero dizer.

– É verdade que nós temos uma vida fora do hospital, mas quando estamos no PS, nosso relacionamento é estritamente profissional.

– Nunca disse que não era.

Após confirmar que estavam sozinhos no estacionamento, Pesh perguntou:

– O que está querendo dizer? Nada de bom vem de rumores assim.

Tocando seu braço, Kristi sorriu.

– Não existem rumores. É só uma observação de alguém que ama e admira você.

Ele se surpreendeu.

– Você não desaprova?

– Claro que não. Acho que é bom para vocês dois.

Ele permaneceu em silêncio por alguns momentos, refletindo sobre as palavras.

– Talvez eu deva ligar e ver como ela está.

– Acho que seria uma boa ideia. – Ela pegou suas chaves de dentro da bolsa e apontou para o Honda em frente a eles. – Bem, é minha saída.

– Tenha uma boa-noite, Kristi.

– Você também, Dr. Nadeen. E boa sorte.

Ele sorriu.

– Obrigado.

Assim que ele entrou no carro, pegou o telefone e passou por seus contatos até encontrar o número de Megan. Enquanto chamava, Pesh bateu os dedos ansiosamente pelo painel. A ligação caiu na caixa de mensagens e um sentimento de derrota o invadiu. Ele sabia que não era a melhor ideia possível, mas decidiu passar na casa dela.

Ao tocar a campainha, ele se arrependeu. Um dos irmãos de Megan abriu a porta.

– Ei, e aí? – ele perguntou.

– Olá, sou Dr. Nadeen. Eu trabalho com Megan.

Estalando os dedos, ele apontou para Pesh.

– Você não é o padrinho do Noah?

Pesh sorriu.

– Sim, eu sou.

– Legal. Escuta, cara, Megan está lá embaixo. Se for pelo lado da casa, encontrará a porta dela.

– Entendi. Obrigado.

– Sem problema.

Quando a porta se fechou, Pesh pensou em ir direto para o carro, mas ele sabia que seria pior se o irmão dissesse que ele veio e partiu sem a vir. Inspirando, frustrado, ele seguiu pela lateral até encontrar a porta e bateu.

Megan a abriu, com uma expressão que misturava surpresa e horror.

– O que está fazendo aqui? – ela quis saber.

Pesh colocou as mãos nos bolsos.

– Disseram que estava doente e me preocupei.

– Eu estou bem.

Ele se controlou para não dizer que pelos círculos escuros sob seus olhos, ela não estava nada bem.

– Tentei ligar para você, mas você não atendeu. Kristi e eu estávamos preocupados.

Sua expressão se suavizou um pouco.

– Sinto muito. Esqueci de carregar meu telefone.

– Quer que eu compre algo para comer? Sopa, talvez?

– Sério, eu estou bem.

– Mas está tão pálida. Me deixe examiná-la? Sabe que gripe é...

– Não estou com gripe.

– Como pode ter certeza se eu nem a chequei ainda? Tomou vacina antigripal no hospital?

Ela balançou a cabeça e sorriu.

– Como você vai insistir sem parar, é melhor eu dizer. Eu tenho cólicas terríveis quando estou no meu período. Normalmente posso lidar com ela usando anticoncepcional, mas quando comecei o estágio e parei de trabalhar, não consegui mais pagar o seguro de controle de natalidade. E eu não estava mesmo fazendo sexo na época.

Ele apreciou a sinceridade, mas também estava bastante mortificado.

– Ah, entendo.

– Sinto muito por embaraçá-lo – Megan disse.

Ele balançou a mão, despreocupadamente.

– Olha, quando voltar ao trabalho amanhã, deixarei uma receita para o tratamento. Não gosto de saber que está sentindo dor, então não deixarei que aconteça no próximo mês.

– Mas o dinheiro... – ela protestou.

– Descontarei da farmácia do hospital.

– Obrigada, Pesh. É muito gentil.

Uma cabecinha loira surgiu de trás de Megan.

– Oi, Esh. Você joga?

Ele sorriu para Mason.

– Vim ver se a mamãe estava bem.

Mason olhou para Megan.

– Barriga dói e ela não joga. *Cê* joga?

– Hum, bem... – Ele queria passar tempo com Mason e Megan, mas esse era um território delicado para ela. – Não sei se a mamãe quer companhia.

Megan sorriu.

– Se não se importa em ficar, nós adoraríamos que ficasse.

– Tem certeza?

– Sim.

– Tudo bem, então.

Ela pegou sua mão e o puxou pela porta. Pesh observou a decoração bonita do porão. Em uma cadeira, estavam os papéis e materiais de estudo de Megan e pelo chão estavam muitos brinquedos espalhados, como se um tornado houvesse passado.

Ela corou.

– Desculpe, está uma bagunça.

– Tudo bem.

– Está com fome? – ela perguntou.

– Não, estou bem – ele mentiu e seu estômago roncou.

– Sente-se e me deixe preparar algo.

– Você está doente.

– Não cozinharei nada. Só esquentarei o resto da pizza que pedimos ou também tem enchiladas que fiz ontem – ela respondeu, abrindo a geladeira.

– Enchiladas está ótimo.

Ela sorriu e pegou uma vasilha da geladeira.

– Está com fome, Mace?

– Uhum... – ele murmurou, mal desviando o olhar dos brinquedos.

Ela encheu dois pratos e também colocou um pouco de arroz no micro-ondas. Depois apontou para a mesa, para que Pesh se sentasse.

– Você não precisa me servir.

– Cale a boca e me deixe cuidar de você por dois segundos.

Suas palavras o lembraram do dia em que ela cuidou de seus ferimentos depois do murro de Dev. Não importava a situação, ela estava sempre pronta a cuidar dele.

O micro-ondas apitou e o tirou dos pensamentos. Mason correu para a mesa e se sentou em sua cadeirinha ao lado de Pesh.

Quando Megan serviu os pratos fumegantes, ele pegou sua mão e a beijou.

– Obrigado.

Um brilho divertido surgiu em seus olhos.

– De nada.

– Não quer se sentar conosco? – ele perguntou.

– Na verdade, eu adoraria tomar um banho quente. Você sabe, para tentar relaxar meus músculos.

Pesh sorriu.

– Ficarei feliz em cuidar do Mason enquanto faz isso.

– Não se importa?

– Claro que não.

– Obrigada. – Ela beijou o topo da cabeça de Mason e a bochecha de Pesh.

Megan começou a andar até o quarto, mas se virou. Ele parou o garfo no ar ao ver sua expressão. Ela segurou seu rosto com as mãos e lhe deu um longo beijo, surpreendendo-o. Quando ela se afastou, sorrindo, ele estava sem palavras.

– Não vou demorar – ela disse.

A porta do banheiro se fechou atrás dela e Pesh olhou para Mason.

– O que quer fazer quando terminarmos de comer?

– Minions – ele disse com a boca cheia.

– O que são minions? – Pesh perguntou, confuso.

Descendo da cadeira, Mason correu até a televisão e voltou com um DVD. Ele apontou para umas figuras amarelas na capa.

– Minions.

– Ah, entendi. Quer assistir isso? – Mason assentiu. – É seu favorito? – Pesh perguntou.

– Uhum... – Mason respondeu.

– Então acho melhor comermos logo para podermos assistir.

Mason sorriu outra vez e Pesh sentiu o peito se agitar. Mesmo que não devesse, ele já tinha sentimentos fortes pelo garotinho. Desde o momento em que o conhecera, Mason deixou Pesh entrar em sua vida.

O som do garfo caindo no prato, arrancou Pesh dos pensamentos.

– Pronto! – Mason exclamou, pulando da cadeira.

Pesh ainda não havia terminado, mas Mason pegou sua mão e em vez de discutir, ele se deixou levar.

O filme começou e eles se ajeitaram no sofá. Pesh não conseguiu evitar o calor que preencheu seu peito quanto Mason se aconchegou a ele. Ele abraçou o sentimento e deixou a felicidade sobrecarregar sua mente.

***

Sob os jatos fortes e quentes da banheira, a dor de Megan começou a se dissipar. Claro que por mais que ela tentasse relaxar, era difícil sabendo que Pesh estava em sua sala de estar. Ela não podia acreditar que ele aparecera do nada para checar se estava bem. Bem quando ela pensava que ele não podia ser mais carinhoso e atencioso, ele a surpreendia.

Ajeitando a cabeça na borda da banheira, ela pensou na conversa que tivera com Kristi no dia anterior. Ela odiava admitir, mas ela sabia que precisava fazer uma escolha. Ela tinha que se afastar de Pesh ou tornar oficial. Eles não podiam continuar saindo e transando... Era só sexo?

Com um gemido frustrado, ela se levantou da banheira, espirrando água ao seu redor. Fechando os olhos, tentou investigar o que seu coração realmente queria. Nenhum homem a fez sentir-se como Pesh fazia e isso valia para dentro e fora da cama. Olhando para os dedos enrugados, ela soube que era hora de sair. Poderia ficar por dias e ainda não teria a resposta que buscava desesperadamente.

Após se secar e envolver-se em um roupão felpudo, ela foi para o quarto, vestiu um pijama e percebeu que a sala de estar estava quieta demais. Pensando sobre o que Mason e Pesh poderiam estar fazendo, ela espiou pela porta. A visão fez seu peito apertar com emoção e ela tocou o peito, tentando diminuir parte da dor que queimava ali.

Meu Malvado Favorito passava na televisão e Pesh estava deitado de costas no sofá, com Mason sobre ele. Seu filho estava aconchegado no peito de Pesh e parecia dormir. Os dois estavam dormindo. O rosto de Pesh estava virado, o nariz perdido entre os cachos de Mason.

Antes que ela conseguisse lidar com as emoções, lágrimas rolaram por seu rosto. Ela permitiu-se fantasiar sobre esta ser sua vida de verdade. Ela tinha um marido carinhoso que a amava e seu filho tinha um pai presente e amoroso. O que mais ela poderia querer? Nesses minutos de fraqueza, ela se questionou por que estava lutando tão intensamente contra um relacionamento com Pesh. Além de sua própria felicidade, não havia nada no mundo que ela quisesse mais do que a felicidade de Mason.

Voltando à realidade, ela viu as coisas claramente pela primeira vez. Pesh estava tão preocupado que viera apenas para ver se ela estava bem. Ela nunca teve um namorado que se importasse dessa forma e não importava o quanto esperasse no futuro, ela provavelmente nunca encontraria alguém como Pesh. Havia tanto nele de que ela gostava... talvez até amasse. Ele a fazia querer levantar pela manhã para poder ir vê-lo no trabalho. Ela ficava ansiosa checando o telefone para ver se havia mensagem nova. Ela amava passar o tempo com ele. Mas era mais do que apenas os sentimentos que Pesh tinha por ela ou ela por ele. Ela se importava muito com seu filho. Eles eram um pacote fechado para qualquer homem no futuro e Pesh os aceitava de boa vontade e sem reclamar.

Com as pernas trêmulas, ela caminhou até o sofá, abaixando-se para tocar ternamente o rosto de Pesh. Ele se agitou com o contato e abriu os olhos.

– Oi.

Seu olhar percorreu a sala, tentando se lembrar de onde estava. Quando viu Mason, entendeu.

– Desculpe. Não pretendi dormir.

– Está tudo bem. Acho que precisava. E eu demorei muito no banho.

Ele sorriu.

– Eu poderia dizer que você precisava também.

Se inclinando, ela deslizou uma mão por baixo da barriga de Mason enquanto a outra pegou-o pelas pernas. Ela o ajeitou no colo. Ele resmungou e ela murmurou.

– Shh... Mamãe vai colocá-lo na cama.

– Noite, noite, Pesh – Mason murmurou, sonolento.

– Boa noite, pequeno – Pesh respondeu.

Ela acomodou Mason na cama, beijou-o e fechou a porta do quarto para retornar à sala de estar.

Pesh estava sentado na pontinha da poltrona, como se planejasse ir embora no momento em que ela voltasse.

– Ele está bem? – Pesh perguntou.

– Apagou assim que o coloquei na cama.

– Bom.

Pesh começou a se levantar e Megan o empurrou de volta para o sofá, sentando-se em seu colo e envolvendo seu pescoço. Ele acariciou preguiçosamente suas costas e ela não disse nada por alguns minutos, apenas aproveitou a sensação de estar próxima a ele e sentir suas mãos fortes a acariciando.

– Obrigada por vir hoje.

– Mesmo? Eu estava com medo de ter ultrapassado alguns limites.

Passando os dedos pelos cabelos escuros de Pesh, ela disse:

– Acho que precisamos conversar sobre limites.

– Ah?

– Você vir hoje aqui me fez perceber algo muito importante. O que temos feito é divertido e apreciei cada minuto, mas...

Os olhos escuros de Pesh saltaram e por sua expressão dava para ver que ele estava magoado.

– Por favor, você não precisa dizer isso. Eu já vou embora.

– Mas eu não quero que vá – ela respondeu.

– Então o que está tentando dizer?

– Que quero você em minha vida e quero mais.

Ele se surpreendeu.

– Mais? Mais de nós juntos?

– Sim.

Ele prendeu o fôlego.

– Você quer ser um casal? Quer tornar oficial?

Ela sorriu.

– Sim, eu quero. Bem, menos no trabalho.

– Não posso acreditar – ele murmurou.

– Essa não é exatamente a reação que eu estava esperando – ela provocou.

– Ah, eu estou feliz, acredite. Só estou chocado.

Ela lhe deu um beijo terno e murmurou contra seus lábios:

– Pode me perdoar por ser estúpida e orgulhosa?

– Posso tentar. Mas acho que você terá que trabalhar muito para isso.

– Terei?

– Sim, muito.

– Por que tenho a sensação engraçada de que sua ideia de trabalhar muito é diferente da minha?

– Sem mais orgasmos por encontros. Só encontros.

– Posso aceitar isso.

Um brilho malicioso surgiu nos olhos de Pesh.

– E o primeiro encontro será uma ópera.

Ela gemeu.

– Isso não é justo.

Ele passou as mãos pelo corpo de Megan, fazendo-a estremecer.

– Eu poderia dizer que você também não foi justa por muito tempo. Agora é minha vez.

– Você irá me punir? – ela perguntou, em um sussurro.

– Uhum... Teremos muitos encontros e muito tempo juntos. – Ele ergueu uma sobrancelha. – Um verdadeiro inferno na Terra.

Ela deu uma risadinha.

– Eu serei uma boa garota.

Eles permaneceram em silêncio e os dedos de Megan deslizaram dos cabelos para o pescoço de Pesh.

– Quer passar a noite comigo?

– Mas você...

– Nada de sexo, só dormir.

– Acha que não terá problema com Mason?

– Somos um casal agora e ele o verá bastante.

Pesh sorriu.

– Sim, verá.

Fitando-o nos olhos, ela perguntou:

– Então, você ficará?

– Será um prazer.

Sem mais uma palavra, ela se levantou e guiou-o pela mão até o quarto, sentando-se na cama enquanto ele se despia e ficava apenas com a boxer.

– Sinto muito por não podermos fazer nada mais – ela disse.

Ele andou até ela, tirou uma mecha de cabelos do rosto e a tocou.

– Não importa. Estou feliz por estar com você.

Em seu coração, Megan estava muito feliz, não apenas por ele passar a noite, mas por ter acertado tudo entre eles.

– Também estou – ela murmurou, deitando na cama. – Eu também estou.

Capítulo Dezoito

As próximas semanas voaram para Megan. Ela não sabia se a razão era por estar muito atarefada no trabalho ou se por estar sendo muito feliz com Pesh e gostava de pensar que era pela última opção. Nos dias de folga, eles passavam o tempo todo juntos. Na maioria, ele ia à casa dela, jantavam juntos ou saíam. Ele dormia por lá muitas noites também, embora os pais de Megan não aprovassem completamente. Nessas noites não acontecia nada ilícito, já que os dois estavam tão cansados que normalmente só dormiam nos braços um do outro.

Megan saiu de uma das salas de pacientes e Pesh estava no corredor, conversando com outro médico. Por um momento, os olhares se cruzaram e mesmo que ninguém mais pudesse perceber, Megan notou a afeição de Pesh. Ela assentiu, brevemente, e seguiu seu caminho.

Desde que eles oficializaram o relacionamento, todo o tempo no trabalho era gasto para fingir que não havia nada entre eles. Era difícil para Megan não abrir um gigantesco sorriso toda vez que o via e mais ainda resistir a se jogar em seus braços. Mas eles conseguiram fazer dar certo.

No fim, as emoções que eles suprimiam durante o dia transformavam-se em fogos de artifício a cada noite.

O celular de Megan começou a vibrar. Ela olhou a mensagem e sorriu. Era Pesh.

Me matou não poder beijar você.

Eu sei. Também morri.

Jantar na minha casa hoje?

Você cozinha?

Sim, comida indiana.

Hum... que delícia. Que horas?

19h. Mason gosta de comida indiana?

Megan leu a mensagem, pensativa. Nas últimas três vezes que saíram, Mason estava com eles. Pesh não parecia se importar, mas Megan queria uma noite com ele. Um encontro de verdade.

Não sei. Vamos deixá-lo com meus pais ou avô.

Você não precisa fazer isso.

Eu sei. Eu quero.

Ok. Vejo você às 19h.

Tchau.

Ela acabara de guardar o celular, quando foi cercada por Kara. Desde que Megan a flagrara dando em cima de Pesh, detestava-a. Ela se esforçava para manter distância, mas com o tempo ela percebeu que Kara a rondava, encarando-a.

– Posso fazer algo por você? – Megan perguntou, educada.

– Sim. Para começar, pode parar de fingir meiguice. Sei o que sente sobre mim.

Megan cruzou os braços, se controlando para não revirar os olhos.

– Tudo bem. O que você quer, Kara?

Kara olhou para os lados antes de responder:

– Eu quero que você se afaste de Pesh.

– Como é que é?

Estreitando os olhos, Kara disse:

– Sei que está a fim dele. Vejo como o olha... E o jeito que ele olha para você também. Não gosto disso.

– Bem, sinto muito por você, mas francamente isso não é da sua conta.

– Ah, ele é muito da minha conta considerando que já ficamos juntos.

– Hum, tá bom. Tanto faz – Megan respondeu, sentindo-se abalada pela revelação de Kara. Sendo racional, ela sabia que não havia como Pesh se envolver com Kara, mas seu lado irracional queria anunciar que Pesh era dela.

Kara balançou o queixo.

– Além do que Pesh e eu significamos um para o outro, tenho certeza de que seu professor não gostaria nada disso. Da última vez que chequei, uma estagiária não podia se envolver com um médico. Péssimo para a reputação.

– Você está me ameaçando?

Depois de dar de ombros, Kara respondeu:

– Apenas abrindo o jogo. Você é uma daquelas garotas que usam homem para sexo, o que acho que é exatamente o que Pesh está fazendo com você, mas mais do que não querer ser um brinquedinho, talvez você queira preservar sua carreira.

– Não tenho por que discutir isso com você – Megan disse e começou a passar por ela.

– Não será necessário contanto que você fique longe de Pesh.

Sem sequer olhar para Kara, Megan seguiu caminhando pelo corredor. Ela não sabia para onde estava indo, apenas que precisava colocar uma boa distância entre ela e Kara.

Durante o resto do dia, ela se sentiu assombrada pelas palavras de Kara. Mais do que tudo, queria ficar sozinha com Pesh para poder conversar.

***

Pesh virou a cabeça ao ouvir o barulho de algo batendo. A porta que ligava garagem e cozinha foi aberta com tanta força que quase quebrou as dobradiças. Megan entrou com a expressão fechada. Ela jogou a bolsa no chão ao lado de um dos bancos do bar. Com uma bufada frustrada, ela jogou os cabelos loiros, que escapavam do coque frouxo, para trás.

– Dia ruim? – ele perguntou, mantendo a diversão velada.

Ela o encarou.

– Sim, para falar a verdade, foi sim.

– O que houve?

– Bem, por onde eu começo? Quando fui levar Mason para ficar com meu avô havia uma mulher com ele.

– Patrick está namorando?

– Ele a chamou de... – Megan fez uma pausa para fazer aspas com as mãos. – apenas amiga, mas não acreditei.

Enquanto ele mexia o arroz, olhou para ela.

– Seria ruim se ele estivesse namorando?

Um longo suspiro escapou dos lábios de Megan.

– Não, ele merece ser feliz. Minha avó morreu há 6 anos, então não é como se ele estivesse apressando as coisas e pulando de mulher em mulher.

Pesh riu.

– Você não gostou dela?

Cruzando os braços, ela respondeu:

– Não foi isso. Ela parecia bem legal e Mason a ama, então acho que ela já ficou por lá quando meu avô ficou de babá.

Depois de deixar o fogão, Pesh apoiou as mãos em seu maravilhoso balcão e se inclinou para Megan.

– Parece que Patrick encontrou uma mulher que o ama e também sua família. Não acho que você poderia querer algo melhor.

Ela o fitou por um tempo antes de sorrir.

– Você tem razão. Não sei por que me chateei tanto com isso.

– Porque por mais que você ame seu avô, você ainda quer proteger a memória da sua avó.

– Você é tão sábio – ela disse.

– Vem com a idade – ele respondeu, piscando.

– Pode ser.

Ele beijou-lhe rapidamente os lábios antes de voltar para o fogão.

– Então, além da nova amiga de Patrick, o que mais a deixou chateada? – Quando Megan não respondeu, ele se virou. – O que é?

– Você precisa ter uma séria conversa com Kara.

Ele ergueu as sobrancelhas, surpreso.

– Preciso?

– Sim, precisa.

– Megan, você sabe que não sou o responsável pelas enfermeiras.

Ela revirou os olhos.

– Sim, sei disso. Mas você é responsável por seu pau, não é?

– Como é?

– Kara parece pensar que vocês dois têm algo.

Pesh riu.

– Isso é loucura. Somos colegas de trabalho.

Megan estreitou os olhos, com suspeita.

– Você nunca a viu fora do trabalho?

Essa era uma questão que ele nunca pensou que teria que responder. Ele não queria admitir a verdade para Megan. Escolhendo as palavras com cuidado, ele respondeu:

– Nós saímos para beber depois do trabalho umas duas vezes há alguns meses. Acho que isso dificilmente significa que temos algo.

– Foi o suficiente para que ela pensasse que pode me dizer que você está me usando para sexo.

Pesh estremeceu. Ele nunca pensou que Kara seria alguém que sentiria ciúmes dessa forma. Ele abaixou a espátula e desligou o fogão. Ele sabia que não poderia seguir adiante sem esclarecer tudo.

– Megan, não fui honesto com você.

– Como assim? – ela perguntou.

– Eu disse que nós só bebemos, mas isso não é inteiramente verdade.

Megan arregalou os olhos.

– O que está dizendo?

Rendido, Pesh baixou os ombros, um pouco.

– Depois da noite do batismo do Noah, não consegui tirar você da minha mente. Eu quis provar a mim mesmo que não estava apaixonado por você, então depois de beber com Kara, fomos para o carro e ficamos juntos.

– Você estava bêbado?

Ele deu uma risada sombria.

– Isso é o que mais choca você de tudo o que eu contei?

– Você achou que eu ficaria zangada com você por se envolver com outra mulher quando nós dois não estávamos namorando?

– Sim – ele respondeu, com honestidade.

– O que você fez antes não é da minha conta. Claro que não estou feliz de ouvir que você teve algo com ela, principalmente porque você não quis transar comigo quando eu pedi.

– Mas você não vê a diferença? Eu me importo com você e não me importo com ela. Nós mal ficamos quinze minutos no carro, se isso conta alguma coisa.

O canto dos lábios de Megan se curvou em um pequeno sorriso.

– Não preciso dos detalhes do quanto você não gostou...

– Eu sinto muito. Eu não deveria ter dito nada.

– Mas ao mesmo tempo, foi melhor ter ouvido que você não repetirá a performance.

Ele a fitou.

– Nunca.

– E estava mesmo tentando me tirar da sua mente?

– Sim, eu estava.

– De um jeito torto, isso é muito romântico – ela provocou.

– Fico feliz que pense assim – ele respondeu.

– Olhe, não foi ela dizer que você está me usando para sexo o que me deixou chateada.

– Não foi?

– Ela me ameaçou.

Pesh estreitou os olhos.

– Fisicamente?

– Não. Ela disse que se eu não me cuidar ela me denunciará.

Um gemido escapou de Pesh.

– Ela fez mesmo isso?

– Sim, ela fez.

– Sinto muito que o ciúmes dela tenha a feito agir com hostilidade. Nunca pensei que ela fosse esse tipo de pessoa quando eu... bem, quando me envolvi com ela. Eu falarei com ela. Ninguém deve trabalhar em um ambiente hostil e ela deveria entender isso já que é mais velha. Ela não pode assediar você. – Pesh notou que Megan estava inquieta e mordia o lábio. – Você não quer que eu converse com ela?

– Não, pode falar. É que...

– Há algo mais?

– Você sabe o quanto eu gosto de você. Quer dizer, só o fato de ter concordado em namorar já mostra o quanto estou comprometida com você.

Pesh cruzou os braços.

– Acho que há um "mas" e não gosto disso.

Megan suspirou.

– Mas ao mesmo tempo, o que quer que esteja acontecendo entre nós... – Ela engoliu a saliva com dificuldade. – Eu trabalhei duro na faculdade, Pesh. Não quero nada na minha ficha que me atrapalhe para conseguir um emprego.

Se ela fosse do tipo chorona, ele juraria que vira lágrimas em seus olhos. Ele deu à volta no balcão para abraçá-la.

– Ei, não se preocupe mais com esse problema. Qualquer um que a tenha visto em ação sabe o quanto é uma enfermeira talentosa.

Ela fungou.

– Se ouvir qualquer rumor sobre mim tendo um caso com o chefe dos residentes, eu entraria na lista negra.

Pesh se afastou para tocar seu queixo.

– Depois que eu falar com Kara, você não terá que se preocupar com nada, está bem?

Ele percebeu que ela não conseguia deixar de ficar ansiosa.

– Vamos... Nós resolveremos tudo.

Ela enxugou os olhos.

– O que quer dizer?

Com uma piscada, ele foi até o armário e pegou uma garrafa de vinho branco. Depois que serviu, estendeu uma taça a ela.

– Beba.

Megan olhou para a taça e depois para ele.

– Está tentando me acalmar com vinho?

– Talvez.

Ela aceitou e deu um longo gole. Ele sabia que ela não resistiria à tentação. Fechando os olhos, ela murmurou:

– Hum... É muito bom.

– Fico feliz que tenha gostado. – Ele deu a volta no balcão outra vez e dessa vez pegou a mão de Megan. – Venha.

– Onde vamos?

– Para a segunda parte do relaxamento.

Megan sorriu antes de segui-lo pelo corredor. Eles passaram pelo quarto e Pesh notou o suspiro de frustração dela quando não pararam.

– Enquanto eu termino o jantar, você ficará imersa em um banho quente e gostoso.

– Você me mima – ela protestou.

Ele piscou, brincalhão, antes de ligar a água da banheira. Quando a temperatura ficou boa, ele perguntou à Megan.

– Bolhas? Sal de banho?

– Não me diga que você tem mesmo essas coisas? Quer dizer, eu sei que você é um metrossexual, mas sério?

– Todos temos nossos segredos – ele respondeu, sem coragem de contar a ela que guardara parte das coisas de banho de Jade.

Ele havia escondido tudo no fundo do gabinete do banheiro, mas ainda estava lá. Ele pegou um pote aromatizado de baunilha e outro de pêssego e mostrou para Megan.

– Hum... Baunilha.

– Boa escolha. – Era um que não o lembraria de Jade já que ela nunca havia usado.

Pesh despejou um bom bocado na banheira, deixando a espuma aumentar.

– Pronta?

– Acho que ainda estou vestida.

– Ah, é? Eu posso ajudá-la com isso.

Ele pegou a taça de vinho e colocou sobre a pia. Seus dedos desceram para a borda da camiseta de Megan. Sem tirar os olhos dos dela, ele tirou a peça de roupa, deixando-a com um sutiã branco. Ele prendeu o fôlego ao tocar em sua barriga e depois soltar a calça do uniforme até que caísse no chão. Ela deu um passo para o lado e ficou em frente a ele usando calcinha e sutiã.

Pegando-a pelo ombro, ele gentilmente a virou para soltar o sutiã. Assim que o fecho foi aberto, ele subiu as mãos para os ombros de Megan. Incapaz de resistir, ele se abaixou para beijar sua pele. Ao jogar o sutiã no chão, suas mãos cobriram os seios.

– Hum... – Megan murmurou, deixando a cabeça cair para trás contra o peito de Pesh.

– Eu só estou despindo você – ele disse, libertando os seios de suas mãos.

Ela imediatamente pegou suas mãos e o fez tocar sua pele.

– Gosto do jeito que me despe. É muito relaxante.

Acariciando os mamilos intumescidos entre os dedos, ele foi recompensado com um gemido de prazer.

– A água vai esfriar – ele avisou.

– Estou esquentando tanto que posso cuidar disso.

Ele riu contra sua orelha, afastando as mãos dela. Assim que ela começou a protestar, ele tocou a calcinha e desceu-a pelas coxas.

– Muito bem. Entre.

– Você gosta de provocar – ela murmurou, entrando na banheira.

Ele admirou sua nudez por um momento até que ela afundasse na água. Ajeitando a cabeça na borda, ela fechou os olhos de puro contentamento.

– Isso está uma delícia.

– Ótimo.

– Mas sabe o que ficaria ainda melhor?

– O quê?

Ela abriu os olhos e sorriu convidativa.

– Se você se juntasse a mim.

– Mesmo?

– Uhum...

– Preciso terminar o jantar – ele argumentou, sem muita força.

Megan olhou para o volume crescente na calça dele.

– Acho que deveria estar aqui e me deixar terminar com você.

Ele jogou a cabeça para trás e gargalhou.

– Tudo bem. Você é muito boa em barganhar, minha senhora. – Rapidamente ele desabotoou a calça e tirou a camisa, para em seguida fazer o mesmo com a calça e boxer, ficando completamente nu.

Megan não deixou de olhar para ele o tempo todo. Então ele entrou na água, puxando Megan para seu colo, mas ela tentou se afastar.

– O que está fazendo?

Ele levou as mãos aos ombros dela e começou a massagear os músculos tensos.

– Ajudando-a a relaxar.

Ela se esfregou contra a ereção.

– Achei que alguns orgasmos fariam isso.

Ele riu.

– Você nunca ouviu falar em preliminares?

– Sim, mas não quando estou excitada a esse nível.

Inclinando a cabeça, ele deixou que seu hálito quente atingisse o lóbulo da orelha dela.

– Você, meu amor, nunca será uma candidata ao sexo tântrico. Você nunca se permitira apreciar o prazer e tranquilidade.

– Eu quero tentar, de verdade.

– Mas não esta noite, certo? – Pesh desceu a mão para o meio das pernas de Megan. Ela prendeu o fôlego quando o dedão resvalou em seu clitóris. Ele seguiu acariciando-a com o dedão e inseriu dois dedos dentro dela. Megan estremeceu e empurrou o quadril contra a mão dele. Pesh beijou o pescoço molhado sem interromper o contato. – Não está bom?

– Sim, ah, sim – ela murmurou.

Ele aumentou a pressão e Megan estremeceu outra vez, empurrando o quadril cada vez mais rápido contra seus dedos. Quando a outra mão envolveu seu seio, ela choramingou baixinho e gozou.

Ao parar de estremecer, ela desabou sobre ele.

– Sentindo-se melhor?

– Um pouco. – Ela virou o corpo para poder olhar para ele. – Quero você dentro de mim na próxima vez que gozar. – Ela se ergueu e pegou a ereção guiando-a para dentro dela, sem deixar de olhar para ele. Vagarosamente, ela foi preenchida por ele.

Completamente conectados, ambos gemeram. Pesh agradeceu por ela estar tomando anticoncepcional e ele não precisar mais usar camisinha ao sentir seu interior.

Ela apoiou as mãos em seus ombros e começou a cavalgá-lo. Ele segurou-a pela cintura e tomou um dos mamilos na boca. Seus dentes sentiram a textura antes que a língua o provocasse até endurecer. As paredes internas de Megan convulsionavam e se tencionavam ao seu redor. Ele sabia que ainda havia um longo caminho antes de gozar.

Quando Megan se recuperou, ela começou a cavalgá-lo com mais rapidez, fazendo a água espirrar à volta deles. A boca de Pesh tomou o outro seio e Megan jogou a cabeça para trás, gemendo.

– Com força – ela implorou.

Pesh continuou sugando-a, enquanto impulsionava o quadril para se chocar com os movimentos dela. Cada vez ele a penetrava mais profundamente, arrancando gritos de Megan. Ela enroscou-se às mechas dos cabelos de Pesh e apertou seu peito enquanto subia e descia cada vez com mais força.

– Por favor, por favor – ela pediu, passando as mãos por seus seios.

Ela acariciava e apertava seus mamilos como Pesh tinha feito enquanto ele tocava seu clitóris, levando-a ao limite do prazer. Os movimentos dela fizeram Pesh estremecer e gozar.

Quando ele voltou a si, Megan o olhava, saciada.

– Isso foi... maravilhoso.

– Obrigado.

– Onde um bom menino como você aprendeu a foder?

Pesh riu com a escolha de palavras.

– Você sabe que a reputação de uma pessoa não tem nada a ver com como ela é na cama. Tenho certeza de que há muitos motoqueiros durões por aí que não sabem nem onde fica o clitóris. Isso se eles souberem o que clitóris significa.

– Hum, acho que tem razão. Meu ex costumava achar que satisfazia muito bem as mulheres, mas na maior parte das vezes eu tinha que recorrer as minhas mãos se quisesse terminar. Felizmente, tenho alguém agora que é maravilhoso com a língua e pau. Nunca tenho que me preocupar.

– E não se esqueça do quanto ele é maravilhoso.

Megan ficou mais séria ao responder:

– Nunca esqueceria suas qualidades na cama e fora dela.

Ele sorriu.

– Fico feliz de ouvir isso. – Após lhe dar um beijo mais casto, ele perguntou: – Agora vamos testar as minhas habilidades na cozinha?

– Parece ótimo. Estou faminta – ela respondeu, saindo da banheira.

Pesh a seguiu e estendeu-lhe uma toalha felpuda. Quando ela terminou de se secar, ele lhe deu um robe.

– Espere aqui. Eu trarei a comida.

– Jantar na cama? Que maravilha.

Na cozinha, Pesh serviu dois pratos e colocou-os em uma bandeja. Em seguida pegou uma garrafa de água na geladeira. Ao voltar para o quarto, encontrou-a deitada em uma pilha de travesseiros com a expressão relaxada.

Ele colocou a bandeja na cama e sorriu.

– Quero tentar algo com você.

– O quê? – ela perguntou.

Ele soltou os nós do roupão e deixou-o aberto. Depois de deixá-lo cair pelos ombros, ficou nu em frente a ela.

– O que está fazendo?

Sem responder, ele subiu na cama, pegando as tiras do roupão dela. Ele o abriu e baixou o roupão até a cintura.

– Achei que iríamos jantar – ela murmurou, com a voz rouca.

– E vamos. – Ele passou-lhe um prato e pegou o outro.

– Pesh, por que vamos comer pelados?

– Quero ensiná-la a esperar pelo prazer.

– O negócio tântrico?

– Sim.

Ela o olhou, curiosa.

– Tudo bem.

– Olhe em meus olhos – ele mandou. Quando ela o mirou com seus olhos azuis, ele levantou o garfo cheio. – Abra a boca.

Ela sustentou o olhar dele enquanto empurrava a língua para fora, tentando provar o arroz apimentado. Ao perceber que apreciava o sabor, fechou a boca sobre o garfo, mastigando sem deixar de olhar para ele.

– Me alimente – ele instruiu.

Ela quebrou momentaneamente o contato para olhar para o prato. Ela espetou um pedaço de cordeiro e levou-o aos lábios de Pesh. Depois de mastigar, ele passou a língua nos lábios, limpando o molho. Algo se revolveu dentro dela ao ver a ação – um pequeno tremor.

Ele levou um pedaço de cordeiro aos lábios dela e ela franziu o nariz.

– Eu não gosto de cordeiro.

Ele assentiu e comeu a carne, pegando um tipo de verdura para ela. Dessa vez, ela comeu.

– É muito bom, Pesh.

– Fico feliz que goste.

Cada vez que ele levava o garfo aos lábios dela, não podia deixar de imaginar que era seu pau. Estar sentado nu ao lado dela dava uma proximidade incrível e fazia seu sangue correr. Quando ela baixou os olhos para pegar mais uma garfada para dar a ele, notou sua ereção crescente. Imediatamente, ela começou a baixar o prato, mas ele a impediu.

– Ainda não.

– Mas você está duro e estou ficando molhada por estar aqui com você me olhando como se estivesse dentro de mim.

– Esse é o ponto, meu amor. O quanto será bom quando eu finalmente estiver dentro de você?

– Ah – ela murmurou, pegando mais uma garfada de arroz e levando aos lábios dele. – Então, por quanto tempo faremos isso?

– Até limparmos os pratos.

Ela pareceu desapontada e frustrada. Para deixá-la focada, levou o garfo à boca dela. Ela mastigou a comida, metodicamente, encarando-o. Cada vez que ele a alimentava, ele tentava passar através do olhar o que ele estava imaginando fazer. Um pedaço de verdura o fazia sugar seus seios, sua língua passando por seu mamilo. Uma garfada de arroz e ele estaria entre suas pernas, lambendo-a. Enquanto mastigava e engolia, Pesh podia dizer que o desejo estava sobrecarregando-a.

– Posso beber água? – ela perguntou.

Assentindo, ele levou um copo de água a seus lábios. Ela bebeu longos goles, seus olhos nunca o deixando. Quando ela terminou de engolir, sorriu, agradecida. Então, em um segundo, ela o atacou, fazendo seu prato se derramar nos lençóis.

– Megan! – ele reclamou.

Ela estava ocupada demais lutando contra o roupão para se preocupar. Ao ver a bagunça de legumes, verduras e arroz sobre os lençóis, Pesh começou a rir descontroladamente.

Megan estava prestes a atacá-lo. Ela tirou uma mecha de cabelos do rosto enquanto o encarava.

– Nós não tínhamos terminado de comer – ele repreendeu.

Ela puxou o lábio entre os dentes, fazendo-o gemer, e encostou sua virilha úmida contra a dele. Pesh tocou suas nádegas e deu um tapa sonoro em uma delas.

– Pesh Nadeen, você bateu na minha bunda? – ela questionou, surpresa.

Ele sorriu e bateu na outra nádega.

– Hum... Gosto desse seu lado – ela murmurou, aproximando os lábios dos dele.

As línguas duelavam entre si enquanto Pesh acomodava Megan de costas. Afastando suas pernas, ele a penetrou com uma profunda estocada.

– Ah, Deus, que delícia – ela gemeu.

– Viu como é melhor quando se espera? – ele questionou, movendo-se para dentro e fora dela.

– Sim, hum... Isso é bom. Você tem razão.

Embora seu corpo tremesse, ela ainda não tinha terminado e ele continuou em um ritmo lento até que colocou as pernas dela sobre seus ombros para que pudesse atingir uma profundidade ainda maior. Ela gemia com prazer, passando as mãos pelos cabelos e depois apertando os lençóis.

Pesh abaixou a cabeça para cobrir os seios com a boca, alternando-se entre eles. Ao sentir que ela começava a se tencionar, aumentou a pressão da língua, mordiscando-a gentilmente. E então ela gozou, gemendo e apertando seus ombros. A visão era tão sedutora que ele não conseguiu se segurar e gozou dentro dela.

Quando parou de estremecer, ergueu a cabeça para olhá-la. Seus olhos estavam semiabertos, adornados pelos longos cílios, e ela sorriu, envergonhada.

– Desculpe por atrapalhar o sexo tântrico.

Ele riu.

– Amor, eu não me importo nem um pouco. Gosto de você ser agressiva no que se refere a foder.

Ela deslizou as mãos por suas costas até tocar sua bunda. Quando ela o apertou, Pesh prendeu o fôlego.

– Você é muito bom nisso.

– Você acha?

– Uhum...

– E o quanto você é boa lavando roupa? – ele perguntou, apontando para o resto de comida nos lençóis.

Ela deu-lhe uma palmada no traseiro, brincando.

– Estava pensando em cuidar disso.

– Por que não nos vestimos e nos sentamos para comer de verdade?

– Acho ótimo.

– Bom. Quero me assegurar de que esteja se sentindo melhor para o que eu quero pedir a você.

Ele se afastou e Megan franziu o cenho.

– O que é?

– Pode ao menos esperar até que terminemos de comer?

Revirando os olhos, Megan disse:

– Você sabe que eu não sei esperar.

Pesh suspirou e se abaixou para pegar o roupão. Ao colocar o braço no buraco da manga, viu que Megan o olhava, questionadora.

– Quero convidá-la para um jantar na casa da minha irmã no fim de semana.

– Tudo bem. Acho que posso ir. – Refletindo, ela o olhou, com suspeita. – Por que pensou que eu deveria me sentir melhor antes de me perguntar isso?

– Não será só minha irmã e o marido. É toda a minha família, incluindo meus pais.

Megan arregalou os olhos.

– Quer me apresentar para seus pais?

– Sim, eu quero.

Ela mordeu o lábio, como costumava fazer quando estava nervosa.

– Mas isso quer dizer que nosso relacionamento é muito sério, certo?

– Sim – ele respondeu, convicto.

Esticando-se para o canto da cama, ela pegou seu roupão da melhor forma que pôde.

– Você não está nem um pouco preocupado com o que eles dirão sobre namorarmos?

– Não, não estou.

O canto dos lábios de Megan se curvou em um sorriso.

– Então eu irei – ela respondeu, suavemente.

– Mesmo?

Quando ela assentiu, ele se aproximou para tomá-la nos braços.

– Obrigado, meu amor. Você me deixou muito feliz.

– Você me deixa feliz todos os dias. É o máximo que eu posso fazer. – Com a cabeça aconchegada no peito de Pesh, ela finalmente deixou o sorriso forçado morrer.

Ao pensar que ele queria apresentá-la à família, sentia-se sufocada. E se eles a odiassem? E se eles não gostassem dela e Pesh deixasse de querê-la por isso? Ela não queria pensar como seria uma vida sem ele.

Ao mesmo tempo, era difícil processar as emoções que Pesh devotava a ela. Davis nunca quis apresentá-la aos pais. Ela os conheceu por acidente depois de um de seus jogos. Agora ela tinha um homem que não queria nada mais do que dividir toda sua vida.

No final, ela só poderia ter esperança de que tudo daria certo.

Capítulo Dezenove

No dia seguinte, quando Pesh se encontrou em uma pausa de pacientes, dirigiu-se até a enfermaria. Enquanto cumprimentava alguns enfermeiros e enfermeiras, ele procurava por Megan. Quando ele a encontrou no balcão, lidando com arquivos, ela pulou como se tivesse tomado um choque.

– Vá embora – ela disse entre os dentes.

Ele riu.

– Acho que posso ser visto na enfermaria conversando com uma enfermeira sem parecer suspeito. Afinal, eu poderia estar falando sobre um paciente com você.

– Então é bom falar como se estivesse falando sobre um paciente agora.

– Eu queria saber se está tudo bem para você que eu a pegue às 19h, na sexta.

Quando Megan desviou a atenção dos papéis e se focou nele, seus olhos estavam saltados em completo horror. Com voz baixa, ela disse:

– Não acredito que está falando sobre nosso encontro bem aqui no trabalho. Você se importa pelo menos um pouco com a minha reputação?

Ele ergueu as mãos, defendendo-se.

– Desculpe. Eu não sei no que estava pensando além do fato de que sinto sua falta e queria falar com você.

A expressão de Megan se suavizou.

– Desculpe, mas não posso lidar com isso aqui.

Pesh abriu a boca para reclamar, quando uma voz o impediu.

– Vocês parecem íntimos – Kara dardejou.

Pesh virou-se e encontrou-a encarando-os, com o veneno queimando nos olhos.

– Com licença, mas preciso pegar outra ficha – Megan disse, com a cabeça baixa.

Ela estava quase saindo, mas Kara agarrou seu braço.

– Se não se importa, a sala de exame três precisa ser limpa.

– Kristi é a única pessoa autorizada a me dar ordens – Megan respondeu.

Kara franziu os lábios vermelhos.

– Insubordinação e transar com um médico. Você realmente não liga para sua carreira, não é mesmo?

Megan começou a discutir, mas Pesh a impediu. Olhando para Kara, ele disse:

– Quero falar com você. A sós.

Depois de lançar um olhar triunfante para Megan, Kara deixou que Pesh a guiasse para fora da enfermaria.

– O que você pensa que está fazendo? – ele exigiu.

– Salvando-o de um grande erro. Você não precisa de uma garota como ela, precisa de uma mulher que cuide de você. – Quando ela começou a passar as mãos pelo pescoço de Pesh, ele a segurou.

– Não me toque! – ele rosnou.

Um sorriso sensual cobriu o rosto de Kara.

– Você gostou quando o toquei antes.

– Foi uma vez só. Foi um erro por estar bêbado e me arrependo diariamente. Nunca pretendo repetir.

Ela estreitou os olhos.

– Está me trocando por aquela vaca?

– Não fale assim sobre Megan. Está me ouvindo?

– Acha que você vale tanto a pena assim para que ela jogue a carreira no lixo?

Pesh cortou a distância entre eles. Seu corpo inteiro tremia de fúria.

– Escute bem, se você ousar ameaçar expor Megan outra vez, farei da sua vida um inferno. Como chefe dos residentes do hospital, posso transferi-la para um buraco qualquer bem longe daqui. – Ele a encarou. – Você me entendeu?

Ela assentiu lentamente percebendo que não havia mais nada entre eles.

– Se me der licença, preciso ir limpar minha sala de exame.

Ela passou apressada e Pesh respirou aliviado. Ele nunca usara esse tom de voz com uma mulher antes, nem mesmo com um homem. Mas o comportamento de Kara o forçou a agir dessa forma.

Ao sentir uma mão tocando-o nas costas, ele se virou.

Megan tinha um sorriso gigantesco no rosto.

– Meu herói!

Ele riu pela escolha de palavras.

– Não tem que se preocupar com ela lhe assediando ou mesmo a mim. Cuidei disso.

– Eu ouvi.

Ele fez uma careta.

– Ouviu?

– Foi maravilhoso.

– Fico feliz que pense assim.

– Nunca tive um homem que agisse dessa forma por mim antes.

– É uma pena.

– Se não estivéssemos no meio do PS, eu o beijaria para agradecer.

Ele sorriu.

– Fica para a próxima.

– Ah, é? Bom saber.

Baixando a voz, ele disse:

– Aguardarei esse beijo mais tarde, quando estivermos sozinhos. E não quero apenas nos lábios. Quero em diversas partes do meu corpo.

– Acho que pode ser arranjado.

– Esperarei ansiosamente.

– Dr. Nadeen? – uma enfermeira chamou do início do corredor.

– Sim?

– Precisamos de você na sala de exame quatro.

– Assim que eu terminar essa consulta sobre um paciente, seguirei para lá – ele respondeu. Ciente da mentira, Megan cobriu a boca com a mão para esconder sua risada. – Tenho que ir. Posso passar lá à noite?

– Sim. Só preciso dar banho e comida para Mason, aí serei sua.

– Vejo você mais tarde. – Ele piscou, antes de se virar e seguir pelo corredor.

***

Algumas noites depois, Pesh estava dirigindo pelas ruas tranquilas do bairro de Megan, quando seu telefone tocou. Ele espiou para se assegurar de que não era do hospital e não se surpreendeu por ver outra mensagem de Megan. Pela quantidade de mensagens que ela enviara desde a tarde até agora, ele sabia que ela estava nervosa. Isso o surpreendia um pouco, já que ela era sempre tão forte e destemida. Mas ser apresentada para seus pais era um bom motivo para estar nervosa.

Depois que ele a pegasse, eles iriam para a casa de sua irmã, Shveta, para jantar. Seus pais e pelo menos um de seus irmãos estariam lá. Embora ele passasse bastante tempo com a família de Megan, não era a mesma coisa que ela passar um pouco de tempo com a dele. Ele não sabia se seus nervos estavam abalados simplesmente por conhecer sua família ou pelo medo do quanto o relacionamento deles havia progredido em poucos meses.

Ele estacionou às 18h50. Mal deu alguns passos até a entrada e a porta da frente foi aberta. Megan saiu, apressada. Sua figura normalmente baixa estava um pouco mais alta pelos sapatos de salto alto pretos. Ela vestia calça preta e uma elegante blusa vermelha, que lembrava uma kurta, estilo de roupa que mulheres de sua cultura usavam. Ele se perguntou se ela fez a escolha por essa razão.

– Você está linda – Pesh sussurrou, inclinando-se para beijá-la ternamente. Quando ela não correspondeu, ele perguntou: – O que houve?

Ela revirou os olhos.

– Dã, estou nervosa.

– Está tão preocupada assim com a opinião da minha família sobre você?

– Claro que estou. Sua família é muito importante para você. Eu não quero... – Ela desviou o olhar.

– Não quer o quê? – ele pressionou.

– Não quero envergonhá-lo.

Ele mordeu os lábios para não rir dela. Não podia acreditar que ela estivesse tão preocupada com a opinião de sua família. Seu coração se acelerou com esse pensamento. Isso significava que ela realmente estava se apaixonando por ele. Ele tirou uma mecha de seus cabelos sedosos do rosto.

– Querida, você não é a primeira americana que eu levo para casa.

– Sim, eu sei bem disso. Também sei do quanto sua família amava Jade. Pode não ser a mesma coisa comigo. Não sou como ela, Pesh. Não sou mansa ou tenho um coração lindo.

– Isso não é verdade. Você tem um coração lindo. Vejo mais disso a cada dia. – Tocando seu queixo com os dedos, ele a fez olhá-lo. – Você viu meu irmão, Dev. Apesar de todos seus erros e idiotices, meus pais ainda o amam muito. Então prometo que não há nada que você possa fazer para que eles não gostem de você ou que possa me envergonhar. Está bem?

– Está bem – respondeu, relutante.

Pegando sua mão, ele a guiou até o carro. Depois de acomodá-la, ele deu a volta e sentou-se no assento do motorista.

Ao ligar o carro, Pesh ouviu Megan bufar horrorizada.

– O que foi? – ele perguntou.

Ela apontou para o relógio.

– Ah, meu Deus. Vamos chegar tarde. Eu não poderia causar impressão pior.

Pesh riu.

– Talvez eu devesse lhe contar algumas coisas sobre etiqueta, assim a noite será mais fácil.

– O que isso tem a ver com chegarmos atrasados?

– Porque nós chegaremos trinta minutos mais cedo.

– Sério?

– Sim.

– Hum, eu não sabia disso.

– Bem, como poderia?

– Eu tentei fazer uma pequena pesquisa. Até assisti Monsoon Wedding – ela disse.

Pesh riu.

– Assistiu?

– Sim, é muito bom. Meio que não gostei de não ter mais músicas e danças.

– Megan, tenho quase certeza de que ninguém da minha família vai começar a dançar de repente como em um filme de Bollywood – ele disse, a voz repleta de divertimento.

Ela revirou os olhos.

– Eu não esperava por isso, engraçadinho.

– Então esta noite será um teste.

Após exalar profundamente, ela sorriu, tentando se desculpar.

– Desculpe por ser tão chata.

– Você não está sendo chata.

– E você está mentindo.

– Apesar de você não estar conseguindo controlar suas emoções, sei que minha família irá amá-la tanto quanto eu amo.

Assim que as palavras escaparam de seus lábios, Pesh fez uma careta. Era a grande palavra com A. Eles não haviam dito ainda e agora ele havia estragado tudo e tudo antes da hora.

– Ah, Deus, você tinha que dizer isso agora? Como se eu não estivesse nervosa o suficiente.

– Desculpe – ele murmurou.

Afundando o rosto nas mãos, ela gemeu.

– Isso é... Você... Eu...

– Olhe, você não precisa...

– Eu amo você também! – ela gritou por entre os dedos.

Ele apertou o volante e guiou o carro até o acostamento. Quando ele se recuperou e colocou o carro de volta na estrada, arriscou-se a olhar para ela. Ela o espiou por entre os dedos.

– Eu amo você, Pesh. Amo pra caralho.

– Ah, Megan – ele sussurrou.

Tirando as mãos do rosto, ela sorriu.

– Eu o amo mais do que qualquer homem com quem já estive.

– Eu a amo mais. – De repente, ele foi incapaz de continuar. Ele a amava mais do que amara Jade? Ele passou anos com Jade e apenas meses com Megan. Se ele amava Megan mais, o que isso dizia sobre o relacionamento que tivera com Jade?

Ela se aproximou e pegou sua mão entre as dela.

– Ei, você não tem que dizer o que eu disse. Nossas situações são completamente diferentes.

Ele apertou e afrouxou o maxilar.

– Nenhuma mulher quer metade do coração de um homem – ele argumentou.

– Mas eu sei que não é metade de um coração. E eu não iria querer que você parasse de me amar só porque eu morri, então como posso querer que faça isso com Jade?

– Não é justo com você – resmungou.

– A vida não é justa, amor. Você precisa se acostumar. – Ela apertou sua mão. – Eu sei que sinto o seu amor. Não há metade aí. Você me ama com todo o seu coração e alma.

– Eu amo. De verdade.

Ela afrouxou o cinto de segurança para dar um beijo em Pesh, mas quando ela começou a aprofundar o beijo, ele a afastou.

– Ei, agora você precisa parar ou não vamos chegar aos meus pais.

Ela riu e se ajeitou em seu assento e procurou se comportar pelos próximos quinze minutos.

Ao entrar na rua, Pesh viu que já havia outros carros. Essa visão deixou Megan nervosa e ela começou a tamborilar os dedos nervosamente na perna.

– Pronta? – ele perguntou, virando-se para ela.

– Como sempre – ela murmurou.

Ele saiu do carro, deu a volta e, como sempre, abriu a porta para ela e ajudou-a a sair. Megan estava agitada. Ela ajeitou os cabelos, depois a blusa e a bolsa no ombro.

– Pare de se mexer – Pesh sussurrou, tocando a campainha.

– Não consigo. Estou nervosa.

Ele sorriu para ela.

– Megan, eles vão amar você. Prometo.

Ela negou com a cabeça.

– Eles vão me odiar porque não sou uma indiana submissa. Espere até que saibam que tenho um filho. Eles vão deserdar você.

A porta se abriu, impedindo que ela continuasse.

– Irmão, é tão bom ver você! – o cunhado, Sanjay, disse, abraçando Pesh e em seguida olhando para Megan e se surpreendendo. – Ah, olá.

– Oi – Megan respondeu.

Sanjay olhou curioso para Pesh.

– Você não me disse que traria companhia.

– Essa é Megan – ele disse e acrescentou com um tom bastante seguro. – Ela é minha namorada.

– Sério? Quem diria? – Sanjay sorriu para Megan, acolhedor. – Estamos muito felizes em recebê-la.

– Obrigada.

Sanjay entrou na sala de estar e Megan deu um tapinha no braço de Pesh.

– Você não disse que me traria?

– Não, gosto de surpreender no que diz respeito à minha vida amorosa.

– S-sério? – ela dardejou.

– É melhor assim. Confie em mim.

Antes que ela pudesse dizer qualquer coisa, Pesh começou a tirar os sapatos. Chocada, Megan o observou. Rapidamente, ela tirou seus sapatos e colocou ao lado dos dele.

– Mais uma coisa que esqueceu de me dizer? – ela disse entre os dentes.

Ele tocou em suas costas.

– Você ficará bem.

Eles entraram na sala de estar e Pesh sentiu que Megan estava tensa. Ele imaginou que era por entrar em uma sala cheia de estranhos.

Sua irmã Shveta se aproximou.

– Olá, irmão. Você está muito bem esta noite.

– Obrigada. Você também. – Ele lhe deu um abraço apertado e admirou a barriga protuberante. – E para quando está prevista a chegada do futuro príncipe?

Shveta sorriu e tocou sua barriga.

– Ele está se divertindo me chutando – ela disse e se surpreendeu ao ver Megan atrás de Pesh. – E quem é essa?

Ele inspirou profundamente e olhou para sua família.

– Antes que todos vocês comecem a perguntar, como sei que farão, quero apresentar alguém muito especial: minha namorada, Megan.

Um silêncio ensurdecedor ecoou pela sala. Seu pai e sua mãe trocaram um olhar antes de encarar Pesh. Megan se aproximou ainda mais dele. Embora demonstrações de afeto públicas não eram comuns à sua cultura, ele envolveu-a pela cintura.

– Bem, digam alguma coisa – ele mandou.

– Desculpe, filho. É que nos pegou desprevenidos – sua mãe disse.

Seu pai ergueu as sobrancelhas espessas.

– Então, você está mesmo namorando?

– Sim, estou.

O pai bateu palmas e sorriu.

– É maravilhoso ouvir isso! – Ele veio para abraçar Megan. – Você é muito bem-vinda aqui.

– Obrigada – ela respondeu.

– Sou Charlie – o pai se apresentou.

– Megan – ela respondeu com um pequeno sorriso.

Pesh olhou para trás de seu pai, onde sua mãe estava mordendo o lábio. Ele podia ver que ela não estava inteiramente feliz de que outra loira de olhos azuis estivesse com seu filho. Enquanto Shveta e Arjan se casaram com indianos, ele e Dev eram as ovelhas negras por não terem se estabelecido com mulheres de sua cultura.

Finalmente, a mãe cedeu aos bons modos e se aproximou para cumprimentar Megan.

– Sou Lavani. É um prazer conhecê-la.

– O prazer é meu – Megan respondeu.

A sala foi tomada por um silêncio constrangedor. Pesh olhou à sua volta, esperando que alguém dissesse algo e sua mãe limpou a garganta.

– Vou terminar de preparar o jantar. – Ela seguiu para a cozinha, seguida de Shveta e da esposa de Arjan.

Como era o costume para as mulheres ficarem na cozinha, Pesh percebeu que Megan ficaria sozinha com os homens. O fato não passou despercebido a ela.

– Devo ir oferecer ajuda? – ela perguntou, em um sussurro.

– Claro. Seria gentil.

Sua expressão mostrava que ela não queria sair do seu lado, mas ela foi mesmo assim. Quando ela estava fora de vista, Pesh notou que todos o encaravam.

– O que foi?

– Você ainda pergunta, meu filho? – o pai perguntou.

– Façam suas perguntas antes que Megan retorne – ele respondeu, sentando-se no sofá.

Ele respondeu uma série de perguntas sobre como eles se conheceram, a quanto tempo estavam saindo e se era sério. Ele usou toda a paciência que tinha para responder. Quando terminou, os homens permaneceram em um silêncio surpreso.

Sanjay balançou a cabeça.

– Eu sabia que esse dia chegaria. Percebi quando ele estava saindo com Emma.

Charlie franziu o cenho.

– Emma?

Pesh apertou os olhos e desejou que seu cunhado não tivesse uma memória tão boa.

– É uma amiga.

– Você certamente não a olhava como amiga, mesmo ela estando grávida – Sanjay respondeu.

– Você esteve com uma mulher grávida? – Charlie perguntou.

– Alpesh, como você pôde? – sua mãe quis saber, aparecendo na porta.

– Como pude o quê? – Pesh perguntou.

A expressão de Lavani estava carregada de horror.

– Deixar uma mulher... – ela não conseguia completar a frase.

Pesh pulou do sofá, olhando para sua mãe e para Megan.

– Você está...?

As bochechas de Megan ficaram muito vermelhas.

– Não! Claro que não, não estou!

Lavani lançou-lhe um olhar confuso.

– Não ela – respondeu apontando para Megan. – Essa Emma que Sanjay falou.

Pesh levou a mão à testa, apertando-a bem forte para tentar deter a dor de cabeça que estava começando. Tudo estava desabando rápido demais.

– Primeiro, Emma e eu nunca fomos íntimos. Ela estava grávida do homem com quem está casada. Sim, eu a levei à ópera com Sanjay e Shveta, mas não havia nada entre nós. – Ele balançou a cabeça, sem acreditar que estava explicando o que havia acontecido entre ele e Emma. – Segundo, vocês podem parar por um segundo? Vocês não estão causando uma boa impressão em Megan.

Uma risada nervosa escapou dos lábios de Megan e ela cobriu a boca com a mão, tentando escondê-la. Ele piscou para ela e ela tirou a mão para sorrir.

– Tudo bem, tudo bem. Agora que esclarecemos tudo, por que não comemos?

– Acho ótimo – Charlie respondeu.

Enquanto caminhavam até a cozinha, Pesh se aproximou de Megan.

– Está aguentando, certo? – ele sussurrou.

– Estou aguentando, mas posso precisar de uma bebida quando formos embora.

– Só não Tequila prata – ele provocou.

Sem ninguém ver, ela bateu no braço de Pesh.

– Engraçadinho – murmurou entre os dentes.

Ele riu ao puxar uma cadeira para que ela sentasse.

– Obrigada – ela disse, sentando e ele se sentou a seu lado. Quando os pratos começaram a ser colocados à mesa, ela lhe deu um chute. – Onde estão os talheres? – ela sussurrou.

– Nós comemos com as mãos.

– Sério?

– Sim. – Ele se inclinou para sussurrar em seu ouvido. – Mas não use a esquerda porque é considerado uma ofensa.

Ela o encarou de olhos arregalados.

– Eu sou canhota – protestou.

Ele lutou contra o desejo de sorrir ao ver Megan horrorizada. Ele sabia que ela preferia morrer ao embaraçá-lo em frente à sua família.

– Você vai se sair bem. Eles não esperam muito já que você é americana.

– Alpesh, sobre o que está cochichando? – Lavani perguntou, estreitando os olhos.

– Só estou dizendo à Megan o quanto você é uma cozinheira maravilhosa. Ela ama comida indiana, então sei que ela está ansiosa. – Pesh apertou o joelho de Megan sob a mesa. Ela o encarou e sorriu.

Depois que os pratos foram passados para que todos se servissem, eles começaram a comer.

– Hum... a samosa está deliciosa – Megan elogiou.

– Obrigada – Lavani respondeu, com um sorriso enorme.

A mãe virou sua atenção para Shveta e Pesh conversou com Megan em voz baixa.

– Uma vez tentei subornar Beau com samosa.

Ela riu.

– Tentou? Por quê?

– Eu estava na casa de Aidan para ver como Emma estava durante o repouso. Acho que Beau não gostou que eu invadisse o espaço.

– Ele não aceitou?

– Ah, ele aceitou, comeu e pareceu gostar, mas não ficamos nem um pouco amigos mesmo assim.

Megan sorriu.

– O bom e velho Beau.

– Você está do lado do cachorro?

– Nesse caso, sim. Ele estava apenas protegendo Emma e Noah.

– Entendo.

– Além disso, eu não gosto de pensar em você e Emma como mais do que amigos.

– Eu estava ali como médico – ele argumentou.

Ela balançou um dedo para ele.

– Você trouxe comida com você. Só isso já mostra que era mais do que um amigo médico.

Quando ele abaixou o dedo de Megan, ela o encarou confusa e irritada.

– Está tentando me fazer ficar quieta?

– Não, estou lhe ajudando. Nós não apontamos. É grosseiro.

– Eu fiz algo errado? – ela arregalou os olhos.

– Está tudo bem.

– Da próxima vez, é melhor você me dar umas aulas de cultura indiana antes de me trazer.

Do outro lado da mesa, Shveta limpou a garganta. Quando Pesh e Megan olharam, ela disse:

– Você está indo bem, Megan. Por favor, não se preocupe em seguir todas as regras de nossa cultura. Nós não esperamos isso, com certeza.

Megan retribuiu o sorriso.

– Obrigada. Eu jamais ousaria fazer algo que ofendesse vocês.

– Claro que não faria – Charlie respondeu.

Pesh não ousou olhar para a mãe. Afinal, ela era quem brigava para manter as tradições e costumes enquanto seu pai tentou se americanizar o quanto pôde, até mudando de nome.

Charlie limpou o canto da boca com o guardanapo.

– Soube que você tem um filho, Megan.

Ela sorriu.

– Sim, Mason tem quase 2 anos. Ele é meu mundo.

– Você deveria tê-lo trazido. Nós adoraríamos conhecê-lo. – Shveta disse.

– Talvez da próxima vez. Claro que, depois que virem o quanto ele tem energia, vocês mudarão de ideia. – Todos riram e ela olhou para Pesh. – Mason adora Pesh e Pesh é muito bom para ele. Sua paciência é infinita.

Pesh sorriu.

– Ele é um bom menino. Adoro passar um tempo com ele.

– Então, o relacionamento de vocês dois é sério?

– Hum, bem... – Megan começou e foi interrompida pela campainha.

Sanjay se levantou.

– Deve ser Dev.

– Que surpresa está tão atrasado... – Shveta comentou com um sorriso.

Pesh quase riu ao ver a expressão mortificada de Megan ao ouvir Dev ser mencionado.

– Você não me disse que ele estaria aqui – ela disse entre os dentes.

– Eu não sabia se ele vinha ou não, mas não se preocupe. As coisas estão bem entre nós.

Megan olhou-o, cética, enquanto Dev entrava na sala de jantar.

– Olá a todos – ele disse, acenando com a mão.

Ao ver Megan sentada ao lado de Pesh, Dev arregalou os olhos.

– Ora, ora, se não é a Srta. Gancho de direita – ele brincou, sorrindo.

– É Srta. Gancho de Esquerda, na verdade – ela o corrigiu.

Dev sorriu.

– Bom saber.

– Você conhece Megan, Dev? – Lavani questionou, curiosa.

– Nós tivemos o prazer de nos conhecermos um dia quando eu fui ao hospital para ver Alpesh. – Megan prendeu o fôlego e Dev piscou para ela, depois se sentou para se servir. – Então, vocês trabalham juntos e agora estão namorando?

– Sim – Pesh respondeu.

Depois de comer um bocado de sua samosa, Dev apontou para eles, mastigando.

– Alpesh é meio que seu chefe, certo?

Pesh podia sentir a ira de Megan crescendo.

– Não, na verdade, ele não é. Eu tenho um responsável, a enfermeira-chefe, que é minha chefe. E antes que você possa fazer parecer algo sórdido, nosso relacionamento não é contra as regras do hospital. Além disso, nos conhecemos antes de começarmos a trabalhar juntos.

– É verdade? – Dev perguntou.

– Sim, é.

Um sorriso foi se formando nos lábios dele.

– Eu gosto de você – ele disse à Megan.

– Você tem um jeito interessante de mostrar.

Charlie riu da cabeceira da mesa.

– Ora, ora, Alpesh, você pegou uma durona?

Pesh olhou para Megan, que ficou tão vermelha quanto sua blusa, e deu um sorriso fraco para Charlie.

– Desculpe.

Sem se importar, Charlie respondeu:

– Não se desculpe. Foi ótimo ver você colocando Dev em seu lugar. Vejo que bateu nele também.

Quando a mãe bufou horrorizada, Megan procurou pela mão de Pesh sob a mesa. Ele a apertou, reconfortando-a.

– Hum, bem... Sinto dizer que bati.

– Em defesa de Megan, digo que mereci. Eu bati em Alpesh e disse algumas merdas.

– Dev! – Lavani se lamentou.

Típico de Dev, ele revirou os olhos ao ultraje da mãe.

– Nós estamos bem. Podem se acalmar. – Seu olhar encontrou o de Pesh. – Estou feliz por você, irmão. Você fez uma boa escolha. – Ele pousou o olhar em Megan. – Espero que sejam muito felizes juntos.

Pesh pôde sentir a sinceridade na expressão e palavras de Dev.

– Obrigado.

– Sim, obrigada – Megan disse.

Dev ficou em pé, passando as mãos na cabeça.

– E agora para me assegurar que minhas notícias superem qualquer comoção causada por vocês, quero anunciar que vou me casar no mês que vêm. – Lavani mais uma vez demonstrou seu horror, mas Dev ainda não tinha terminado. – E serei pai em breve.

Pesh ficou boquiaberto enquanto a mesa se transformou em um pandemônio. Ele pensou que sua mãe fosse desmaiar. Olhando para Megan, viu que ela cobria a boca com o guardanapo, mas pelo jeito que seus ombros se mexiam, ele sabia que ela estava rindo. Ele se inclinou e sussurrou em seu ouvido:

– Acho que não somos mais o alvo, certo?

Ela sorriu.

– Sim, acho que escapamos.

– Eu amo você.

– Eu amo você mais.

Capítulo Vinte

Agora que Pesh e Megan eram oficialmente um casal que já havia dito a palavra com A, ele não tinha mais dias de folga em que não soubesse o que fazer. Ele queria passar cada minuto com ela e Mason, e ela sempre se certificava de que tivessem um tempo sós. Hoje, eles estavam na casa de Patrick, cercado de homens da família de Megan, enquanto as mulheres estavam na cozinha preparando tudo para o almoço de domingo, assim como na casa de seus pais.

Assim que Becky surgiu na sala de estar, para anunciar que era hora de sentarem à mesa, todos seguiram para a sala de jantar. Ele seguiu vagarosamente atrás dos outros, procurando por Megan, que ele imaginou estar em algum lugar na multidão.

– Onde estão Aidan e Emma? Eles nunca se atrasam – Angie apontou, ao colocar uma travessa gigante na mesa.

Liz deu de ombros.

– Eles não ligaram. Vamos comer e depois eles comem, quando chegarem.

John puxou uma cadeira.

– Ótimo. Estou faminto.

Becky revirou os olhos.

– Você está sempre faminto. Por você e Percy passaríamos o tempo todo comendo.

Pesh surgiu quando todos estavam tomando seus lugares na massiva mesa de mogno. Apesar do quanto os Fitzgeralds eram acolhedores, ele não podia evitar de se sentir um intruso. Megan apareceu trazendo um prato de presunto e ao colocá-lo na mesa, procurou Pesh com o olhar. Ao vê-lo, ela deu um sorriso, que o encheu de calor, e fez um sinal para ele.

Quando Pesh caminhou até ela, Mason surgiu correndo com os bracinhos abertos.

– Me pega, Esh – ele pediu.

Pesh sorriu ao parar para pegar Mason.

– Está com fome? – Pesh perguntou.

– Uhum.

– Você vai se sentar comigo ou com Pesh? – Megan perguntou.

– Esh – ele respondeu.

– Tudo bem para você? – Megan perguntou.

– Tudo bem.

Ela apontou um lugar para ele e bem quando se sentaram Aidan surgiu à porta, com Noah em seu colo.

– Desculpem, nos atrasamos.

– Onde está Emma? – Megan perguntou, ao pegar Noah de Aidan.

Com uma careta, ele respondeu:

– Ela não está se sentindo bem. Está tendo um pouco de enjoo nesse terceiro trimestre. Eu disse que queria ficar com ela, mas ela insistiu que viéssemos.

– Pobrezinha. Faremos um prato para você levar mais tarde – Megan disse.

Aidan sorriu.

– Obrigada. Se ela conseguir comer, sei que ficará agradecida.

Patrick bateu seu garfo contra seu copo de água.

– Todos que deveriam estar aqui já chegaram?

Um coro de “sim” ecoou pela sala.

– Bom. Vamos começar as graças.

Pesh curvou sua cabeça como os outros. Quando Patrick terminou, os pratos começaram a ser servidos. Era bem diferente de como sua família fazia, mas ele adorava estar com a família de Megan.

Enquanto Mason comia do prato de Pesh, Megan dava uma folga a Aidan e alimentava Noah, ou deixava-o pegar de sua comida e se alimentar sozinho.

– Você é bagunceiro – Megan disse, ao ver o rosto de Noah todo sujo de milho e cenoura. Sua resposta foi sorrir para ela. – Sinto muito, mocinho, mas esse sorriso lindo não vai funcionar.

– Ele é tão teimoso – Aidan disse.

– Um Fitzgerald teimoso? Nunca imaginei – Becky brincou do outro lado da mesa.

– Estou falando sério. Ele se recusa a deixar Emma e eu alimentá-lo e então ele acaba se sujando mais que comendo.

– Parece o pai – Angie provocou e Aidan a olhou, exasperado. – Você era igualzinho. Acho que até os 2 anos, toda vez que você comia, a mãe tinha que limpar você inteiro.

Aidan resmungou.

– Não conte essa história à Emma. Ela já me culpa pela teimosia de Noah.

Megan sorriu.

– Vamos torcer para o próximo bebê puxar a Emma.

– Como se ela não fosse teimosa – Aidan contestou.

– Muito menos que você – Megan respondeu.

Apertando os lábios, Aidan parecia absorver as palavras.

– Acho que você pode ter razão – ele disse, sorrindo.

Depois que todos terminaram de comer, os adultos permaneceram na mesa, conversando e rindo, enquanto as crianças foram brincar na sala de estar. Mason e Noah quiseram ir com as crianças mais velhas.

– Você tomará conta deles? – Megan perguntou a Percy.

– Claro – ele respondeu.

– Te devo uma, Percy – Aidan disse quando Percy pegou os meninos pelas mãos.

Sentado com o braço repousando na cadeira de Megan, Pesh apreciou ouvir a conversa instigante em torno dele. Ocasionalmente uma das irmãs de Aidan lhe fazia uma pergunta ou pedia sua opinião. Ele sempre fora do tipo quieto e envolto de um grupo tão extrovertido, ele se calava ainda mais. Ele percebeu que se quisesse realmente se ajustar, teria que conversar mais.

A conversa foi interrompida por um grito seguido de um gemido vindo da sala. Aidan se levantou em um pulo e correu ao mesmo tempo que Megan ficou em pé. Mason veio correndo da sala de estar.

– O que aconteceu? – Pesh perguntou.

– Noah se machucou.

Aidan reapareceu com Noah no colo.

– Ele está bem. Só caiu. – Pegando a mão de Noah, Aidan disse: – Agora o papai vai beijar o dodói, está bem? – Noah fungou e balançou a cabeça. Quando Aidan terminou de beijar a mão, Noah esticou a perna. Aidan sorriu. – Ok. – Ele se abaixou para beijar a perna e perguntou: – Quem é o menino do papai?

– Uh-huh!

Angie riu.

– Não é justo fazer isso quando Emma não está aqui.

Os outros riram e Pesh olhou para Mason. Ele olhava para Noah e Aidan, pensativo. Nunca em um milhão de anos Pesh poderia imaginar o que ele faria em seguida. Mason subiu em seu colo e apontou para seu peito.

– Esh é o papai de Mace. Mace é o menino do papai.

A conversa na sala de jantar parou. Mesmo sem olhar, Pesh sentiu sua pele queimar sob o olhar de todos à sua volta. Não tinha como ele rejeitar o garoto quando ele sorria feliz daquele jeito.

– Sim, você é o menino do papai.

Um choro contido fez com que ele desviasse a atenção de Mason para Megan. Ela piscou algumas vezes como se tentasse acreditar que o que estava vendo era real. Então, sem nenhuma palavra, ela levantou da cadeira e saiu da sala. Pesh permaneceu em choque por alguns segundos, tentando decidir o que fazer. Inclinando-se, ele cochichou no ouvido de Mason:

– Vá brincar com os outros. Eu preciso ver a mamãe.

Mason assentiu e Pesh gentilmente o colocou no chão. Depois que o garoto saiu da sala de jantar, Pesh finalmente olhou para os outros.

– Com licença – ele disse, levantando-se e indo para o corredor.

Não foi difícil encontrar Megan, só havia um quarto com a porta fechada. Ele bateu e ela não abriu, então ele abriu a porta devagar.

Ele a encontrou sentada na beirada da cama, com as mãos no rosto. Ele se sentou a seu lado e colocou a mão em suas costas.

– Desculpe por não agir corretamente com Mason e dizer que não sou seu pai. Ele parecia tão feliz e eu não quis machucá-lo.

Megan se virou para olhar para ele. Lágrimas escorriam por seu rosto.

– Você acha que estou zangada com você? – Ele assentiu e ela recomeçou a chorar. – Ah, Pesh, você é tão inocente às vezes!

– Como é?

– Bem quando eu penso que não posso amá-lo mais, você faz algo assim. – Antes que ele pudesse processar as palavras, ela se jogou para cima dele, beijando suas bochechas e boca. Ela sentou no seu colo e envolveu seu pescoço. – Você ama mesmo Mason, não é?

– Claro que amo.

– Você se enxerga como um pai para ele?

– Sim, me vejo, mas o que...

Ela o silenciou com um beijo, recheado de emoção. Ele puxou-a pela cintura e trouxe-a mais para perto. Quando ele estava prestes a intensificar o beijo, ela se afastou.

– Você me ama também, não é?

– Você não deveria ter dúvidas sobre isso.

– Você me ama o suficiente para ser meu marido?

Sua pergunta o fez perder o fôlego. Ele sentiu como se o tivessem atingido no estômago.

– Sim, eu amo. Sempre amei.

Ela virou a cabeça e sorriu para ele.

– Então case comigo.

– Como é?

Aproximando os lábios, ela murmurou:

– Case comigo. Me faça sua esposa.

Naquele momento, ele deu graças a Deus por estar sentado, porque se não estivesse ele faria algo nada másculo como desmaiar. Ele também questionou se estava ouvindo bem ou se estava louco. Megan propôs casamento a ele? Claro que ele estava alucinando.

– Você acabou de pedir para que eu me case com você? – ele questionou, sem jeito.

Rindo, Megan assentiu.

– Queria que pudesse ver sua cara. Eu deveria estar ofendida.

– Desculpe. É que isso me surpreendeu.

Ela tocou seu rosto.

– Desculpe por não ter um anel e não me ajoelhar – ela provocou amorosa.

Ele pegou as mãos dela.

– Está falando sério?

– Sim, eu estou.

Ele beijou, ternamente, o topo da cabeça dela.

– Eu a amo muito, Megan, e não há nada mais que eu queira além de fazê-la minha esposa.

– Então isso é um sim?

– Só quero que tenha certeza do que está dizendo. Em um minuto estava na sala de jantar, rindo com sua família e no outro estava aqui chorando e me pedindo em casamento. E não vamos nos esquecer do quanto você foi firme ao dizer que era muito nova para se casar.

Megan franziu os lábios.

– Uma garota não pode mudar de ideia?

– Sim, claro que pode, mas quero me certificar de que é isso mesmo o que você quer.

Lágrimas brilharam em seus olhos azuis.

– Você é tudo o que eu poderia querer em um homem. Você me ama, cuida de mim e quer o melhor para mim. Como se isso já não fosse o suficiente para me fazer querer casar com você, você ama meu filho. Você cuida dele e quer o melhor para ele. Não posso me imaginar amando alguém mais do que amo você. – Ela fungou. – Eu fui tão idiota por tanto tempo. Não podia aceitar que alguém como eu poderia merecer alguém como você. Mas você nunca desistiu. Se você me der uma chance, passarei o resto da minha vida com você, tentando fazê-lo feliz.

Pesh não conseguia controlar a velocidade de seu coração. Com certeza seu coração e sua pressão estavam irregulares agora. Ele tocou o rosto de Megan.

– Nada no mundo me faria mais feliz do que me casar com você.

– Então estamos noivos?

– Sim, estamos. – Um sorriso iluminou o rosto de Megan, antes de Pesh continuar. – Mas não formalmente. Não antes de eu colocar um diamante na sua mão.

– Mas eu não preciso disso para saber que estou prometida a você e que vamos nos casar.

– Talvez você não precise, mas eu preciso.

Ela revirou os olhos.

– Tudo bem. Eu deixarei você me comprar um anel. Um bem grande, ok?

Ele riu.

– Prometo gastar uma fortuna.

– Você sabe que eu ficaria feliz de usar seu anel, mesmo que fosse baratinho.

– Sei que sim, mas quero mimar minha futura esposa.

Ela sorriu.

– Ok, não vou discutir com você.

Pesh tomou seus lábios. Enquanto os lábios se tocavam, ele não podia acreditar no quanto tinha sorte. Megan era dele e seria pelo resto da vida. Quando as línguas se tocaram, ele gemeu em sua boca. Considerando que eles estavam na casa de Patrick com toda a família do outro lado do corredor, ele não deveria estar tocando-a dessa forma. Mas ele não se importava, ele queria estar dentro dela. Ele finalmente havia entrado em seu coração, mente e alma e agora queria entrar mais uma vez dentro daquela perfeição.

Quando Megan o empurrou contra a cama, Pesh ergueu as sobrancelhas para ela.

– Hum, acho que minha futura esposa está se confundindo. Normalmente a consumação vem após o casamento, não o noivado – ele provocou.

– Acho que nós já consumamos muitas vezes nos últimos meses, então não importa.

– Acho que você está certa.

Enquanto ela empurrava sua virilha contra a ereção crescente, ela disse:

– Parece que não sou a única pensando em consumação.

– Você deveria saber que isso aí tem uma mente própria.

– Bem, no momento nós dois temos o mesmo pensamento.

Ela continuou a se esfregar contra ele e ele tocou seus seios. Ele acariciou a pele por cima da blusa.

Ao som da porta se abrindo, Pesh tentou se afastar, mas não foi rápido o suficiente.

– Ah, porra – a voz de Aidan ecoou.

Megan rapidamente saiu de cima de Pesh, tentando ajeitar as roupas e o cabelo.

Com uma expressão de desgosto, Aidan disse:

– Sério? Essa é minha antiga cama!

Pesh riu.

– Sinto muito, mas você entre todas as pessoas deveria compreender que quando o desejo vem, você age.

Megan deu-lhe um tapa, brincando.

– Não foi isso o que aconteceu.

Erguendo uma das mãos, Aidan disse:

– Sinceramente, eu não quero saber o que aconteceu. Só vim ver se Megan estava bem. Da próxima vez, mandarei outra pessoa, assim não ficarei com uma memória dessa gravada.

– Ha, muito engraçado – Megan resmungou, saindo da cama.

– Nós só estávamos comemorando – Pesh disse.

Aidan apertou os olhos fechados.

– Acho que nem quero saber o que estavam comemorando.

– Nosso noivado, seu pervertido – Megan respondeu.

Os olhos azuis de Aidan se arregalaram.

– Puta merda, vocês estão noivos?

Pesh sorriu ao levantar da cama e pegar a mão de Megan.

– Sim, nós estamos. Quer dizer, ainda preciso ir ao pai dela e pedir sua mão apropriadamente. E ainda não temos um anel.

Balançando a cabeça, sem acreditar, Aidan disse:

– Isso é... nossa. Estou muito feliz por vocês.

– Obrigado, de verdade. Se não fossem você e Emma, eu nunca teria conhecido Megan – Pesh disse.

Aidan sorriu e deu um tapinha nas costas de Pesh.

– De nada, cara. Estou muito feliz que vocês finalmente perceberam que são perfeitos um para o outro. – Ele apontou para a porta – Vamos contar aos outros. Acho que isso pede para celebrarmos, mas não do jeito que vocês estavam fazendo.

– Nós não vamos contar a ninguém ainda – Megan disse.

– Ela ainda não tem um anel.

– Vocês acham que alguém vai se importar que vocês não têm um anel?

– Nós queremos fazer isso do jeito certo – Pesh respondeu.

Erguendo a mão, Aidan se rendeu.

– Tudo bem. Não vou discutir com vocês. Mas quanto a isso não tem um jeito certo. Nossa, olhe para Em e eu. No fim, é preciso seguir o fluxo e apreciar os bons momentos.

Então ele se virou e saiu do quarto. Pesh olhou para Megan, que parecia processar as palavras de Aidan.

– Vamos, é melhor irmos antes que eles mandem mais alguém – ela disse, finalmente.

Sorrindo, ele pegou sua mão e seguiu pelo corredor. Quando eles voltaram para a sala de jantar, todos os olharam, em expectativa. Mesmo sabendo que não deveria, Pesh deixou as palavras saírem:

– Nós estamos noivos!

Ele nem teve tempo de se preocupar com Megan, porque ele percebeu que ela disse as palavras ao mesmo tempo que ele. Saudações explodiram pela sala e ele foi abraçado e beijado pelas tias de Megan. Quando o pai de Megan se aproximou, Pesh sentiu como se tivesse levado um chute na virilha.

– Sr. McKenzie, eu peço desculpas. Eu pretendia ir até o senhor, pedir a mão de Megan e mostrar respeito. Sinto muito.

Paul balançou a cabeça e sorriu.

– Por favor, não peça desculpas. Estou muito feliz que ela tenha conhecido um homem que será um bom marido para ela e pai para Mason.

– Juro que serei. – Ele e Paul apertaram as mãos para selar a promessa.

Na ausência de champanhe, eles comemoraram com vinho. Na cabeceira da mesa, Patrick ergueu seu copo.

– À minha neta e ao bom médico, eu dou minha bênção irlandesa. “Que Deus esteja com vocês e os abençoe. Que vocês vejam os filhos de seus filhos. Que vocês possam ser pobres em infortúnios e ricos em bênçãos. Que vocês não conheçam nada além de felicidade desse dia em diante” – Ele sorriu. – À Megan e Pesh.

Os outros ergueram seus copos. Depois de Pesh dar um longo gole no vinho, ele se virou para beijar Megan. Ele não se importou com os gritinhos e urros, estava feliz demais para se importar.

Capítulo Vinte e um

Parada em frente ao espelho iluminado do hotel, Megan conferiu sua aparência. Era a primeira vez em que estava sem a mãe de Pesh, a irmã ou suas tias, desde que chegara à suíte havia uma hora. Quando ela concordou com uma cerimônia indiana, não sabia no que estava se metendo. Ela pensou que seria um jeito maravilhoso de unir as duas famílias. Ela não imaginava que a família de Pesh iria querer algo tão chique. Sem seu consentimento, o salão do Ritz Carlton fora reservado. Mais cedo, quando ela dera uma espiada, vira que o salão se transformara em um filme de Bollywood.

Ela tinha que honrar a cultura de Pesh, vestindo-se como uma verdadeira noiva indiana, então ela usava o sari que comprou com Lavani e Shveta. O que ela não sabia era o quanto a roupa ficaria maravilhosa. Ao se olhar no espelho, estava praticamente cega pelo brilho das pedras e pérolas que compunham o sari roxo e dourado. Sua roupa deixaria a mais enfeitada Miss América envergonhada. O top cobria apenas seus seios. Enquanto a parte da frente era feita de cetim, a parte de trás era incrustada de joias. A saia era de cintura baixa, começando bem abaixo do umbigo e descendo até o chão na mais requintada seda. Era difícil de imaginar que ficaria com seu abdômen exposto, como o sari exigia. Felizmente, ela tinha um manto de joias incrustadas pendurado por seu ombro e que descia pelo lado do corpo.

Mais cedo, uma das tias de Pesh a maquiou. Lavani e Shveta fizeram seu cabelo. Os longos fios foram penteados para trás e arrumados em cachos soltos. Uma linda orquídea roxa adornava os cachos. Tudo isso fazia parte do conjunto de joias que a família de Pesh pediu que usasse. Aparentemente, eram relíquia de família e sempre mantidas em um cofre no banco. Embora ainda fosse colocar os brincos e um colar, seus braços estavam adornados por pesados braceletes que Lavani e Shveta colocaram nela.

As duas tinham lágrimas nos olhos quando terminaram.

– Você está de tirar o fôlego, minha querida – Lavani disse.

Megan sorriu.

– Obrigada. E obrigada por tudo o que fizeram esta noite.

Lavani tocou suas bochechas.

– Desejo muitos anos felizes para você e meu Alpesh. Agradeço por você o fazer feliz. Fazia tempo que eu não via seus olhos brilhando, mas você entrou em sua vida e trouxe a luz de volta.

Megan sentiu lágrimas queimando em seus olhos.

– Obrigada – ela murmurou.

Quando ela sentiu que poderia falar sem chorar, juntou as duas mãos como em uma oração e inclinou a cabeça, em sinal de respeito à cultura de Pesh.

– Quero que saiba que antes de Pesh, eu estava na escuridão também. Ele trouxe a luz para mim também. Garanto que passarei o resto da minha vida honrando-o e fazendo-o feliz. Agradeço por ter criado um homem tão maravilhoso.

Os olhos escuros de Lavani se encheram de lágrimas e ela levou as mãos aos olhos para contê-las.

– Obrigada, minha querida.

Shveta entrou no banheiro, sorrindo.

– Alpesh está aqui.

Segurando a saia, Megan caminhou, saindo do banheiro e foi para o quarto. Seu coração parou ao vê-lo. Ela nunca o vira vestindo Kurta-Pajama, como a roupa formal era chamada. Era uma longa túnica que vinha até seus joelhos, por baixo ele usava uma calça. Sua roupa foi feita para combinar com a dela. Era dourada e incrustada com gemas e lantejoulas. Ela não queria nem pensar em quanto havia custado.

Quando os olhares se cruzaram, ela estremeceu com o calor que viu.

– Você é a visão da absoluta perfeição – ele disse.

Ela fez uma pequena volta e sua roupa girou ao seu redor.

– Então, você gostou?

Ele sorriu.

– Amei.

Ela riu.

– Me sinto um pouco como uma impostora. É como "você pode colocar uma garota irlandesa em um sari, mas não pode tirar a Irlanda dessa garota".

– Não a quero de outro jeito – ele disse em um tom sério, mas ainda terno.

– Obrigada.

Megan olhou para as duas caixinhas nas mãos dele.

– Ah, deixe-me ver essas belezinhas.

Rindo, Pesh colocou uma das caixas na mesa e abriu a outra. Megan ficou boquiaberta ao ver os dois enormes brincos de brilhante. Embora feitos com uma base grossa, o resto deslizava em um design de flores que provavelmente tocariam seus ombros quando ela os colocasse. Ele era de ouro, mas todas as gemas eram de diamante e ametistas para combinar com o sari.

– É por isso que sua mãe e Shveta quiseram que eu vestisse um sari roxo? – ela perguntou.

– São de tirar o fôlego – ela murmurou.

– Espere até ver o colar – ele respondeu, com um sorriso.

Megan pegou um dos brincos com as mãos tremidas. Rapidamente abriu o fecho e colocou em sua orelha. Depois fez o mesmo com o outro. Embora eles fossem tão pesados que sentiu que poderiam derrubá-la, ela sorriu.

– Obrigada.

– De nada, meu amor.

Ele pegou a outra caixa. Megan arregalou os olhos ao ver os diamantes e ametistas brilhando na luz. Ele pegou o colar e abriu o fecho, movendo-se para trás dela e colocando-o em seu pescoço. Ela fechou os olhos ao sentir o prazer de tê-lo tão perto.

– Agora você está pronta.

Virando-se para vê-lo, ela o beijou.

– Eu amo você.

Pesh acariciou seu rosto com o polegar.

– E eu amo você.

Da porta do quarto, Lavani resmungou em desaprovação.

– Alpesh, pare de maculá-la. Você vai estragar a maquiagem.

Megan balançou a mão, sem se importar.

– Vamos. É hora de descer.

Após Pesh estender o braço para ela, Megan o segurou.

– Não fique nervosa – ele murmurou em seu ouvido.

– Não estou – ela mentiu.

– Megan, eu conheço bem você e sei que está nervosa. Você fica inquieta e morde o lábio.

– Desculpe – ela disse enquanto seguiam para o elevador.

Por estar com a família de Pesh, Megan ficou quieta sobre seu nervoso. A última coisa que ela queria era falhar com eles. Quando as portas se abriram, ela inspirou e expirou profundamente algumas vezes. Muito do que estava prestes a acontecer, ela não compreendia e não sabia como deveria entrar no salão. Ela tentou não estragar tudo quando veio com sua família.

Na recepção, ela e Pesh sentariam na cabeceira de uma mesa, mas ela não estava preparada para as cadeiras douradas que eram quase como se fossem tronos.

Quando todos estavam acomodados, o pai de Pesh começou a falar.

– Estamos todos agradecidos por cada um que pôde estar conosco nesta noite. Eu sei que entre os amigos e familiares de Megan, muitos não estão acostumados com nossa cultura. Tentarei explicar a vocês como procederemos.

Na mesa em frente a eles estavam duas coroas de flores que lembravam as que se costumavam ver no Havaí. Eram nas cores branca, dourada e roxa. As flores estavam cruzadas sobre a caixa preta das alianças. Pesh havia dito a ela que eles trocariam alianças simbolizando a futura união. Parecia muito exagerado para ela, para uma festa de noivado – era quase como se estivessem se casando.

– Hora do show – Pesh murmurou em seu ouvido. Ela seguiu seus passos.

Ele pegou uma das coroas de flores e colocou sobre a cabeça de Megan. Ele se assegurou de arrumar seu cabelo que se bagunçou pelas flores.

Depois pegou uma das alianças de prata e colocou em seu dedo tremido.

– Eu amo muito você, Megan. Não há outra mulher no mundo que eu amaria mais do que você – ele sussurrou.

– Eu amo muito você também. – Ela colocou a aliança em seu dedo.

Aplausos ecoaram pelo salão e Pesh a puxou por um beijo.

– O que fazemos agora? – ela perguntou.

Ele sorriu.

– Nós dançamos.

Após soltar o ar que estava contendo, Megan pegou a mão de Pesh e ele a guiou para a pista de dança. Uma música que ela nunca ouvira antes começou a tocar.

– Então o que pensa sobre o dia do casamento? – Pesh perguntou.

– Que quero algo mais simples.

Ele se surpreendeu.

– Mesmo? Achei que ia querer algo com tudo o que tem direito.

– Quero algo simples com seus amigos mais próximos e família. Não preciso de nada grandioso para ser feliz.

Ele sorriu.

– Sabe que "algo mais simples" não vai ser fácil para os meus pais, certo?

Megan riu.

– Bem, eles terão que aceitar.

– Podemos fugir e nos casar no Havaí – ele sugeriu.

– Essa é uma boa ideia, mas acho que meus pais matariam sua única filha se eu não os incluísse.

A expressão de Pesh ficou séria.

– Não quero esperar muito tempo.

– Concordo. Quero me casar nos próximos meses.

Ele sorriu.

– Bom. Fico feliz de ouvir isso.

Megan viu seu avô dançando com sua amiga e uma ideia surgiu.

– E se nos casarmos no jardim do meu avô?

– É um lugar lindo, mas há espaço suficiente?

– Só nossos amigos mais próximos e família, lembra? – ela insistiu.

– Poderia ser.

– Então você gosta da ideia?

– Gosto. – Com uma piscada, ele disse: – Faz sentido, considerando que você me pediu em casamento na casa do Patrick.

Megan sorriu.

– É verdade.

– Acha que podemos organizar tudo em dois meses?

– Não vejo por que não.

Ele tocou os lábios dela com os seus e Megan estremeceu, no calor da pista de dança.

– Mal posso esperar para torná-la minha esposa.

– Também estou ansiosa para torná-lo um homem honesto.

Pesh jogou a cabeça para trás e gargalhou.

– Só você para dizer algo assim.

– Ei, é verdade.

A música terminou e Pesh a escoltou de volta para a mesa. Após a família de Pesh terminar com as bênçãos, o jantar foi servido.

Megan não conseguia acreditar na quantidade de comida que passava por ela. Ela perdeu a conta de quantos pratos provou da deliciosa comida indiana. Quando a sobremesa chegou, ela estava tão cheia que não conseguia provar nada.

– Vamos circular – ela sugeriu a Pesh que também não queria sobremesa.

– Parece ótimo – ele disse, levantando-se.

Eles passaram por muitas mesas de família e amigos. Megan foi apresentada a tantos familiares de Pesh que ela teve certeza de que nunca se lembraria de todos. Quando eles finalmente chegaram à mesa dos Fitzgerald, com seus pais, tios e tias, ela se alegrou quando Pesh se sentou em frente à Emma e Aidan.

Depois de um tempo, Emma perguntou a Aidan:

– Acha que Noah está bem?

Aidan sorriu.

– Tenho certeza de que ele está bem, amor. A babá foi muito bem recomendada.

Embora Emma tenha assentido, Megan não estava convencida. Mason e Noah estavam em um quarto do hotel com babás de fora da família pela primeira vez na vida. Megan compartilhava um pouco da apreensão de Emma, mas quando ela deixou Mason na suíte ele pareceu ficar bem com a mulher que eles contrataram.

– Acho que vou dar uma espiada para me assegurar que ela conseguiu fazê-lo dormir – Emma disse, levantando-se da cadeira.

– Você precisa se sentar. Você não estava se sentindo bem quando descemos.

Emma lançou-lhe um olhar mortal.

– Obrigada por dizer isso na frente de Pesh e Megan.

Aidan sorriu, envergonhado.

– Desculpem. Espero que eu não tenha arruinado sua festa maravilhosa ao dizer que Emma, grávida de nove meses, não está se sentindo ótima.

Megan riu e Pesh balançou a cabeça.

– Emma, se você quiser subir e descansar, nós não ficaremos magoados. Eu me lembro do quanto essa fase é cansativa – Megan disse.

– Não, eu estou bem. Quero ficar – Emma respondeu. Quando Aidan fez um sinal para ela se sentar, ela continuou: – Tenho que ir ao banheiro.

– Quer que eu vá dar uma olhada em Noah?

Emma suspirou.

– Acho que ele está bem ou a babá já teria me mandado uma mensagem. Só estou sendo superprotetora.

Aidan lhe deu um beijo rápido.

– Amo você, querida.

Ela sorriu.

– Também amo você.

Após a saída de Emma para ir ao banheiro, Aidan começou a falar com Pesh sobre uma história maluca do trabalho, que fez Pesh se dobrar de tanto rir.

Quando Emma retornou, ela não se sentou. Em vez disso, permaneceu em pé e inquieta.

– Aidan – ela disse com a voz tensa.

Megan notou que Emma estava pálida.

– Um segundo, amor. – Aidan ergueu o dedo. – Só preciso terminar de contar essa história a Pesh.

– Mas minha bolsa estourou.

– Ah, eu compro outra – ele respondeu sem tirar os olhos de Pesh.

Se a situação não fosse tensa, Megan teria gargalhado com a gafe de Aidan.

Pesh se levantou.

– Hum, Aidan, eu acho...

Ele não teve tempo de terminar, porque Emma jogou um copo de água em Aidan, que se virou para olhá-la.

– Mas que merda, Em.

– Minha. Bolsa. Estourou – ela murmurou entre os dentes.

– Ah, merda – ele respondeu depois de jogar o guardanapo sobre a mesa. – Ok, está tudo bem. Não há necessidade para pânico. Não estamos longe do hospital...

– Estamos a vinte minutos – Emma argumentou.

Aidan pousou as mãos nos ombros dela.

– Tudo ficará bem, amor. Eu prometo.

Emma bufou ao ouvir as palavras e depois sua expressão suavizou.

– Tudo bem.

Aidan sorriu e se virou para Pesh e Megan.

– Odeio sair assim, mas parece que a pequena Caroline resolveu roubar as atenções da noite.

Megan se levantou.

– Não se preocupe com isso. Como ela está uma semana atrasada, eu a deixarei ter esse momento sem a acusar de querer roubar o brilho da minha noite.

– Há algo que podemos fazer? – Pesh perguntou.

Enquanto Aidan negava com a cabeça, Emma respondeu:

– Só cuidem do Noah.

Angie se levantou.

– Vou checá-lo agora mesmo.

Emma sorriu.

– Obrigada.

Aidan pegou um molho de chaves no bolso e atirou para Pesh.

– Como eu vim direto do trabalho, Em e eu viemos em carros separados. Quem for passar a noite com Noah, fique com nosso carro para levá-lo ao hospital amanhã.

Pesh assentiu e Megan disse:

– Bem pensado. Não sei se minha mãe ficará com ele ou Becky. – Megan viu que Emma continuava apreensiva e soube que não era apenas por Noah. – Tudo dará certo. Prometo.

– Tudo bem – ela respondeu, um pouco relutante.

Passando o braço pela cintura de Emma, Aidan disse:

– Vamos, amor. Precisamos ir.

Ao sentir a mão de Pesh em suas costas, Megan olhou para ele.

– Noite empolgante para eles, hein?

– Sim, é.

– E se eu o levasse para mais uma rodada na pista de dança?

– Eu adoraria.

Uma canção romântica indiana ecoou pelos alto-falantes e Megan envolveu o pescoço de Pesh. Dessa vez ele não quis dançar tão formal como em Savannah, então tocou sua cintura e a puxou para perto dele. Fechando os olhos, ela descansou a cabeça em seu peito, amando a batida do coração sob sua pele.

Quando a música terminou, eles não se mexeram. Apenas esperaram por mais outra. Felizmente, era lenta também. Momentos depois, ela sentiu alguém dar um puxão em sua saia. Olhando para baixo, ela viu Georgie olhando para ela.

– O que está fazendo, querido? – ela perguntou.

Ele olhou para os dois lados antes de responder:

– Minha mãe me disse para não deixar ninguém ver eu dizer que ela precisa de você em seu quarto.

– Tudo bem. Para quê?

– Noah está ficando doido por querer tia Emma e ela acha que só você pode acalmá-lo.

– Ah, entendi.

Quando ela olhou novamente para Pesh, ele sorriu.

– Não precisa se desculpar. Vá ver se pode ajudar.

Ela deu-lhe um beijo nos lábios.

– Obrigada por ser tão maravilhoso em cada momento do dia.

Seu polegar acariciou sua bochecha.

– De nada, meu amor.

– Voltarei assim que puder.

– Eu a esperarei.

Pegando a mão de Georgie, ela deixou o salão. Depois de subir em um dos elevadores até o sexto andar, ela deixou que Georgie mostrasse o caminho. Ele parou na metade do corredor e bateu à porta. Naquela hora, ela já não tinha mais dúvida de onde Noah estava. Ela podia ouvir seus gritos. Quando Becky abriu a porta, ela acenou para que Megan entrasse.

– Os outros não queriam que eu a atrapalhasse, mas nós passamos a última hora tentando fazê-lo se acalmar e ele simplesmente não para.

Megan achou a cena cômica. Sua mãe e duas de suas tias, Julia e Liz, estavam ao redor da cama. Cercando um descontrolado Noah, que estava visivelmente caindo de sono, no meio do colchão. Suas bochechas estavam manchadas pelas lágrimas e sua face estava vermelha de tanto chorar.

– O que houve? – Megan perguntou.

Todas se viraram para olhar para ela.

– Nada. Está tudo bem. Volte para sua festa – Angie disse, por cima dos berros do Noah.

– Hum, acho que não está nada bem. Pelo menos, ele não está bem.

Liz passou a mão pelo rosto.

– Ele surtou no momento em que Emma deixou o hotel. Acordou gritando por sua mãe. A pobre babá aguentou o quanto pôde até nos chamar.

– Pobrezinho – Megan disse, passando por sua tia para pegá-lo no colo. Como ele passava muito tempo com ela, Noah esticou os bracinhos, feliz por abraçá-la. – Ei, querido, você tem que parar de chorar.

Ele estava puxando o ar com tanta força que um grande soluço escapou de seu peito.

– *Mama*, quero *mama* – ele pediu, manhoso.

Megan o apertou contra o peito.

– Eu sei, querido, mas ela está no hospital para ter sua irmãzinha. – A resposta não o satisfez. Ele inspirou profundamente e recomeçou a chorar. Ela sorriu para ele. – Quer descer para a festa? – Ele pareceu pensativo. – Pesh está lá embaixo. Quer ficar com ele?

– Esh?

Megan riu.

– Sim, ele está lá embaixo.

– Ver Esh – ele disse, balançando os pés para que ela começasse a andar.

– Me dê. Vou levá-lo – sua mãe sugeriu, estendendo as mãos para Noah.

Ele gritou e grudou seus braços em Megan.

– Acho que ele quer ficar comigo.

– Mas é sua festa de noivado – Julia protestou.

– Sim, e estive curtindo nas últimas quatro horas. Não acho que cuidar dele irá me atrapalhar. – Antes de sair, ela perguntou: – Mason está bem?

A mãe assentiu.

– Graças a Deus ele está no fim do corredor. Ou teríamos duas crianças acordadas às 23h.

Megan riu e saiu. Seu colar e sari enfeitado atraíam a atenção de Noah.

– Bonito, né? – ela perguntou ao pegarem o elevador.

– Oooh, *ibito* – ele imitou.

Quando chegaram ao salão, Pesh estava sentado à mesa deles, conversando com alguns de seus colegas. No momento em que Noah o viu, estendeu os bracinhos.

– Olá, pequenino. Você estava chorando porque queria vir à festa? – Noah sorriu por trás da chupeta. – Ele parece muito com Aidan, não parece?

– Sim, parece. Tenho certeza de que ele vai tirar vantagem desse sorriso quando for mais velho, assim como seu pai faz. – Ela se sentou na cadeira ao lado dele.

Após cuspir a chupeta, Noah perguntou:

– Papai?

– Opa... Eu não devia ter falado isso – ela murmurou.

– Meu papai?

– Ele está no hospital com a mamãe. Nós o levaremos lá pela manhã – ela respondeu.

A declaração fez o lábio de Noah tremer. Antes que ele pudesse recomeçar a chorar, Pesh se levantou.

– Vamos dar uma olhada nessa linda decoração.

Megan sorriu ao ver Pesh caminhar com Noah pelo salão. Seu coração se aqueceu com sua consideração. Ela não podia acreditar que um dia já lutara contra esses sentimentos. Não havia melhor homem no mundo e o fato dele amá-la era um verdadeiro milagre.

Quando Pesh voltou, Noah tinha adormecido. Ele sentou-se com cuidado ao lado dela.

– Aqui – ela sugeriu, tirando seu manto brilhante para que ele usasse como um cobertor.

– Já disse o quanto amei você usando sari? – Pesh perguntou, com um brilho malicioso em seus olhos.

Ela olhou para baixo para ver seus seios volumosos no top e o abdômen agora completamente exposto.

– Usarei mais vezes para você.

– Adoraria.

Quando o telefone dela tocou, ela se inclinou para pegá-lo na mesa.

– Ah, meu Deus!

– O que foi? – Pesh perguntou.

– Era Aidan. A bebê já nasceu.

– Considerando que é o segundo bebê, isso não é uma surpresa.

– Tenho que contar para minha mãe e tias.

– Vá lá. Ficaremos bem.

Megan sorriu por ver Noah ressonando contra o peito de Pesh.

– Já volto.

Ela foi até sua família.

– Era Aidan. Caroline já nasceu.

Uma comoção tomou a mesa.

– Emma está bem? – Becky perguntou.

– Ele disse que a mãe e a bebê estão ótimas.

Julia sorriu.

– Aidan com uma filha. Isso será divertido.

Todas riram.

– É verdade – Megan disse.

Becky olhou para o grupo.

– Por que não vamos vê-los? O hospital não é longe daqui.

– Acho ótimo. Quero ver Aidan cuidando de uma bebezinha.

– Eu queria ter estado lá na hora em que ela nasceu. A cara do Aidan deve ter sido ótima.

– Aposto que chorou – Angie disse, com um sorriso.

As tias começaram a pegar suas bolsas e dizer para os maridos onde estavam indo, quando Megan disse:

– Eu quero ir também. – Antes que elas pudessem discutir, ela continuou: – Está tarde. A festa já acabou praticamente e ainda há mais duas daqui duas semanas na casa dos parentes de Pesh. Eu quero ver a mais nova bebê Fitzgerald.

Sua mãe franziu o cenho.

– Tem certeza?

– Completamente.

– Tudo bem. Vá avisar Pesh e nós a encontraremos lá na frente.

Ela sorriu e voltou para sua mesa.

– Minha mãe e minhas tias vão ao hospital ver Aidan e Emma.

– Você quer ir também?

Seu coração se aqueceu por ele já saber o que ela desejava fazer.

– Você se importa?

– Claro que não. Posso ir também ou será uma festa privada para mulheres?

Ela riu.

– Sim, você pode ir.

Pesh olhou para Noah.

– Ele vai querer ver a mãe.

– Ah, sim. Não pensei em ir sem ele.

Pesh se levantou e Noah se mexeu, mas não acordou.

– Pegue a chave do Aidan no meu bolso.

Ela enfiou a mão em seu bolso e acidentalmente tocou seu pênis, fazendo-o pular.

– Desculpe – ela respondeu e pegou as chaves.

– Sem problema – ele respondeu entre os dentes.

Eles se despediram dos pais de Pesh e outros familiares restantes e foram para o saguão.

Após entregarem ao valet as chaves de Aidan, eles esperaram pelo carro. Quando Megan olhou para seu reflexo nas portas do hotel, ela se assustou.

– O que foi? – Pesh inquiriu.

– As joias! Não posso ir ao hospital com essas joias caras! – ela exclamou, tirando os brincos e tentando tirar o colar. – Vou correr para entregar para sua mãe.

– Se você insiste – Pesh respondeu.

Ela tirou os sapatos para poder correr e deu as joias para a primeira pessoa da família de Pesh que encontrou, que infelizmente era Dev.

– Pode entregá-las para sua mãe? Tenho que ir ao hospital.

Seus olhos se arregalaram ao pegar as joias dela.

– Você está bem?

– Estou bem. Uma priminha acaba de nascer. Não deixe nada acontecer as joias, ok?

Dev riu.

– Sim, vou entregá-las agora. A última coisa de que preciso é ser o cara que perdeu as joias da família. – Com uma piscada, acrescentou: – Eles pegariam as minhas.

Megan riu e acenou antes de correr. Quando chegou lá, o carro já estava estacionado. Noah começou a se mexer no colo de Pesh.

– Adivinhe onde vamos? – Pesh perguntou, antes que ele começasse a chorar.

– Mama?

Pesh sorriu.

– Sim, vamos levá-lo para sua mãe, seu pai e sua nova irmãzinha.

A expressão de Noah se iluminou e ele deixou que o prendessem à cadeirinha de segurança.

Seguindo o carro da mãe de Megan, eles fizeram a viagem quase em uma caravana. Ao chegarem no hospital, Pesh deu a volta para abrir a porta para ela.

– Vou estacionar e levarei Noah.

– Tudo bem. Eu os vejo lá.

Quando ela chegou à maternidade, havia um grupo esperando por ela, incluindo o melhor amigo de Emma, Connor.

– Casey não se sentiu bem para vir? – Megan perguntou, ao abraçá-lo. Casey estava com apenas algumas semanas a menos gravidez. Também esperando uma menininha.

Ele riu.

– Ah, ela está muito bem. Está em trabalho de parto. Parece que Caroline e Olivia serão melhores amigas que nasceram quase no mesmo dia.

Megan sorriu.

– Que notícia maravilhosa.

Connor franziu o nariz.

– Acho que Casey apreciaria muito uma epidural. Ela não estava muito feliz na última vez que a vi.

– Ah, sim, eu lembro da sensação.

O telefone de Megan tocou e ela leu a mensagem de texto.

– Aidan disse que podemos ir – ela disse às tias.

O grupo passou pela porta e pelo corredor. Ao chegarem em frente ao quarto de Emma, Angie bateu à porta. Em segundos, Aidan apareceu.

– Ei, pessoal – ele disse, com um sorriso radiante. – A enfermeira está checando Emma, me deem só um segundo. – Ele desapareceu atrás da porta e voltou momentos depois. Dessa vez ele carregava um pacotinho enrolado em um cobertor cor-de-rosa. – Aqui está ela, Srta. Caroline Elizabeth Fitzgerald.

Uma coleção de "oohs" e "aahs" tomou o grupo enquanto Aidan segurava Caroline de modo que elas pudessem vê-la melhor. Ela não parecia muito interessada ou impressionada. Ela bocejou e fechou os olhos.

– Ela é muito linda – Megan disse.

– É mesmo – Aidan murmurou.

– Aí está. Eu vi uma lágrima – Becky provocou.

Aidan revirou os olhos.

– Deixe-me adivinhar. Há uma aposta para saber se chorei ou não?

Liz deu um tapinha em suas costas.

– Algo assim.

Pesh surgiu e no momento que Noah viu seu pai, ele deu chutinhos querendo descer. Assim que se viu no chão, ele correu para Aidan e segurou sua perna.

– Ei, garoto. Você quer conhecer sua irmã?

Abaixando, Aidan segurou Caroline para que Noah pudesse dar uma boa olhada nela.

– Mama ganho bebê? – ele perguntou, fazendo Aidan rir.

– Sim, essa é sua irmãzinha Caroline.

Noah olhou sua irmãzinha e franziu um pouco a testa, como se estivesse tentando entender. Megan queria saber o que se passava por sua mente nesse momento. Ele passou os últimos dezesseis meses sendo o centro do mundo para os pais e agora teria alguém para dividir as atenções.

Quando Caroline esfregou o rosto e choramingou, Noah tocou seu braço.

– *Num choia*, bebê.

– Awn, ele será um bom irmão mais velho – Angie apontou.

Aidan riu.

– Sim, ele ficará bem até que Caroline precise de Emma. Então ele estará pronto para vendê-la aos ciganos.

A enfermeira saiu do quarto de Emma.

– Vocês podem ir agora – ele disse, mas ao ver a quantidade de pessoas, acrescentou: – Bem, alguns de vocês poderão.

Levantando-se do chão, Aidan pegou a mão de Noah.

– Vamos lá, garoto. Mama quer ver você.

Noah nem esperou Aidan e entrou correndo no quarto.

– Mama! Mama! – ele gritou.

Megan sorriu ao vê-lo escalar a cama de Emma.

– Aqui está meu bebezinho! – Emma exclamou com a voz rouca, enchendo suas bochechas de beijos. Ele se aconchegou à Emma.

– Venha, Meggie. Você e Pesh vêm primeiro – Aidan disse.

Megan pegou a mão de Pesh e o seguiu.

– Desculpe por arruinar sua festa de noivado – Emma disse.

– Você não arruinou nossa noite – Pesh assegurou.

– É verdade. Continuamos festejando sem que nos incomodasse – Megan provocou.

Emma riu.

– Fico feliz de ouvir isso.

Megan sorriu e apontou com o queixo para Aidan, que havia se sentado com Caroline.

– Parabéns pela linda menininha.

– Obrigada – Emma respondeu, com um sorriso radiante.

– Está se sentindo bem? – Pesh perguntou.

– Foi um pouco mais fácil dessa vez – Emma respondeu. – E dessa vez não tive que me preocupar que Aidan não fosse chegar.

Aidan riu.

– Não, você ficou gritando comigo para dirigir mais rápido porque você não queria ter nossa filha no meio da interestadual.

As bochechas de Emma coraram.

– Acho que eu estava um pouquinho em pânico.

Pesh pegou a mão de Megan e apertou.

– É melhor irmos e deixarmos os outros terem sua vez – ele disse.

– Quer que levemos Noah conosco?

Considerando que ele estava grudado em sua mão, Megan não estava muito ansiosa para tirá-lo. Emma olhou para o filho com o amor queimando em seus olhos.

– Não, acho que vamos deixá-lo ficar conosco um pouco mais. Acho que pedirei para Connor o levar para casa. Ele estará aqui até Casey ter a bebê.

– Tem certeza de que não precisa descansar? – Megan respondeu.

– Ah, vou deixá-lo com Aidan e dormir um pouco até que Caroline precise de mim – Emma respondeu, com um sorriso.

Aidan não discutiu com ela. Ele parecia perfeitamente feliz em perder o sono cercado por sua esposa e filhos. Após trocarem beijos e abraços, ela e Pesh saíram para o corredor e deixaram o próximo grupo entrar.

Enquanto eles andavam pelo corredor de mãos dadas, Pesh se virou para ela e sorriu.

– Sabe, nunca pensei que chegaria o dia em que sentiria inveja de Aidan outra vez.

– O que quer dizer?

Ele deu um pesado suspiro.

– Vê-lo com seus filhos, me deixa com inveja. Espero que um dia seja você com meu filho nos braços.

– Ah – ela murmurou.

Se eles teriam ou não filhos juntos nunca havia sido discutido. Era quase certeza de que teriam, mas nunca conversaram sobre quando nem quantos. Ele era realmente o pai que Mason nunca teve.

– Me dê um ano – ela disse, suavemente.

Ele franziu as sobrancelhas, confuso.

– O quê?

– Quero um ano para vivermos felizes depois do casamento antes de tentarmos ter filhos.

– Mas aí serei pai muito velho – ele protestou.

– Você estará ótimo. Você está muito bem para a sua idade.

Ele gargalhou.

– Só não quero estar usando um andador quando ele ou ela se formar no colegial.

Ela deu um tapinha em seu braço.

– Um ano não fará tanta diferença.

– Certo. Você venceu. Esperaremos um ano.

As portas do elevador abriram e eles entraram. Olhando para ela, Pesh disse:

– Eu não poderia ter escolhido uma mulher mais maravilhosa para ser a mãe dos meus filhos.

– É, tenho que concordar que você escolheu bem, Nadeen. Muito bem – ela provocou.

Ele tocou seu rosto e deu um beijo demorado que calou suas piadinhas. Quando ele se afastou, ela sorriu.

– Continue me beijando assim e posso decidir demorar ainda mais para ter um bebê. Você faz com que eu queira você, seus lábios e seu pau só para mim pelo tempo que eu puder.

– E eu pensando que meus beijos poderiam deixá-la com vontade de fazer bebês – ele refletiu.

Megan gargalhou.

– Ainda assim. É uma situação em que os dois lados ganham. Então manda ver, Nadeen. Manda. Ver.

Capítulo Vinte e Dois

Dois meses depois

Embora sua barriga protestasse para que abaixasse o garfo, Megan não conseguiu resistir a mais uma mordida de seu delicioso crepe. Ela mastigou de olhos fechados, apreciando a maravilhosa combinação de morango com chocolate dançando em suas papilas gustativas.

– Bom? – uma voz perguntou do outro lado da mesa.

Ela abriu os olhos para Pesh, seu marido havia três dias. Ele sorria ao segurar seu cappuccino.

– Orgasmicamente bom – ela respondeu.

– Fico feliz que esteja gostando.

– Vou engordar enquanto estivermos aqui – ela respondeu, limpando a boca com um guardanapo e suspirando de puro contentamento.

Olhando para o pequeno café parisiense, ela lutou contra o desejo de se beliscar. Estava em Paris em sua lua de mel? Quando Pesh lhe perguntou onde queria ir, só havia um lugar. Embora fosse clichê para uma lua de mel, ela sempre quis conhecer a cidade. E como estava casada com um homem que amava mimá-la, Pesh agendou uma semana para eles no Hotel Plana Athenee. Ele escolheu o hotel não apenas pela visão maravilhosa da Torre Eiffel, mas também porque foi onde Carrie Bradshaw ficou quando foi para Paris. Pesh entendia muito bem o amor de Megan por *Sex and the City*.

Eles passaram o primeiro dia na cidade dentro do quarto do hotel. Uma combinação de cansaço pelo fuso horário e luxúria que os manteve nus na cama. Hoje eles saíram do quarto para passear.

– Está pronta para voltar ao hotel? – ele perguntou.

– Talvez – ela respondeu, com um sorriso provocante. – Está cansado e quer descansar?

Desejo brilhou nos olhos de Pesh.

– Não, não quero descansar. Quero que use o que comprou esta manhã.

Ela admirou a sacola preta e cor-de-rosa a seus pés. Parte do passeio envolveu compras e ela comprou lingerie muito provocante. Mesmo adorando o dia na cidade, ela queria vestir a peça de roupa e voltar para a cama com Pesh.

– Vamos – ela disse.

Pesh não precisava de mais nada. Pegou a carteira no bolso e colocou alguns euros sobre a mesa, depois pulou da cadeira. Ela pegou a bolsa e sacolas e seguiu com ele, cruzando a porta para a luz do sol.

Ao passar pelas lindas flores coloridas do lado de fora do café, ela foi transportada ao dia de seu casamento. Foi um dia perfeito que ela dividiu com Pesh no jardim do avô. Para ela, ele nunca esteve mais lindo. Usava um terno preto que se adequava a seu corpo como uma segunda pele.

Como Emma era expert em organizar festas, Megan a chamou para ajudar no casamento. Mesmo com a recém-nascida Caroline, Emma foi além das expectativas de Megan. Lágrimas encheram seus olhos ao avistar o jardim pronto quando de braços dados com o pai ela seguiu para a cerimônia.

Cadeiras brancas forradas com seda azul foram colocadas em linha e uma tenda foi montada sobre o altar. Próximas às cadeiras, velas acesas permeavam por todo corredor da entrada até o altar. Emma, Casey e duas de suas melhores amigas de infância estavam no altar vestidas de madrinhas. Pesh estava acompanhado dos irmãos e de Aidan, que usavam coletes azuis sob o terno. Um quarteto de cordas tocou a marcha nupcial anunciando sua chegada.

Ela nunca se esqueceria da sensação de caminhar até o altar para se reunir a Pesh. Ele a olhava com adoração e ela se sentiu uma princesa, como sempre quis se sentir em seu dia de casamento. Seu vestido era quase igual ao que uma princesa da Disney usaria: uma longa cauda, com a saia muito volumosa e o corpete incrustado de pérolas e lantejoulas, além de uma tiara brilhante que segurava seu véu.

O mundo inteiro pareceu evaporar quando Pesh olhou para ela e pegou sua mão e Megan se focou apenas nele. Ela mal ouviu as palavras do padre ou a letra da música que Emma cantou. Ela apenas encarou seu futuro marido – o homem que a fez acreditar no romance e em amor verdadeiro.

Ela estava tão mergulhada em lembranças de seu casamento que tropeçou em uma mulher.

– Desculpe – ela pediu.

A mulher fez uma careta e a xingou em francês. Quer dizer, Megan imaginou que ela estivesse xingando, já que não conhecia o idioma.

– O que há em sua cabecinha? – Pesh perguntou, com um sorriso.

– Pensando no dia do casamento – ela respondeu.

O sorriso de Pesh aumentou e, no meio da rua, ele parou para beijá-la. Embora o beijo fosse mais singelo e cheio de amor do que de luxúria, ele continuava a promessa do que viria mais tarde. E terminou mais rápido do que ela gostaria.

– Vamos correr – ele disse.

Ela deu uma risadinha antes de começar a correr até o hotel. Ele seguiu seu exemplo. Ao passarem pelas portas giratórias estavam ambos sem ar. Como duas crianças travessas eles correram até os elevadores. Assim que entraram, jogaram-se nos braços um do outro. A porta se abriu e eles saíram o mais rápido possível em direção à sua suíte.

Quando fechou a porta atrás de si, Pesh a puxou, depositando um beijo demorado em seus lábios. Enquanto ele invadia sua boca, sua língua dardejava, provocando-a. Ela sentiu o desejo evidente dele se chocando contra seu abdômen e parou o beijo. Ele gemeu e ela disse:

– Ainda não. Preciso me trocar.

– Fica para próxima vez – ele murmurou.

Saindo de seus braços, ela sorriu.

– Eu voltarei em um segundo. Fique pronto.

Ela riu e praticamente fugiu para o banheiro, fechou a porta e vasculhou a sacola. Ao decidir o que vestir, despiu-se e pegou a lingerie. O busto justo era preto com fitas cor-de-rosa que formavam um design intrincado. Ele deixava os seios mais erguidos, fazendo-a parecer ter mais busto do que realmente tinha. A calcinha preta e cor-de-rosa era delicada e praticamente transparente. Além disso ela vestiu uma meia calça preta que tinha ligas cor-de-rosa nas coxas. Ao ajeitar os cabelos, ela não conseguia parar de se olhar no espelho. Ela estava sexy demais e esperava que isso agradasse Pesh. Bem, ela sabia que agradaria Pesh. Ele tinha um desejo voraz por ela e ela era muito feliz por isso. Ele não era o cavalheiro educado que ela pensara na primeira vez em que o conheceu.

Megan abriu a porta do banheiro. Do outro lado do quarto, Pesh olhava pela janela, vestindo apenas uma cueca boxer. Quando ela limpou a garganta, ele se virou para olhá-la. Vagarosamente ela começou a andar sem tirar os olhos dele. Um arrepio a atravessou enquanto ele observava cada movimento seu. Quando ela finalmente parou em frente a ele, ele demorou apenas um segundo para pegá-la. Suas mãos puxaram-na pela cintura e sua boca cobriu a dela em um beijo intenso enquanto ele encaixava sua virilha entre as pernas dela.

Sem ar, ela se afastou para mirá-lo.

– Isso quer dizer que gostou da lingerie?

– Ah, sim, gostei. Acho que teremos que voltar e comprar mais algumas.

Ela riu.

– Mais compras? Não me ouvirá dizendo não a isso.

Inclinando-se, ele a pegou no colo e gentilmente a depositou sobre o colchão. Conforme ele deitou por cima dela, seu batimento cardíaco aumentou em antecipação às delícias sexuais que experimentaria.

Pegando nas fitas do corpete, ele desnudou seus seios e sua boca cobriu um mamilo, soprando ar quente na pele fria e fazendo-o se enrugar sob a língua dardejante.

– Hum – ela murmurou, passando os dedos por seus cabelos.

Fazendo círculos com a língua em volta do mamilo, Pesh continuou provocando-a. Arqueando as costas, ela puxou seus cabelos, desejando dar a ele um melhor acesso para que tomasse o mamilo em sua boca. Finalmente, ele a satisfez, sugando-o mais forte. Enquanto ele dava atenção oral a um seio, sua mão acariciava o outro. Megan se tocava, sentindo o calor e a umidificação entre as pernas.

A fricção a ajudava um pouco, mas ela queria os dedos, língua e pau de Pesh mais do que qualquer coisa.

Sobre o tecido da lingerie, Pesh beijou seu abdômen. Bem quando ele alcançou a área entre as pernas, ele desviou e começou a beijar e lamber a pele exposta da coxa. Ela gemeu em protesto.

Ele olhou para ela e sorriu, provocante.

– Quer que eu beije em outro lugar?

Erguendo os quadris, ela respondeu:

– Você sabe o que eu quero. Onde eu quero tudo seu.

– Paciência, meu amor.

– Ah, sério? – ela resmungou.

Em um segundo ela estava longe dele. Surpresa preencheu o rosto de Pesh enquanto ela se virava e o montava. Arranhando seu peito com as unhas, ela só parou ao chegar ao limite da cueca.

Ele prendeu o fôlego e ela levou as mãos para suas coxas, tocando a pele exposta até seu pau. Ele ergueu o quadril, fazendo-a sorrir.

– Ah, você quer que eu o toque em outro lugar?

Com um gemido, ele a ergueu pela bunda, fazendo-a ficar de joelhos. Ele deslizou pelo colchão até que sua boca chegasse à virilha dela. Sua língua a tocou, deslizando pelo tecido fino da calcinha. Ela puxou o ar quando ele esticou a língua e tocou o clitóris. Mesmo através do tecido, isso a deixou pegando fogo. Então ele acrescentou mais pressão e ela começou a empurrar seu quadril contra o rosto dele. Ela fechou os olhos, concentrando-se em sentir a língua. Quando ele se afastou, ela gemeu. Ele a beijou nas coxas outra vez.

Bem quando ele cravou os dentes em uma das ligas da cinta, o telefone de Megan começou a tocar o toque de Mason. Pesh gemeu pela interrupção, mas imediatamente soltou-a.

– Desculpa. É hora de dormir. Tenho que ligar – Megan disse, saindo da cama.

– Está tudo bem, meu amor. Eu sou paciente, você que não é – ele respondeu, com um sorriso.

Ela revirou os olhos e pegou o telefone no criado-mudo.

– Ei, bebê – ela disse, tentando recuperar o fôlego.

– Oi, mamãe. Sinto saudade.

Seu coração se aqueceu ao ouvir a voz fina enquanto uma dor preenchia seu peito.

– Ah, eu sinto saudade também, menino lindo. Está sendo bom para a vovó?

– Uhum. Passeei com Noah hoje.

– É verdade. E se divertiu?

– Aham, mas *Caioline choro.*

Megan riu ao ouvir sobre a mais nova Fitzgerald.

– Aposto que sim. Ela é um bebêzinho e eles gostam de chorar. Você chorava bastante quando tinha a idade dela.

– Onde está o papai?

Olhando para Pesh, Megan sorriu.

– Ele está aqui. Quer falar com ele?

– Uhum.

Megan passou o telefone a Pesh.

Enquanto Mason falava com Pesh, Megan não conseguiu evitar de lembrar no quanto ele estava feliz no dia de seu casamento. Ele havia levado as alianças tão perfeitamente. Todos comentaram o quanto ele estava lindo em seu terninho e como ele parecia com ela. Ele estava tão feliz por ter um pai e fazer parte de uma família. Ele não parecia se importar em mudar da casa dos avós para a casa de Pesh. Claro, Pesh fora atencioso em ter um filhote de labrador preto, exatamente como Beau, esperando por Mason em seu novo quarto. Ele gritou tão alto que Megan achou que seus tímpanos estourariam.

– Ah, Beau Dois fez xixi no tapete da vovó, é? – Pesh perguntou, lançando um olhar de "oh, merda" para Megan.

Enquanto eles estavam fora, Angie era responsável por Mason e pelo filhote, que Mason tinha apropriadamente chamado de Beau Dois, como seu primeiro amor Beau. Megan imaginava como sua mãe estaria com seus tapetes sendo batizados com xixi.

– Ok, é bom você ir para cama agora. Mamãe e eu estamos com muita saudade. Vamos levar muitos presentes. – Ao ouvir a resposta de Mason, os olhos de Pesh se umedeceram. – Eu amo você também, garoto – ele respondeu, com a voz sufocada. – Diga boa noite à mamãe – ele disse, passando o telefone para Megan.

Pesh pareceu tímido enquanto limpava as lágrimas do rosto.

– Boa noite, mamãe! – Mason disse.

– Boa noite, bebê. Tenha bons sonhos. Eu conversarei com você amanhã.

– Tá bom. Amo você.

Ela sorriu.

– Amo você também.

Depois de Megan desligar, ela continuou com o telefone no ouvido, como se isso a aproximasse de Mason. Pesh a tocou.

– Ele é adorável, não é? – ele perguntou.

– Sim, ele é – ela murmurou.

– Sei que isso faz com que eu pareça mulherzinha, mas cada vez que ele diz que me ama, não consigo evitar de chorar.

Colocando o telefone no criado-mudo, Megan sentou no colo de Pesh.

– Jamais pensarei algo assim de você por se sentir assim com Mason. Me faz amá-lo ainda mais. – Acariciando sua bochecha, ela continuou: – Um homem que não tem medo de mostrar suas emoções ou sua vulnerabilidade é muito sexy.

– Você acha?

– Sim, acho.

Ele sorriu.

– Fico feliz de ouvir isso.

– Onde estávamos?

Olhando para sua virilha, Pesh disse:

– Acho que devemos recomeçar pela minha perspectiva.

Megan tocou sua virilha, acariciando através da calça, para depois enfiar a mão para tocá-lo. Pesh prendeu o fôlego. Sua cabeça reclinou-se sobre a cabeceira enquanto ela começou a massagear sua ereção crescente. Deslizando sobre seu corpo, ela tomou-o com os lábios. Sua língua resvalou por ele. A mão de Pesh afundou-se nos cabelos de Megan. Ela acariciou-o para cima e para baixo algumas vezes antes de tomá-lo na boca outra vez. Os gemidos de Pesh ecoaram pelo quarto.

– Tão bom, amor. Tão bom – ele murmurou.

Quando ele começou a se tencionar, ela o libertou de sua boca.

– Quero você dentro de mim – ela disse, montando-o.

Erguendo-se sobre os joelhos, ela levou as mãos de Pesh à sua calcinha. Ele deslizou-a por suas coxas. De alguma forma, ela a tirou e a jogou no chão.

Deixando o corpete, ela guiou a ereção até sua virilha. Vagarosamente, ela desceu sobre ela, sentindo-se preencher centímetro a centímetro. Quando ele estava totalmente dentro dela, ela sentou-se em seu colo. Erguendo os joelhos, ela colocou os pés na cama. Dessa posição, ela permitia que Pesh a visse completamente enquanto subia e descia sobre ele. A pressão começou a crescer dentro dela e ela intensificou os movimentos. Cada vez mais rápido, o som das peles se chocando ecoava pelo quarto.

Quando Pesh tocou seu clitóris, ela gozou, gemendo. Pesh continuou erguendo os quadris até que também gozou momentos depois.

Tirando uma mecha de cabelos de Megan do rosto, Pesh a encarou, satisfeito.

Ela o beijou, gentilmente.

– Eu amo você, Sr. Nadeen.

– Ama?

Ela balançou a cabeça.

– Eu amo você, seus dedos talentosos, seu pau e todos os maravilhosos orgasmos que você me dá.

Ele explodiu em uma gargalhada.

– Eu me casei com uma garota safada, não casei?

– Sim, você casou.

– Não a quero de outro jeito, meu amor.

Megan sorriu e ele se ajeitou a seu lado, acomodando-a contra seu corpo e encostando a cabeça em seu pescoço.

– Agora descanse – ele disse.

– Sim, você precisa descansar. Vou querer mais de você já já.

A gargalhada dele a encheu de amor e desejo. Com braços fortes a envolvendo, Megan sentiu seus olhos pesando e desabou em sono, satisfeito.

Capítulo Vinte e Três

Dois meses depois

Enquanto eles esperaram ao lado de fora do tribunal, Megan ajustou a gravata azul e branca de Mason pela centésima vez.

– Mamãe, não – ele pediu.

Ela afastou as mãos.

– Sinto muito, querido. Vou deixá-lo em paz.

– *Bigado* – ele respondeu, voltando a jogar em seu tablet.

A verdade era que suas mãos nervosas precisavam fazer algo. Sentindo sua ansiedade, Pesh aproximou-se e pegou sua mão.

– Relaxe. Tudo ficará bem.

Megan queria acreditar nele, mas não conseguia evitar a ansiedade. Ela não conseguiria se acalmar até assinar a papelada. Ela batia os saltos altos nervosamente no chão. O irritante barulho ecoava pelo átrio.

Ao olhar para Pesh e Mason ela sorriu. Os dois homens de sua vida estavam praticamente idênticos em seus ternos azul-marinho e gravatas. Claro que Mason era muito menor que Pesh.

A porta se abriu e um funcionário colocou a cabeça para fora e o coração de Megan disparou muito rápido.

– Megan Nadeen?

Ela se levantou do banco.

– Somos nós. Quer dizer, eu sou Megan Nadeen.

O funcionário sorriu.

– Vocês podem vir.

Inspirando profundamente, Megan pegou a mão de Mason.

– Está na hora, bebê.

Ele sorriu e olhou para Pesh.

– Você será meu pai agora?

Pesh sorriu.

– Sim, serei seu pai de verdade agora.

Eles passaram pelas maciças portas do tribunal. O juiz, em seu manto preto sisudo, olhou para eles.

– Bom dia – ele disse, polidamente.

– B-bom dia – Megan gaguejou.

– Nós estamos aqui hoje para um pedido de adoção do menor Mason Patrick Mackenzie?

– Sim – Megan e Pesh responderam.

– Primeiro, precisamos fazer o juramento – o juiz disse.

Megan passou por todo o procedimento, tentando desesperadamente acalmar os nervos. Quando Pesh conversou com ela sobre a adoção formal de Mason, primeiro ela ficou empolgada e honrada. Mas depois começou a se preocupar sobre Davis permitir ou não que Mason fosse adotado. Embora não tivesse nada com o filho, Davis não demonstrou muito entusiasmo. Quanto mais perto da adoção, mais Megan se preocupava.

– Dr. Nadeen, você quer adotar o menor, filho de sua esposa?

Pesh assentiu, entusiasmado.

– Sim, meritíssimo, eu quero.

– Você e sua esposa estão casados há menos de dois meses e você só a conhece há um ano. – O juiz arrumou os óculos que escorregavam por seu nariz pontudo. – Acredita ser prudente se prender legalmente a essa criança após tão pouco tempo?

Megan se controlou para não caminhar até o juiz e lhe dar um tapa. Precisou inspirar e expirar várias vezes e lutar contra o seu temperamento. Ela olhou para Pesh que apenas sorriu para o juiz.

– Meritíssimo, sei que parece que estou apressando as coisas. Entretanto, nunca tive tanta certeza em minha vida sobre o meu amor por

Megan e meu amor por Mason. Esperei por muito tempo para ser pai e não quero esperar mais nenhum segundo.

– Entendo. – O juiz olhou para o arquivo aberto em frente a ele. – Vejo que o pai biológico não tem contato com o filho.

– É verdade – Megan respondeu.

– Ele inclusive desistiu de seus direitos paternos para que Dr. Nadeen pudesse adotar seu filho.

Megan expirou aliviada por Davis ter assinado a papelada.

– Fico feliz de ouvir isso, meritíssimo – ela disse.

– Você acha que seu marido será um bom pai para seu filho?

– Eu nunca teria namorado e muito menos casado com ele, se não acreditasse que Pesh seria um pai amoroso e bondoso para Mason.

– Então o fato dele ser um médico rico não tem nada a ver com isso?

– Como você se atreve? – Megan gritou. Quando Pesh tocou seu braço para acalmá-la, ela o afastou. – Você nos conhece há dois minutos e faz julgamentos sobre mim, meu marido e meu casamento? Se fosse por dinheiro, eu poderia ter pedido pensão ao pai, considerando que ele é um jogador rico. Mas tenho me sacrificado para sustentar meu filho!

– Sra. Nadeen, aconselho a se controlar ou será presa por desacato – o juiz disse, severo.

Pesh envolve-a pela cintura, trazendo-a para perto dele.

– Calma – ele murmurou.

Embora ela odiasse o que era obrigada a fazer, disse:

– Sinto muito, meritíssimo.

Quando ele sorriu para ela, ela se surpreendeu.

– E eu sinto muito por tê-la provocado, Sra. Nadeen. Muitas vezes uso de métodos não ortodoxos para ver a verdadeira natureza das pessoas que estão diante de mim.

– Quer dizer que você disse aquilo para ver minha reação?

– Sim, eu disse. E você passou no meu teste. Posso ver que você está realmente preocupada com o bem-estar de seu filho.

Ainda impactada pelo comportamento do juiz, Megan murmurou:

– Obrigada.

Olhando para o banco, o juiz focou suas atenções em Mason.

– Filho, você sabe por que está aqui hoje?

– Vou ser *dotado* – Mason respondeu.

O juiz sorriu.

– Sim, você será. Você quer que Pesh seja seu papai?

– Uhum.

– Você quer que alguma outra pessoa seja seu pai?

– Não – Mason respondeu rapidamente, negando com a cabeça.

– Então venha aqui enquanto eu assino a papelada.

Mason correu alegremente até o juiz e subiu em seu colo. Após assinar uma série de papéis, o juiz deu seu martelo a Mason.

– Quando você bater esse martelo, Pesh será oficialmente seu papai e você será Mason Nadeen.

Com um sorriso, Mason baixou o martelo. Lágrimas escorriam pelo rosto de Megan e ela deixou que Pesh a abraçasse.

– Obrigada, obrigada, obrigada – ela murmurou.

– Eu amo você – ele respondeu, dando-lhe um abraço apertado.

– Eu amo você também.

Sua atenção foi desviada para Mason que seguia batendo o martelo. O juiz riu.

– Ok, acho que é suficiente. Por que não vai com o papai e a mamãe agora?

– Diga obrigado ao juiz – Megan instruiu.

– *Bigado* – Mason respondeu antes de deixar o colo do juiz e se reunir a eles.

– Sou *dotado*! Sou *dotado*!

Pesh abaixou-se para pegá-lo no colo.

– É verdade, garoto. Você é meu filho para hoje e sempre.

Megan sorriu e acariciou as costas de Mason enquanto eles saiam do tribunal.

– Vamos até o bisavô. Há uma grande festa para você lá.

O rosto de Mason se iluminou.

– *Sovete*?

– Ah, sim, tem um montão de sorvete só para você.

– Yay! – ele gritou.

***

Quando eles chegaram à casa de Patrick, Megan viu um castelo inflável no jardim. John, Percy e Georgie já estavam fazendo um bom uso dele.

– Emma, a organizadora maluca de festas ataca novamente – ela disse.

Pesh riu ao sair do carro. Ele pegou Mason enquanto ela entrava na casa. Balões e flores enfeitavam a entrada e sala de estar. Sobre o arco na sala de jantar, estava uma faixa gigante com PARABÉNS, MASON escrito nela.

Ao chegar à cozinha, Megan prendeu o fôlego ao vê-la repleta de bandejas com comida.

– Emma Fitzgerald, o que você aprontou? – ela questionou.

Ao ouvir a voz de Megan, Emma sobressaltou-se. Com a mão no peito, ela se virou.

– Tudo bem, talvez eu tenha encontrado um buffet maravilhoso e um castelo inflável lindo. Tudo ridiculamente barato.

Megan cruzou os braços.

– A comida? Pensei que minha mãe e tias tinham cozinhado.

Erguendo a mão, Emma respondeu:

– É só o buffet dos Irmãos Williamson. Nada chique.

– Mais alguma coisa que eu precise saber? Música ao vivo ou alguma celebridade saindo do bolo?

Emma riu.

– Não. É só isso.

Megan observou Emma caminhar pela cozinha, organizando pratos e talheres.

– Hum, há algo que posso fazer? Me sinto mal assim já que essa é a festa de adoção do meu filho – Megan disse.

As bochechas de Emma se tingiram de rosa.

– Desculpa.

Megan abraçou-a e a apertou forte.

– Não se desculpe. Você é maravilhosa por fazer tudo isso.

Emma sorriu.

– Você merece. Estou muito feliz por você, Pesh e Mason.

– Obrigada.

Quando Megan se afastou, Emma disse:

– Ah, há algo que você pode fazer. Diga a Aidan que vamos começar a festa. Ele foi acordar Caroline da sua soneca.

– Claro. Será um prazer. – Megan seguiu pelo corredor e parou em frente ao quarto que Aidan usava quando mais novo.

Pela fresta da porta, ela podia vê-lo andando de um lado para o outro, provavelmente balançando Caroline em seus braços. Ao ouvi-lo cantando, ela segurou uma risada. Ankle era bom em muitas coisas mas não em cantar.

– *Sweet Caroline, dum, dum, dum. Good times never seemed so good* – ele cantarolou fora do tom.

Quando Megan abriu a porta, Aidan pulou.

– Ah, oi – ele disse, corando.

– Nunca pensei que fosse fã do Neil Diamond – ela disse, sorrindo.

– É, bem, Sweet Caroline dá certinho para ela. – Ele limpou a garganta. – O que está fazendo aqui?

– Emma pediu para chamá-lo.

– Ah – ele disse. Caroline começou a resmungar em seus braços, agitando os bracinhos. – Shh, está tudo bem, docinho. Onde eu estava?

– *I've been inclined* – Megan sussurrou a letra da música.

– Certo – ele disse, enquanto Caroline choramingava.

Ele recomeçou a cantar e Megan disse:

– É errado torturá-la assim.

Aidan franziu o cenho para Megan e quando Caroline parou de chorar, ele a olhou triunfante.

– Viu? Ela gosta que eu cante para ela.

– Mas você canta mal – Megan protestou.

Aidan deu de ombros.

– Não importa para ela.

Megan riu.

– Ela tem uma mãe com uma voz maravilhosa e ainda gosta de ouvir você?

Brindando-a com seu sorriso convencido tão característico, Aidan disse:

– O que posso dizer? Todas as mulheres me amam.

Revirando os olhos, Megan disse:

– Dá um tempo.

Olhando para Caroline, Aidan cantarolou:

– Você não tem o mais lindo, gentil e maravilhoso pai do mundo? – Caroline balbuciou e chutou os pezinhos. – Ela é uma garota esperta e sabe o quanto é sortuda.

– Você é terrível – Megan disse, sorrindo.

– Quer segurar minha princesa mais que perfeita?

– Adoraria. – Ela ergueu os braços e ele lhe passou Caroline.

Usando um vestido roxo cheio de babados, Caroline parecia uma bebê modelo. Diferente do loiro avermelhado de Noah, os cabelos dela eram intensamente vermelhos. Ela também havia herdado os olhos verdes da mãe.

– Tenho que concordar que você é uma garota de sorte porque você é igualzinha à sua mãe – Megan disse.

Aidan riu.

– É, ela é uma mini-Emma, não é?

– É, sim. Cara, ela dará um trabalhão quando for adolescente – Megan provocou.

– Eu sei. Pode acreditar, eu sei.

Caroline sorriu para Megan, que não conteve um suspiro.

– Você é uma péssima influência, mocinha. Você me faz querer outro bebê.

– Isso é ruim? – Aidan perguntou.

– Não, é que...

– O quê?

– Eu pedi que Pesh me desse um ano de casamento antes de começar a tentar. Eu sei que ele já está pronto, mas queria passar um tempo com ele. Você sabe, só nós dois.

– É compreensível.

– Mas ao segurá-la... – Megan balançou a cabeça. – Você é má influência, Srta. Caroline.

Aidan riu.

– Nem me diga. Não importa o quanto eu fique com ela e Noah, penso no quanto vou perder quando eles não forem mais bebês. Isso me incomoda tanto que penso em ter mais filhos.

– Sem vasectomia ainda?

Ele sorriu.

– Ainda não. Ainda não é hora. E quanto a você ter mais filhos, você saberá quando for a hora certa. E se há alguém paciente e compreensivo, esse alguém é Pesh.

– É verdade – Megan murmurou.

Mason apareceu na porta.

– Mamãe, quero *sovete*!

Megan riu.

– Muito bem, deixe-me devolver essa má influência para você – ela disse, entregando-lhe o bebê.

Depois pegou Mason pela mão e saiu do quarto.

– Papai disse que posso comer *sovete* primeiro.

– Ele disse? – Megan perguntou, pensando em estrangular Pesh.

– Uhum. Porque fui *dotado* hoje.

Quando ela olhou para Pesh, ergueu as sobrancelhas, fazendo-o corar imediatamente.

– Já o está mimando, certo? – ela perguntou, em voz baixa.

– Não deu para evitar. É um dia especial.

– Uhum... E quando esse dia especial se tornar noite, ele estará cheio de açúcar e superagitado. Aí é você quem lidará com ele.

Pesh sorriu.

– Lidarei. Prometo.

Megan se inclinou para beijá-lo.

– Você é bom demais. Eu sempre tenho que ser a má quando se refere à disciplina.

– Mas você me ama mesmo assim, certo? – ele murmurou, contra seus lábios.

– Tanto que estou começando a reconsiderar nossos planos em começar uma família.

Os olhos de Pesh saltaram ao ouvir a frase e ele precisou de alguns momentos antes de falar.

– Significa muito para mim, mas sei como você se sente. Então serei bom e paciente por mais dez meses antes de confiscar suas pílulas.

– Fechado – ela respondeu, antes de beijá-lo.

EPÍLOGO

Assim que terminou de atender seu último paciente, Pesh praticamente correu para fora da sala de exame. Ele entrou na sala de descanso, tentando manter a cabeça baixa, sem chamar a atenção. Ele queria conseguir sair sem que o chamassem para uma consulta ou que estendessem seu plantão. Ao pegar suas coisas, ele seguiu para o estacionamento.

– Dr. Nadeen! – Kristi chamou.

Internamente, ele xingou.

– Sim – perguntou, ao se virar.

– Você não está indo embora, está? – ela perguntou.

Ele exalou, rendido.

– Eu planejava ir. Alguém precisa que eu o cubra?

Kristi piscou para ele.

– Pensou que eu o prenderia ao hospital, não é?

– Pensei – ele respondeu, rindo aliviado.

Ela sorriu.

– Tenho algo para Megan.

– De verdade, Kristi, você não precisa fazer mais nada por nós.

Balançando a mão, despretensiosamente, ela entregou uma sacolinha rosa a ele.

– Eu insisto.

Depois de olhar em seu interior, Pesh sorriu e abraçou Kristi.

– Obrigado. Tenho certeza de que ela vai amar.

– Diga que sentimos falta dela por aqui.

– Direi.

Ela lhe deu um tapinha nas costas.

– Agora vá para as suas garotas.

Ele assentiu e correu para a porta. Hoje fora seu primeiro dia de trabalho após tirar licença paternidade e mais alguns dias. Ao se sentar em seu carro, ele se sentiu um pouco envergonhado ao se lembrar do quanto estava em lágrimas ao deixar Megan pela manhã. Foi o dia de trabalho mais longo de toda a sua vida. Ele achou que nunca estaria livre para voltar para casa.

Mesmo agora, a corrida de dez minutos até a casa parecia durar uma eternidade. Ele batia os dedos no volante, ansioso. Ele tentou não incomodar Megan com tantas mensagens de textos, mas após a décima, ela disse para ele se acalmar e se focar no trabalho.

Foi por isso que ele nem se incomodou em avisá-la que já estava indo para casa. Ao estacionar, viu o carro de Emma. Ele ficou feliz de saber que Megan não ficou sozinha. Ele entrou pela porta da cozinha e lá estava Emma, no fogão.

– Olá – ele disse, contente.

Girando, ela sorriu, radiante.

– Olá para você também.

– Como estão minhas garotas?

– Bem. Elas dormiram a maior parte do dia.

Pesh assentiu. Percebendo o quanto a casa estava quieta, perguntou:

– Onde está Mason?

– Patrick veio buscar Mason, Noah e Caroline há um tempo. Embora ele me jurou que não estragaria o jantar das crianças, acho que estão tomando sorvete agora mesmo.

Pesh sorriu ao ouvir sobre o filho. Embora ele não fosse seu pai biológico, seus sentimentos por ele eram tão fortes como se o tivesse concebido. Desde o momento que o adotara, ele sentiu que os laços ficaram ainda mais fortes, principalmente ao escrever Mason Nadeen na papelada da pré-escola.

Mais do que tudo, ele apreciava ser pai. Ele teve que esperar por tanto tempo, desejando tanto, que a recompensa era ainda mais doce.

Como Mason adorava baseball, Pesh comprou tíquetes para toda a temporada dos Braves. Mesmo que Pesh não fosse do tipo esportivo, ele ajudava na Liga Infantil em que Mason jogava. Cada vez que ele ouvia Mason dizer "papai" seu coração se aquecia da mesma forma quando Megan dizia "eu amo você".

Pesh olhou para as panelas no fogão.

– Foi muito gentil em ficar com Megan em meu primeiro dia de trabalho, mas certamente não esperava que você cozinhasse.

– É um prazer. De qualquer forma eu mato dois pássaros com uma cajadada só. Alimento sua família e a minha. Aidan virá depois do trabalho.

– Bom. Ficarei feliz em vê-lo.

Ele olhou para a sala de estar e Emma riu.

– Vá lá. Não me importo de ficar sozinha. Quero que vá ver suas meninas.

Ele sorriu.

– Obrigado. Eu senti muita saudade delas hoje.

Após dar um beijo na bochecha de Emma, ele foi até a sala de estar. Ao ver Megan dormindo no sofá, ao lado do cercadinho cor-de-rosa, seu peito se encheu com tanto amor e orgulho que ele sentiu que poderia explodir. Olhando para o cercadinho, ele viu sua filha de cabelos escuros.

Após esperar tanto tempo para ser pai, ele foi abençoado duplamente com o nascimento de gêmeos. Embora Aidan gostasse de dizer que o gene de gerar gêmeos viera de seu lado da família, isso não era verdade. Suas meninas eram gêmeas idênticas, o que não tinha nada a ver com essa história. As duas se pareciam tanto que Megan usava cores diferentes de meias para diferenciá-las.

No início, Megan se apavorou ao descobrir que teria gêmeas, além de Mason, mas Pesh se empolgou. Cada aspecto da gravidez e nascimento fora especial para ele.

Felizmente, Megan foi abençoada com uma ótima saúde, embora tenha sido aconselhada a tirar licença maternidade mais cedo. Depois de seu estágio, ela conseguiu ser aceita no PS do Wellstar, onde às vezes eles tinham o mesmo turno.

As duas chegaram apenas algumas semanas antes da data estimada e ambas saudáveis com mais de dois quilos. Seis semanas depois, elas estavam se desenvolvendo muito bem e eram a maior felicidade de sua vida.

Chupando calmamente sua chupeta, Maya estava de olhos bem abertos, prestando atenção ao seu redor. Ela balançou os braços. Se não tomasse cuidado, bateria em sua irmã. Como Sara continuava dormindo, Pesh se inclinou para pegar Maya. Ele a beijou antes de aconchegá-la a seu peito. Enquanto encarava seu pequeno rosto, ele não podia evitar que o amor o sobrepujasse. Para cada ano de dor que ele tivera, esse momento era a compensação e o fazia se sentir completo. Seu coração estava cheio e ele estava agradecido.

Quando eles descobriram que teriam meninas, ele e Megan decidiram que elas teriam um nome indiano e outro irlandês para representar a herança mista. Maya, que significava princesa e honra em indiano, tinha Katherine como segundo nome, em homenagem à Emma, cujo nome do meio era esse. Sem Emma, ele e Megan nunca teriam se conhecido. Sara, que significava alma, e ganhou o nome do meio de sua mãe, Margaret.

Ouvindo Megan ressonar, ele sorriu.

– Você cansou a mamãe hoje? – ele perguntou à Maya. Ela abriu sua boquinha como se quisesse responder. – Vamos acordá-la.

Após tirar uma longa mecha dos cabelos loiros de Megan do rosto, Pesh se inclinou para beijar sua bochecha. Ela se mexeu e abriu os olhos.

– Ei. – Ela deu um sorriso preguiçoso.

– Olá, meu amor – ele respondeu.

– Como foi seu primeiro dia de volta ao trabalho? – ela perguntou, espreguiçando-se.

Ele fez uma careta.

– Absolutamente horrível.

Megan sorriu e apontou para Maya com o queixo.

– Nós sentimos saudade também. Ela chorou por trinta minutos direto depois que você saiu. Acho que você tem uma perfeita garotinha do papai nas mãos.

– Sério? – ele perguntou, olhando para Maya. Ele não conseguiu conter a onda de calor que se espalhou por seu peito.

Com apenas seis meses suas filhas já mostravam ter personalidades diferentes. Maya era inquisidora e brigava para não dormir, querendo ficar acordada e ver o mundo à sua volta. Ele a pegava muito mais no colo do que Sara, porque Maya deixava Megan exausta. Sara, por outro lado, tinha um temperamento muito calmo e era naturalmente sonolenta. Ela provavelmente representava mais a personalidade calma do pai, enquanto Maya era puro fogos de artifício como a mãe.

Maya o mirava com seus olhos escuros.

– Sentiu minha falta, princesinha? – Um sorriso fugaz surgiu nos lábios dela.

– Ah, meu Deus, ela sorriu para você! – Megan gritou.

– Mas bebês não respondem com sorrisos. É muito cedo. Deve estar com gases ou algo assim – ele argumentou.

Megan cutucou a perna de Pesh com seu joelho.

– Ela com certeza sorriu para você, Pesh. – Ela se levantou do sofá para acariciar a bochecha da filha. – Você sorriu para o papai, não sorriu?

Sem tirar os olhos de Pesh, Maya sorriu outra vez e balançou os punhos. Lágrimas encheram os olhos de Pesh e ele piscou rapidamente tentando afastá-las. Ele não gostava de se sentir emotivo em frente à Megan. Mas ele soube que fora visto quando Megan murmurou:

– Ah, amor. – Ela o envolveu pela cintura e se ergueu na ponta dos pés para acomodar o rosto em seu pescoço. – Você sabe o quanto meu amor cresce por você ao vê-lo chorar só porque sua filha sorriu?

– Mesmo?

– Uhum. – Ela lhe deu um beijo rápido. – Depois do Davis, tudo o que eu quis para meus filhos foi um pai que os amasse. – Ela sorriu. – Você faz esse sonho se tornar realidade todos os dias.

Ele tomou seus lábios. Sua boca se movia freneticamente para ilustrar o que ele sentia – a intensidade do amor que o queimava.

– Eu amo você – ele murmurou, contra seus lábios.

– Eu amo você também.

Bem quando ele recomeçou a beijá-la, eles ouviram uma comoção vinda da cozinha. Megan acariciou o rosto de Pesh e depositou um beijo na cabeça da filha. Depois ela seguiu para a cozinha e Pesh foi com ela. Patrick havia acabado de entrar com as crianças.

– Chegamos! – Mason disse.

Noah, que estava com 3 anos, e sua irmã de 2 anos, Caroline, foram até a mãe. Eles começaram a falar sem parar com Emma, enquanto os corpos se esbarravam cheios de energia.

Pesh olhou-os com divertimento e Emma colocou uma mão na cintura e apontou para Patrick com a outra.

– Você deu sorvete a eles, não deu?

Patrick deu de ombros.

– Eu sou avô. Meu dever é mimá-los.

Emma revirou os olhos.

– E depois você os traz para casa para que eu cuide da questão.

– Mamãe, eu *to* com fome! – Caroline protestou, batendo o pé. Com seus cabelos vermelhos presos em um rabo de cabelo e seus olhos verdes, determinados, que olhavam para a mãe da mesma forma que Aidan fazia.

– Caroline Fitzgerald, você tomou um sorvete e já está agindo como se não tivesse modos. Nós não batemos o pé assim para ter o que queremos.

Ela pareceu pensar por um tempo e depois disse:

– *Pufavor*, mamãe, eu *to* com muita fome.

Emma sorriu.

– Vá se lavar e se sente à mesa na sala de jantar.

– Vamos, pessoal – Mason disse. Com quase 5 anos, ele sempre cuidava dos primos mais novos.

Noah e Caroline o seguiram para o banheiro.

Ajeitando Maya nos braços, Pesh se juntou à Emma no fogão.

– Está cheirando muito bem.

– Obrigada. É a caçarola de frango favorita da Megan. Também tem caçarola de brócolis e queijo, feijões verdes e um pouco de milho, crocante nas pontas, como Megan adora. – Ela sorriu. – Desculpa por não ter comida indiana.

Ele sorriu.

– Eu ficaria surpreso se você tivesse tanta consideração já que você não gosta de comida indiana.

– Você preparou quase um banquete – Patrick disse.

Emma sorriu.

– Fico feliz em fazer isso.

– Está se sentindo bem? – Pesh perguntou, apontando para a barriga enorme dela.

Emma acariciou a barriga com amor antes de responder:

– Acho que essa gravidez foi melhor que as outras. Era para eu estar exausta com um menino de 3 anos e uma menina de dois, mas estou me sentindo muito bem.

Patrick sorriu, radiante.

– Estou muito animado por ter mais um neto para carregar o nome da família. – Com uma piscada, ele acrescentou: – Isso sem mencionar no ótimo nome irlandês que ele terá.

Aidan e Emma descobriram o sexo de seu terceiro filho na semana anterior e decidiram chamá-lo de Connor Liam, que eram dois nomes irlandeses. O melhor amigo de Emma, Connor, ficou muito feliz com a homenagem e eles o chamariam de Liam para não haver confusão. Em quatro meses e meio mais um Fitzgerald se uniria à família.

– E Aidan está se sentindo bem? – Pesh perguntou.

Emma abriu a boca para responder, mas Aidan escolheu bem aquele momento para abrir a porta.

– Eu e minhas recém-eliminadas sementes estamos bem – ele respondeu com um sorriso. Uma semana atrás ele fizera uma vasectomia.

Enquanto Caroline fora uma surpresa, Liam foi programado. Com Emma chegando aos 34, eles pensaram em terminar de completar a família enquanto eram jovens. E com Emma grávida, Aidan achou que era o melhor momento para a vasectomia, porque teriam um tempo de garantia.

– Papai! – Caroline gritou, e veio correndo. O sorriso de Aidan cresceu ainda mais enquanto ele a tomava nos braços.

– Olá, docinho.

Ela beijou suas duas bochechas e se agitou para ir ao chão. Noah correu em seguida, contando a ele tudo sobre o dia que passaram ajudando a cuidar das bebês. Um choro vindo da sala chamou a atenção de Pesh.

Megan se inclinou no cercadinho para pegar Sara.

– Awn, o que foi, querida? – ela balbuciou, pegando Sara em seus braços. Megan a balançava para frente e para trás e Sara continuava chorando, o que fez Maya se incomodar também. – Você deve estar com fome.

– Pegarei as mamadeiras – Pesh disse, por cima do choro das bebês.

– Obrigada.

Emma cuidou das crianças com Patrick e Aidan, acomodando-os em volta da mesa de jantar, e Pesh preparou as mamadeiras. Quando ele retornou à sala de estar, Megan já estava sentada e Mason tentava fazer Sara parar de chorar. Ele entregou uma mamadeira à Megan e se sentou também. Ele mal levou a mamadeira à boca de Maya e ela já começou a sugar.

Aidan começou a se servir de caçarola de frango e Patrick o olhou com desaprovação. Com um suspiro, Aidan soltou a colher.

– Por que você tem que fazer uma oração mesmo quando está em casa, pai?

– Porque sim. É bom que as crianças aprendam – ele respondeu, apontando para Caroline e Noah, que se sentaram entre seus pais, e Mason.

– Pesh e Megan deveriam dizer se devemos fazer isso ou não.

Pesh ergueu a mão que não estava segurando Maya.

– Está tudo bem. Não me importo, de verdade.

Aidan murmurou "covarde" antes de sorrir. Pesh nem se mexeu.

– Vamos dar graças – Patrick disse.

Maya dava longos goles de sua mamadeira e Pesh abaixou a cabeça. Patrick recitou as graças e Pesh se sentiu muito abençoado. Três anos atrás, a sala de estar estava vazia. Provavelmente ele teria comprado algo a caminho de casa ou comido uma sobra do dia anterior. Mas agora ele tinha essa linda e amorosa esposa a seu lado – por quem ele se apaixonava mais a cada dia. Também um filho forte e saudável. Em seus braços e da esposa, ele ainda tinha duas filhas, que ele mal podia esperar para ver crescer. Ele também tinha amor e suporte de bons amigos e família. E no fim do dia, essas muitas formas de amor era tudo o que ele poderia esperar e desejar.

FIM

O Inferno de Aidan ou o Chá de Bebê de Emma

Uma cena deletada de ***O Pedido***

Ao som de estridentes gritinhos femininos, Aidan apertou sua garrafa de cerveja. Com dois longos goles, ele entornou o líquido espumante. Um alto arroto escapou de seus lábios. Como católico praticante, ele estava bem familiarizado com a ideia de purgatório. Entretanto, ele nunca imaginou que o viveria na Terra. E muito menos imaginou que teria que se esconder de um bando de mulheres que participavam do chá de bebê de Noah na casa de sua irmã Becky.

Uma coisa era certa sobre seu filho: ele já atraía hordas de amor feminino sem nem ter nascido. Quase cinquenta mulheres estavam na casa de Becky. Elas chegaram com seus pacotes enfeitados e conversando sem parar. Ele procurou abrigo com os outros homens.

Quando Aidan pegou outra cerveja, seu pai balançou a cabeça.

– Melhor maneirar. Emma o matará se você ficar bêbado – Patrick avisou.

Aidan fez uma careta.

– E como mais eu aguentaria isso?

Seu cunhado, Tate, disse:

– Sinto muito por você, cara, mas se não se cuidar e agir direito, terá que lidar não só com Emma, mas com todas as Fitzgerald.

Aidan estremeceu ao pensar em enfrentar a fúria das cinco irmãs mais velhas. A raiva de Emma já era motivo suficiente para assustá-lo, mas se somar à das irmãs, geraria uma tempestade de proporções épicas.

– Tudo bem, tudo bem – ele resmungou, largando a cerveja.

Durante as próximas horas, enquanto jogos do chá de bebê eram feitos e a comida consumida, Aidan ficou na sala com Patrick, Tate e seus outros cunhados, Tim, Jack e Barry. Todos assistiam a um jogo na televisão, junto com Percy e John, mas Aidan estava ansioso demais para se distrair.

Ele sabia que quando chegasse a hora de abrir os presentes, Emma o queria a seu lado e ele não queria mesmo estar ali. Todos os "oohs", "aahs" e as risadinhas... Era um pesadelo.

George entrou correndo.

– Venha, tio Aidan! É hora de abrir os presentes! – ele gritou.

Aidan deixou escapar um sorriso ao ver a empolgação de Georgie. Ele se recusara a deixar Emma o dia todo e mal podia esperar para ver o que o bebê Noah tinha ganhado em seu chá de bebê. Aidan estava feliz por Emma ter a consideração de trazer presentes para os garotos, já que eles seriam os anfitriões da festa. Ele sabia que no fundo, ela estava se preocupando principalmente com Georgie.

Ele se balançava para frente e para trás enquanto Aidan permanecia sentado no banquinho.

– O que está esperando? – Georgie questionou, impaciente.

Aidan inspirou profundamente e, olhando para seu pai, disse:

– Me deseje sorte.

Patrick fez um sinal positivo.

– Vamos, filho. Eu vou com você.

– Vai?

– Por Emma, não por você – ele respondeu, com uma piscada.

– Sabia – ele resmungou.

Georgie pegou a mão de Aidan e o puxou do banquinho. Com um puxão, ele levou Aidan pelo corredor e pela porta. Enquanto Georgie o guiava, Aidan viu a cadeira vazia ao lado de Emma, esperando por ele, e uma pilha gigantesca de presentes.

Quando os olhares se encontraram, ela sorriu e fez seu coração se aquecer. Ele sabia que ela havia esperado a vida toda por esse momento e pelo rubor em suas bochechas, ele sabia que ela estava muito empolgada. E, para ele, não havia nada melhor do que ver Emma feliz.

Impulsivamente, ele se abaixou e beijou-a ternamente.

– Já disse o quanto você está linda hoje?

Ele não estava só a adulando. O vestido verde, a legging creme e as botas marrons deixaram-na absolutamente maravilhosa. Ele amava como ela podia parecer fashion, graciosa e sexy mesmo com oito meses de gravidez.

Ela corou ao elogio.

– Obrigada. – Sua mão tocou a bochecha dele. – Amor, você tem certeza de que não se importa de me ajudar a abrir os presentes?

Ele franziu as sobrancelhas e prendeu o fôlego. Era uma pegadinha, certo? Ela não podia estar dando a ele a chance de escapar do chá de bebê do inferno. E em seguida, ele viu o brilho em seus olhos e o quanto ela queria que ele ficasse.

– Claro que não me importo.

Ela sorriu abertamente e ele se sentou, relutante. Olhando à sua volta, ele reconheceu uma série de rostos amigos. Casey e Connor estavam sentados com Virginia, avó de Emma. Embora ele não pudesse nomear todos, muitos eram amigos e primos de Emma, que ele havia conhecido quando viajou com ela para as montanhas. Se ele sobrevivesse a esse chá de bebê, haveria outro no próximo fim de semana com os familiares de Emma.

– Ok, vamos começar – Becky disse, estendendo uma caixa grande a Aidan.

Ele olhou de Becky para Emma.

– Quer que eu abra?

– Claro – Emma disse.

Prendendo o fôlego, Aidan rasgou o papel azul e olhou para a caixa.

– Mas que merda...

Emma riu.

– É uma bomba para tirar leite, amor.

– O quê?

– Isso serve para que eu tire meu leite. Assim Noah pode ser alimentado se eu estiver no trabalho ou quando eu não estiver disponível.

Ele a encarou.

– Você vai sugar a si mesma com isso aqui? – ele perguntou, incrédulo. As gargalhadas das mulheres ecoaram pelo lugar e ele corou. – Parece doloroso – ele murmurou.

– Eu ficarei bem – Emma assegurou a ele.

Com um olhar cético, ele passou a caixa de volta à Becky. Após alguns minutos, ele se sentiu como um robô. Uma caixa ou sacola era dada a ele para ser aberta. Emma e as outras fariam "oohs" e "aahs" – às vezes Emma até choraria como ao abrir a colcha dada pela avó – e o processo se repetiria à exaustão.

Ele massageou as têmporas ao ver tantas roupas, cobertores, babadores, chupetas e brinquedos. Tudo fazia sua cabeça girar, especialmente ao pensar que teriam que levar tudo para casa. Ele achava que não teriam que comprar nada para Noah por muito tempo.

Quando o último presente foi aberto, Emma, em lágrimas, agradeceu a todos. Depois se sentou ao lado dele novamente.

– Obrigada por me ajudar. – Ela colocou um braço sobre seu ombro e acariciou seu pescoço. – Eu sei o quanto você odeia tudo isso, mas gostei muito.

– Está brincando? Foi o melhor momento da minha vida – ele disse.

Emma se afastou para que ele visse seu sorriso.

– Você é um mentiroso.

– Ok, foi um pouquinho infernal para mim.

– Foi o que pensei. – Ela pegou a mão dele entre as suas, que agora usavam um anel de prata, junto com o anel de noivado que ele lhe dera, e colocou-a sobre a barriga. – Noah diz obrigado.

Ao sentir o filho se mexendo sob sua mão, Aidan sorriu.

– Ele gosta de ter seu pai por perto, hein?

Emma olhou para ele dando um sorriso sonhador.

– Sim, ele gosta. E a mãe dele também. – Os lábios dela roçaram os dele. – Eu amo você, Aidan. Eu amo você por hoje e por cada dia juntos.

Seu peito se encheu com emoção e sua única resposta foi beijar Emma apaixonadamente. Ele não se importou que estavam em uma sala cheia de outras mulheres ou cercados por bombas de tirar leite e fraldas. Ele só queria mostrar a ela o quanto a amava.

E assim o fez.

Adivinhe quem é o Coelhinho da Páscoa?

Um grito estridente penetrou as camadas do subconsciente de Aidan Fitzgerald, despertando-o lentamente.

– Em? – ele murmurou, sonolento.

Ainda com os olhos fechados, ele rolou na cama para encontrá-la vazia. Esticando o pescoço, ele ouviu o som inconfundível do chuveiro ligado. Bem, ele mal conseguia ouvir, com os gritos de seu filho de quatro semanas e meia.

– Ok, ok, estou indo, Noah – Aidan murmurou, enquanto se sentava.

Quando chegou até a beira da cama, Aidan esfregou o sono de seus olhos com os punhos, e foi até o berço. Noah estava nervoso berrando no volume máximo, ele batia os punhos suas pernas minúsculas. Seu rosto estava vermelho por seus esforços.

– Calma, garotinho – Aidan disse, enquanto estendia a mão para pegá-lo.

Apesar de todos os seus familiares adorarem espalhar que Aidan e Emma tinham sido abençoados, porque Noah tinha um temperamento fácil, nem sempre era assim.

Claro, as únicas vezes em que ele realmente reclamava, era quando estava com fome ou com a fralda suja. Aidan beijou a bochecha de Noah, em seguida aconchegou-o contra o peito. Quando as sobrancelhas pequenas de Noah franziram em confusão, Aidan sorriu para ele.

– Eu sei, eu sei. Eu sou um pobre substituto para a mamãe, especialmente se você está com fome. – Ao som da voz de Aidan, Noah abriu os olhos. – Humm, parece que você está com a fralda molhada. Vamos trocar você.

O quarto de solteirão convicto de Aidan havia se tornado o quarto do bebê, mesmo que este tivesse um quarto só para si no mesmo andar, Emma não queria ficar muito longe dele, enquanto fosse tão pequeno, então ele dormia no berço desmontável ao lado da cama.

Aidan se perguntou porque fazer a merda de um quarto para Noah, se ele nem dormia lá, mas a verdade era que Aidan gostava de tê-lo próximo também. Mesmo que ele adorasse e amasse Emma com todo o seu corpo e alma, o amor por seu filho era muito maior do que qualquer coisa que ele jamais poderia ter imaginado.

A partir do momento em que Noah tinha sido colocado em seus braços, Aidan tinha sentido o mais surpreendente vínculo que mudaria a sua vida. Ele odiava passar um tempo longe de Noah. Ele tinha tirado duas semanas de licença paternidade para ficar com Emma, quando Noah chegou em casa do hospital, mas quando a licença acabou, na última semana, ele tinha sido forçado, com o coração pesado, a voltar ao trabalho.

Deitando Noah de volta na cama, Aidan tirou seu body e sua fralda. Ele tinha ficado encharcado uma vez, com Noah acertando um xixi épico em seu rosto. Então sempre se lembrava de tomar as devidas precauções quando o trocava. Enquanto Emma tinha achado hilário, ele não tinha achado tão divertido.

Depois que ele colocou uma fralda limpa, Aidan ternamente beijou a barriga exposta de Noah, inalando o perfume doce do bebê, antes de colocar seu body de volta e dar a chupeta ao filho, apenas para o caso dele ficar agitado novamente, antes de Emma sair do chuveiro.

Ele sentou-se com Noah em seu peito, sua posição favorita. Ele não conseguia ficar muito tempo com ele longe dos seus braços. Emma tinha brincado que ele mimaria Noah, segurando-o tanto, mas a verdade era que nenhum dos dois conseguia manter suas mãos longe de seu querido filho por muito tempo.

Aidan adorava a maneira como Noah ficava aninhado contra seu peito, assim como o modo como ele olhava fixamente para ele, como se estivesse memorizando o rosto de Aidan.

Emma apareceu na porta do banheiro usando seu roupão de seda verde. Apenas a visão de seu cabelo ruivo molhado e as bochechas coradas do banho fazia as partes íntimas de Aidan começarem a se agitar. Mas eles ainda tinham duas semanas, antes de serem liberados a usar o quarto como deviam, assim Aidan rapidamente apagou o fogo crescendo abaixo de sua cintura.

Ele sorriu para Emma.

– Alguém acordou enquanto você estava no banho.

– Oh, eu sinto muito. Achei melhor correr para o banho enquanto eu podia.

Balançando a cabeça, Aidan se levantou.

– Eu não me importo de ficar com ele, amor. – Ele beijou o rosto de Emma. – Eu apenas não tenho o que você pode oferecer a ele.

Emma riu de sua insinuação.

– Ele mamou há apenas três horas.

Aidan riu.

– Sim, bem, ele quer mamar de novo. Esta chupeta não vai segurá-lo por muito mais tempo.

– Me dê aqui, eu vou amamentá-lo – disse Emma. Aidan gentilmente passou Noah para ela. – O anjo da mamãe está com fome de novo? – ela murmurou.

Apenas o som de sua voz fez Noah ficar animado, balançando seus punhos e se aconchegando mais perto dela. Ela sorriu para ele, enquanto se abaixava na poltrona. Sem cerimônia, ele cuspiu a chupeta fora, quando Emma abaixou um lado do seu roupão.

Uma vez que Noah estava mamando vorazmente, Emma voltou sua atenção para Aidan.

– Você está pronto para um dia inteiro nas montanhas?

– Claro que eu estou. Você sabe que eu amo ficar com a sua família.

– Ah, mas você nunca experimentou a caça aos ovos de Páscoa dos Anderson.

Aidan arqueou as sobrancelhas para ela.

– Devo ficar com medo?

Emma riu.

– Confie em mim, é intenso. Há provavelmente mais de uma centena de pessoas à caça de mais de mil ovos escondidos.

– Puta merda! Mil?

– Por que você acha que eu tenho comprado ovos como uma louca nos últimos dias?

– Eu pensei que você tinha um fetiche por ovo de Páscoa. Quem sou eu para julgar?

Com uma risada, Emma respondeu:

– Não, é uma tradição, não um fetiche.

– Se você está falando.

– Oh, e precisamos chegar o mais cedo possível.

Aidan levantou as sobrancelhas com surpresa.

– Não me diga que você ofereceu meus serviços para esconder centenas de ovos?

Emma sorriu.

– Não, é mais sobre eu ajudar a vovó. Ela continua tão teimosa, insistindo que não é muito velha para fazer o almoço sozinha. Mas, então, ela fica acabada por dias depois.

Aidan sorriu para ela.

– Humm, agora sei de onde você e Noah tiraram a teimosia.

– Ei, pode parar. Há muita teimosia em seu DNA Fitzgerald – Emma exclamou, enquanto apoiava Noah em seu ombro, para ele arrotar.

– Se você diz. É melhor eu correr para o chuveiro, então.

– Faça isso, seu espertinho teimoso – Emma respondeu, com um sorriso.

Ele piscou para ela, antes de caminhar para o banheiro. Ele tomou banho como um raio, saindo para fazer a barba em velocidade recorde.

Depois que ele enrolou uma toalha em volta da cintura, Aidan saiu do banheiro e entrou no quarto. Usando um bonito vestido verde, que fez os batimentos cardíacos de Aidan acelerarem, Emma estava com Noah sobre a cama, colocando as suas roupas. Ao ver o traje de Noah, Aidan perguntou:

– O que diabos ele está vestindo?

Emma olhou para ele com surpresa.

– Sua roupa de Páscoa.

Aidan balançou a cabeça freneticamente para frente e para trás.

– Tem rosa nesta roupa.

– E azul e verde. – Quando ele continuou lhe dando um olhar cético, Emma bufou. – São cores da Páscoa, Aidan.

– Eu não quero o meu filho de rosa.

Emma revirou os olhos.

– Sério?

– Sim, eu estou falando sério.

Pegando Noah em seus braços, ela enfrentou Aidan com um olhar duro.

– Você usa camisas cor-de-rosa.

Aidan coçou a parte de trás do seu pescoço.

– Isso é diferente. Eu sou um homem.

– E ele é um homem pequeno. Não há qualquer diferença. Além disso, veja como ele está adorável. – Ela segurou Noah em direção a Aidan, para que ele o examinasse.

Por mais que ele odiasse admitir, Noah estava bonito demais em sua roupa xadrez. Ele até tinha um chapéu com orelhas de coelho costuradas. Ele expirou ruidosamente.

– Tudo bem, você ganhou.

Emma sorriu.

– Eu ganhei de mais de uma maneira. Patrick que escolheu essa roupa para ele.

Aidan gemeu.

– Por Deus, meu pai?

– Sim, o seu pai. – Com Noah, em um braço, ela estendeu a mão para bater em sua bunda de brincadeira. – Agora, apresse-se e se prepare. Precisamos estar na estrada em meia hora.

***

Mais tarde, Aidan estava se espreguiçando em volta da mesa de mogno da sala de jantar gigante dos avós de Emma. Ele lutou contra a vontade de abrir o botão de sua calça, já que, para variar, ele tinha comido demais.

Entre os esforços combinados de Emma e sua avó, a refeição estava deliciosa.

Ele estava debatendo sobre comer outro pedaço de bolo, quando Emma acenou para ele, da porta da sala de jantar. Suas sobrancelhas franziram, quando se levantou de sua cadeira. Na cabeceira da mesa, Noah dormia tranquilamente nos braços de Earl, então ele não podia deixar de perguntar:

– O que há de errado?

– Venha comigo – disse ela, pegando-o pela mão e levando-o até o corredor. Ela os trancou no quarto de seus avós, antes de voltar a falar. – Eu preciso lhe pedir uma coisa.

Seu olhar intenso fez com que ele engolisse em seco várias vezes.

– Hum, Em, você está pedindo o que eu acho que você está pedindo?

Ela levou um momento, antes que seus olhos se arregalassem, e ela balançasse a cabeça freneticamente para um lado e para o outro.

– Oh, Deus, não! Como você pode pensar que eu o trouxe para o quarto dos meus avós para fazer sexo?

Aidan suspirou, derrotado.

– Talvez porque eu esteja sem sexo há anos.

Emma riu.

– Não está há anos. Há exatamente quatro semanas e cinco dias.

– Você tem que ser tão exata?

– Bem, estou calculando pelo nascimento de Noah, desde que eu lhe dei um presente na noite anterior, você viajou e eu entrei em trabalho de parto precoce.

Aidan sorriu com a lembrança.

– Ah, sim.

– De qualquer forma eu trouxe você aqui, porque estamos com uma espécie de crise com o coelhinho da Páscoa.

– Desculpe-me?

Emma apontou para a cama. Havia um traje peludo, tamanho adulto de um coelhinho da Páscoa.

– Todos os anos, Henry, o vizinho que mora no fim da estrada, se veste de coelhinho da Páscoa durante a caça ao ovo. Mas acabamos de receber um telefonema de sua esposa, dizendo que ele está no hospital, tirando uma pedra no rim. – Emma respirou irregularmente. – Aidan, precisamos de você para ser o coelhinho da Páscoa.

Uma risada histérica escapou de seus lábios.

– Você está brincando comigo, não é?

Emma mordiscou o lábio inferior nervosamente antes de responder.

– Eu gostaria de estar, mas temos uma situação desesperadora aqui.

Aidan olhou para ela durante vários segundos, esperando que a qualquer momento ela iria lhe dizer que era uma piada. Quando ela não o fez, ele balançou a cabeça. – Há cerca de mil outros homens em sua família. Por que tem que ser eu? – protestou.

– Todos os outros homens, que são do seu tamanho e poderiam se encaixar no traje têm filhos na caça ao ovo de Páscoa.

Aidan deu de ombros.

– E?

– Você não entendeu? Com seus pais ausentes, eles vão pensar que algo está errado. – Emma inclinou a cabeça para ele. – Você não quer estragar a magia do coelhinho da Páscoa para eles, não é mesmo?

– Hum, se isso significa manter a minha bunda fora de uma fantasia de coelho peludo, então pro inferno que sim, eu não me importo!

Emma colocou as mãos na cintura e apertou os lábios para ele.

– Você gostaria que daqui há alguns anos, alguém estragasse a magia para Noah?

Aidan abriu a boca para protestar, mas a fechou. No fundo, a verdade era que ele não gostaria que algum bastardo egoísta estragasse a Páscoa de seu filho.

– Não – ele resmungou.

– Então isso significa que você vai fazer isso?

– Eu acho que sim.

Os cantos dos lábios de Emma se ergueram em um sorriso de satisfação.

– Você sabe, se você fizer isso, vai me deixar tão feliz.

Ele ergueu as sobrancelhas interrogativamente para ela.

– Feliz como? – Quando ela cortou a distância entre eles, a respiração de Aidan acelerou. Ela não caminhou apenas até ele, ela rebolou. Seus quadris cheios balançando para lá e para cá no vestido.

– Embora nós ainda precisamos de uma semana, antes que eu volte a ficar totalmente operacional em uma cama. – Ele fez uma careta, fazendo ela dar uma pausa. – Sr. Fitzgerald, eu ainda não acabei.

– Ok, tudo bem.

– Como eu estava dizendo, mesmo que ainda precisemos de uma semana, eu tenho certeza de que eu poderia encontrar várias formas de recompensá-lo pela sua boa ação.

– O que você tem em mente?

Ela bateu o dedo contra seu queixo, como se refletisse.

– Talvez muita atenção oral e bastante carinho ao seu bem mais precioso?

Ele não pôde evitar o sorriso que se espalhou pelo seu rosto.

– Humm, eu gostei disso. Mas eu acho que eu preciso ainda ser convencido melhor. – Envolvendo-a pela cintura, ele disse: – Me dê uma imagem mais vívida.

Emma riu.

– Você se lembra das algemas felpudas verdes e o creme de chantilly de nossa lua de mel?

Os olhos de Aidan reviraram, enquanto ele gemia.

– Ah, *fodidamente*, sim.

– Então, eu garanto que se você vestir essa fantasia de coelho, vamos reviver a cena esta noite, quando Noah estiver dormindo.

– Traga logo esta roupa peluda e as orelhas de coelho! – Aidan exclamou.

– Eu sabia que você compreenderia, quando eu lhe fizesse uma oferta irrecusável. – Emma beijou-o com paixão, o suficiente para deixá-los sem fôlego. – Ok, é melhor prepará-lo.

Aidan olhou cautelosamente para a fantasia sobre a cama.

– Então, como vamos fazer isso?

– Primeiro, eu acho que você deve tirar a roupa.

Aidan não pôde evitar o sorriso arrogante que se formou em seu rosto.

– Você não tem que me pedir duas vezes para fazer isso.

Emma revirou os olhos.

– Você já vai passar calor com ela. Nós não queremos adicionar mais uma camada de roupa.

– Tudo bem – murmurou Aidan.

Ele tirou rapidamente a camisa e a calça, mas manteve a cueca. Segurando a fantasia, Emma ajudou Aidan a entrar. Quando ela fechou o zíper, Aidan não pôde evitar a sensação momentânea de pânico que se abateu sobre ele em ficar preso no traje.

Ótimo, se ele já estava pirando agora, como ficaria, quando a cabeça gigante fosse colocada sobre ele? Ele inspirou e expirou algumas vezes, tentando manter a calma, antes de Emma cobrir sua cabeça com a cabeça de coelho.

– Como está?

Surpreendentemente ele podia ver melhor com os olhos de malha do que ele pensou que fosse acontecer e dava para respirar muito bem.

– Não é ruim.

– Bom. – Esfregando o peito peludo, ela perguntou: – Pronto para ir impressionar as crianças?

– Pronto como eu nunca vou estar.

Quando ela o guiou pelo corredor, a avó de Emma estava esperando por eles.

– Como você conseguiu convencê-lo? – ela perguntou.

– Eu apenas apelei para o seu senso de dever como um pai – respondeu Emma.

Virginia olhou entre Aidan e Emma, antes de cruzar os braços sobre o peito.

– Uh, sei... — ela murmurou, cética.

Earl apareceu no corredor com Noah em seus braços. Ao ver Aidan no traje, ele começou a rir. Não demorou muito tempo, antes que ele estivesse uivando com as risadas.

– Uau, filho, eu acredito que você perdeu totalmente o seu cartão como homem!

Aidan suspirou dentro da fantasia.

– Tudo bem, tudo bem. Ria o quanto quiser. Eu sou o único que estará colhendo os benefícios hoje à noite.

Os olhos de Emma se arregalaram, antes que ela batesse no braço do coelho.

– Silêncio!

A avó riu por trás deles.

– Como se não soubéssemos que algum tipo de favor tinha sido prometido, para fazê-lo aceitar usar essa roupa.

Enquanto Emma estava mortificada ao lado dele, Aidan acenou com a pata peluda para Earl.

– Traga Noah aqui para que ele possa me ver. Quer dizer, o coelho.

Earl diminuiu a diferença entre eles. Noah olhou ao redor, felizmente com a chupeta na boca. Mas no momento em que Aidan se inclinou em direção a Earl, o rosto minúsculo de Noah enrugou inteiro. Ele começou a gritar de medo.

– Eu diria que ele não é um fã do coelho – Earl meditou sobre o choro.

– Ótimo, agora eu traumatizei meu filho para o resto da vida – Aidan gemeu.

Emma pegou Noah do colo de Earl. Depois de beijar a bochecha de forma tranquilizadora, balançando-o para trás e para frente, ele começou a acalmar.

– Está tudo bem, meu amor. Mamãe não vai deixar este coelho grande pegar você.

– Amor, isto não é engraçado – Aidan murmurou debaixo de sua cabeça de coelho.

– Tudo bem, então. – Ela sorriu para ele, antes de olhar para Noah. – Você deve ficar muito orgulhoso de seu pai hoje. Embora ele tenha sido influenciado com a ideia de conseguir algo que ele realmente queria, ele fez um grande sacrifício por sua causa. Ele ama você o suficiente para fazer papel de idiota completo. Portanto, não tenha medo do coelhinho, querido. Você deve amá-lo tanto quanto ele o ama.

Embora não pudesse vê-lo, Aidan sorriu dentro do traje.

– Isso soa muito melhor.

Emma se inclinou e beijou a bochecha na cabeça de coelho. Gritos e risadas das crianças vieram de fora no quintal.

– Bem, eu acho que é o seu momento – disse ela.

– Vamos começar o show.

E com isso ele caminhou até a porta da frente e saiu para o sol.

Halloween com os Fitzgeralds

– É uma linda abóbora, Aidan Fitzgerald.

Aidan dirigia sua Mercedes conversível pelas ruas, tamborilando os dedos no volante no ritmo da música. O ar fresco de outubro balançava seus cabelos loiros. Ele amava dias de outono como esse em que não estava tão frio para dirigir com a capota baixada. Embora houvesse um Volvo, que era um carro mais familiar na garagem, ele insistia em manter seu brinquedo, aka o conversível, depois de Noah ter nascido. O carro de Emma era confiável, porém um modelo antigo, então foi trocado pelo prático Volvo. Mesmo Emma tendo achado desnecessário, ele insistiu dizendo que o Volvo era mais seguro. Ele faria qualquer coisa para garantir a proteção e segurança do amor da sua vida.

Ao se aproximar da rua Ansley Park, 401, ele se distraiu passando direto por sua casa sem notar o familiar jardim.

Fazendo a volta, ele arregalou os olhos e ficou boquiaberto ao ver o espetáculo à sua frente. Seu jardim simples de alguma forma havia se transformado em um festival de Halloween.

Quando ele saiu para o trabalho, pela manhã, a única decoração de outono era uma coroa de flores na porta da frente e duas abóboras na varanda, que foram compradas na Abóboras do Burt quando ele e Emma levaram Noah na semana anterior. Agora havia luzes pretas e laranjas piscando por todo o suporte da varanda. Uma bruxa estava com a bunda virada para cima no jardim, para dar a impressão de que ela tinha caído exatamente ali na grama. Outra estava pendurada em sua vassoura na varanda. Lápides e rolos de feno estavam enfileiradas pelo jardim enquanto fantasmas estavam pendurados nos carvalhos.

– Ah, meu Deus – ele murmurou, descendo do carro.

A casa estava semelhante a outras da rua, mas era completamente estranha para ele.

Aidan entrou na casa e sentiu deliciosos aromas o invadindo. Espere? Estava sentindo cheiro da comida do Grammy's BBQ? Claro que não. Aquilo demorava muito para fazer. O estômago de Aidan roncou ao pensar que era mesmo comida do BBQ feita em casa.

Seu olhar passou pela cozinha e depois pousou em Emma. Ela estava no fogão, cantarolando com o rádio. Perto dela, Noah estava sentado em sua cadeirinha. Um sorriso se alastrou pelo rosto de Aidan ao ver seu bebê balbuciar. Com Beau a seu lado, Noah tentava desesperadamente pegar o rabo do cachorro, que o acertava no rosto. Noah estava rindo tão alto que ele mal conseguia respirar.

– Cheguei – Aidan disse.

Beau latiu feliz enquanto Emma se virou.

– Ei, amor – ela disse, sorrindo.

Aidan se virou para pegar Noah, que estava agitando seus bracinhos para ele.

– Ei, garotinho – ele disse, antes de beijá-lo na bochecha.

Então voltou as atenções para sua esposa. Emma sorriu quando ele se curvou para um beijo. Envolvendo-a com os braços, ele beijou seus lábios convidativos e mornos. Bem quando ele inseriu sua língua, Noah gorgolejou interrompendo-os.

– Teve um bom dia? – Emma questionou, sem ar.

– Muito bom. E você?

– Sim. Ocupada, mas ótimo.

Pensando em como seu jardim estava incrivelmente decorado, ele perguntou:

– Em, o que diabo aconteceu com o jardim?

Ela sorriu.

– Patrick veio hoje e me ajudou a decorá-lo. Não está maravilhoso?

– Certamente está chamando a atenção, mas não tenho certeza de que é maravilhoso.

O canto dos lábios de Emma se curvaram para baixo, em uma careta e Aidan se preparou para uma mudança brusca de humor, típica da gravidez.

– Você não gostou?

Aidan exalou o ar ruidosamente. Ele tentava desesperadamente encontrar a melhor forma de responder a essa pergunta, sem ter que ir dormir na casinha do cachorro.

– Não parece exagerado já que Noah não tem nem um ano?

– Ah, mas você deveria tê-lo visto enquanto decorávamos. E seu pai se divertiu muito também. A maioria das coisas foi ideia dele.

Ótimo. Se os outros dois homens da família Fitzgerald que Emma amava estavam felizes com a bagunça no gramado, nem adiantaria ele discutir. Ele teria que engolir e sorrir. Ele só esperava que nenhum de seus amigos solteiros pusesse os olhos no jardim ou retirariam seu cartão de masculinidade.

Precisando mudar de assunto, ele inspirou:

– Hum, é de Grammy's BBQ que estou sentindo o cheiro, não é?

Emma sorriu.

– Sim, eu fiz sua receita só para você. Ter Patrick aqui para olhar Noah me deu mais tempo para cozinhar. Ah, também tem torta de maçã.

Ajeitando Noah no colo, Aidan olhou para Emma, suspeitando de algo.

– Ok, o que está havendo?

– Como assim? – Emma perguntou, inocentemente.

Aidan riu.

– Ah, não. Não banque a inocente comigo. Você teve muito trabalho para cozinhar isso. Então o que está havendo?

Mordendo o lábio, ela se inclinou para pegar a torta de maçã quente, que era a favorita de Aidan. Ela a fez completamente e não foi fácil. Ao acomodar a torta na pia, ela suspirou.

– Tudo bem. Há algo que quero pedir a você.

Com um sorriso, ele respondeu:

– Eu sabia. Você sempre tenta me ganhar pelo estômago ou por meu pau quando quer alguma coisa.

Ela revirou os olhos.

– Eu quero que se fantasie comigo para o Halloween. Uma fantasia de casal, sabe? O tema seria para toda a família.

– Está brincando comigo, certo? – Ele nunca fora fã do feriado. Durante a escola e a faculdade, ele aproveitou as festas que garantiam bebida grátis e garotas em roupas sensuais. Depois que se mudara para esta casa, ele descobriu com desânimo que havia um grupo que organizava o pedido de doces ou travessuras pelo bairro. Normalmente, ele passava a noite de Halloween no O'Malleys bebendo cerveja e esperando o pandemônio terminar antes de voltar para casa.

Então quando ele pensava que estava seguro, Becky aparecia com seus filhos. Ele normalmente dava granola ou dinheiro a eles já que nunca havia doces em sua casa.

Fazendo beicinho, Emma disse:

– É que eu queria muito, muito mesmo, que nos fantasiássemos em família este ano.

– Amor, isso parece um pouco ridículo se considerarmos que Noah tem apenas oito meses. Ele não faz ideia do que é isso e ele certamente não comerá doces. – Quando ela abriu a boca para protestar, ele acrescentou: – E não tente me fazer sentir culpa dessa vez. Eu não acho que quando ele crescer, o fato de eu ter me recusado a me fantasiar no Halloween vá mandá-lo para terapia.

– Então, você não vai mesmo fazer isso? – O biquinho desapareceu e a determinação surgiu.

Ele sabia que quando Emma colocava algo em sua mente, ela dificilmente tirava. Ela tentou pedir com meiguice, e ele conhecia seu forte poder de convencimento e que seu pau sentiria a repercussão de suas ações. Ela podia estar grávida outra vez e cheia de hormônios que a faziam querer muito sexo, mas ela não se importaria de dar um gelo nele.

Aidan exalou ruidosamente.

– Se, e esse é um grande "se", eu disser sim, quero aprovar a fantasia. Não usarei calça justa em nenhuma circunstância.

Ela sorriu.

– Ok, acho que posso cuidar disso.

– Mas antes que sua mente voe para a fantasia que vamos vestir, quero ser servido dessa comida magnífica que você teve o trabalho de fazer para me convencer.

– Ficarei feliz em servi-lo. – Ela abraçou-o pelo pescoço e depositou um caloroso e convidativo beijo em seus lábios.

– Eu planejava apelar para o seu pau mais tarde, mas agora que você já concordou, deixarei para a próxima.

– Ah, não. Pode se preparar e não vou discutir.

Ela gargalhou antes de beijá-lo outra vez.

– Tudo bem. Depois que Noah dormir, estarei à sua disposição.

– Hum, gostei disso.

– Achei que gostaria. – Ela se afastou e sorriu para ele. – Agora sente-se e vamos comer.

***

Depois que Aidan comeu dois sanduíches de BBQ e começou um grande pedaço de torta, ele acariciou a própria barriga.

– Ok, Em, agora me fale das fantasias.

Ela sorriu e se levantou, entregando Noah para ele e mexendo em uma das gavetas da cozinha. Ela voltou com um catálogo cheio de fantasias para família.

Batendo os dedos sobre uma das páginas, Emma perguntou:

– O que acha dessa de Stars Wars? Você ficaria muito sexy como Han Solo e Noah ficaria fofo com orelhas de Yoda.

Embora ele admitisse que a fantasia de Yoda era muito fofa, Aidan olhou para as roupas de Han Solo e Princesa Leia com atenção. Ele não estava de acordo com essas fantasias ridículas.

– Hum, eu prefiro a fantasia de Princesa Leia escrava – Aidan provocou, com uma piscada.

Emma olhou para o próprio abdômen.

– Não acho que isso acontecerá com essa barriga.

Aidan se inclinou para acariciar a barriga protuberante de Emma.

– Como se você fosse usar de alguma forma.

Balançando a cabeça, ela respondeu:

– Ah, tanto faz. Com esse bebê, a barriga já começou a crescer logo que engravidei. – Ela a acariciou. – O que confirma que dessa vez é uma menina.

Aidan sentiu o familiar chute na virilha ao ouvir sobre o sexo do bebê. Não era que ele não queria uma menina – ele amava suas sobrinhas, especialmente a mais velha, Megan. Era que ele sabia que garotas eram problema – as mais novas e especialmente as mais velhas. Diabos, ele tinha quatro irmãs mais velhas. Ele mais do que ninguém sabia do que estava falando. E havia, claro, a linda ruiva sentada a seu lado que continuava encantando-o a cada dia.

– Você me ouviu, Aidan?

– Humm, o quê?

Emma sorriu.

– Eu perguntei o que acha de chamarmos a bebê de Caroline, como sua mãe.

– Seria lindo – ele murmurou, o peito repleto de emoções.

Ela não poderia imaginar um nome mais perfeito para sua filha do que o da sua amada e finada mãe. Como Emma sempre o conhecia melhor do que ele mesmo, ela se inclinou e apertou sua mão. Quando ele a olhou, ela lhe deu um sorriso reconfortante.

– Eu amo você.

Ele lhe deu um beijo nos lábios.

– Eu amo você mais.

– Humm! – Noah resmungou entre eles.

Aidan riu e olhou para o filho.

– O que foi, garotinho? Está com ciúme da sua mãe? – Noah sorriu e balançou o punho. Aidan o levantou para soprar em sua barriga.

Descendo para encará-lo outra vez, Aidan ergueu as sobrancelhas para o filho. – Você sabe, garotinho. Se eu não desse um pouco de amor à mamãe você não estaria aqui.

– Aidan! – Emma admoestou, um rubor cobrindo suas bochechas.

Ele riu.

– É verdade! – ele acrescentou, com uma piscada: – E planejo enchê-la de amor depois que você estiver dormindo.

Ela revirou os olhos.

– Você é impossível – ela bufou.

– Humm, e você é a mulher mais sexy do mundo inteiro quando está irritada.

Emma manteve os olhos nos dele enquanto seu peito subia e descia com dificuldade para respirar.

– N-nós temos que escolher uma f-fantasia – ela gaguejou.

– Isso pode esperar. Vamos dar um banho em Noah e prepará-lo para dormir.

Um tremor tomou o corpo de Emma, fazendo Aidan se erguer da cadeira.

– Se você insiste – ela disse, com um tom provocante em sua voz.

– Ah, sim. Insisto.

Ela se levantou e o encarou.

– Acho que isso quer dizer que eu escolherei a fantasia e você a usará.

– Estou pensando em usar você...

Emma negou com a cabeça.

– Diga. Eu vou escolher as fantasias e você irá usar.

Aidan ergueu a mão direita como se estivesse fazendo um juramento.

– Sim, tudo bem. Tanto faz.

– Bom, fico feliz de ouvir isso. – Ela se inclinou para pegar Noah de seu colo. Olhando-o por sobre o ombro, ela começou a subir as escadas rebolando.

Quando ela o olhou outra vez, ele se apressou a segui-la.

Duas Semanas Depois – Halloween

Aidan estava terminando de dar os toques finais em uma proposta, quando seu amigo, Mike, colocou a cabeça em sua porta.

– Ei, cara, vamos beber umas cervejas no O'Malley?

– Ah, não, tenho que ir para casa.

Mike o olhou, compreensivo.

– Ah, é, doces ou travessuras com Noah, certo?

– Algo assim – Aidan resmungou.

Mike lhe deu um sorriso travesso.

– Divirta-se. Farei questão de beber uma cerveja ou duas por você.

– Obrigado.

Com uma gargalhada, Mike fechou a porta. Sabendo que Emma estava esperando por ele em casa um pouco mais cedo que o normal, Aidan salvou seus documentos e desligou o computador. Ele se apressou em voltar para casa para chegar a tempo. O sol começava a se pôr e ele sabia que logo mais as campainhas começariam a tocar.

Quando Aidan passou pelo corredor, encontrou Beau deitado na porta do quarto. Ele prendeu o fôlego. Beau estava fantasiado de Homem de Lata com uma caneca de metal em sua cabeça negra.

– Você também não, amigo.

Beau parecia resignado com seu futuro e não estava tentando morder sua fantasia. Ele apenas olhava para Aidan com a expressão que parecia dizer "O que eu devo fazer? Eu a amo e por razões que meu cérebro de cachorro não entendem, essa merda a faz feliz, então aqui está."

Inclinando-se, Aidan acariciou Beau.

– Você é um cachorro muito bom, sabia?

Beau bateu o rabo em resposta. Com um suspiro, Aidan passou por Beau e entrou no quarto. Ao ver a fantasia de Espantalho sobre a cama, o temor caiu sobre ele. De alguma forma, de todas as opções de fantasia, Emma decidiu por O Mágico de Oz, que era seu filme favorito desde criança. Ela até tinha interpretado Dorothy em uma peça de escola. E havia algo pior do que ela escolher a fantasia do Espantalho para ele? Honestamente.

– Aidan, você está aí? – Emma perguntou do banheiro.

– Sim – ele murmurou.

Ela caminhou para o quarto com Noah no colo. O coração de Aidan derreteu ao ver Noah como o Leão Covarde. Enquanto a maioria do corpo da fantasia era de um marrom dourado, a juba era uma variedade de tons de preto e branco. Um rabo felpudo caía pelas pernas de Emma. A face de Noah surgiu sobre a juba e ele sorriu para o pai.

– Parece que ele está gostando de sua fantasia – Aidan comentou.

Emma gargalhou.

– Ele está. Embora tenha usado da teimosia dos Fitzgerald quando eu precisei vesti-lo, mas ele está perfeitamente bem. – Olhando para seu filho com um sorriso radiante, Emma disse com a voz melodiosa: – Ele é o menino doce da mamãe e com o melhor temperamento no mundo. Não é, Noah?

Nesse momento, o olhar de Aidan abandonou o filho para admirar a aparência da esposa. Nossa, ela conseguiu deixar sexy até mesmo uma fantasia de Dorothy. Seu longo cabelo vermelho estava penteado idêntico ao de Judy Garland no filme. Seu vestido azul e branco estava bem justo nos seios, fazendo a boca de Aidan secar. Embora o vestido fosse um pouco mais comprido do que ele gostaria, ele ainda conseguiu dar uma olhada em suas pernas fabulosas que terminavam em sapatinhos vermelhos brilhantes.

– Gosta do que vê? – ela provocou.

Ele a olhou em seus olhos e sorriu, sedutor.

– Sim, eu gosto. – Ele se aproximou. – Eu sei que travessura quero esta noite.

Ela riu.

– Você é impossível. – Inclinando-se, ela deu um beijo em seus lábios. Quando ela se afastou, virou a cabeça, refletindo. – Se você não passar esta noite se lastimando ou com cara emburrada, prometo vir para cama apenas usando esses sapatos.

Aidan a envolveu pela cintura.

– Hum, me assegurarei de ficar repetindo mentalmente "Não há lugar como o nosso lar, não há lugar como o nosso lar."

Agradecimentos

Primeiro e acima de tudo agradeço a Deus por sua bênção maravilhosa em minha vida no ano que passou.

À Karleigh Brewster: Muito obrigada por todo o seu conhecimento de Pronto-Socorro Médico. Obrigada pelas várias versões até que uma cena ficasse boa. *Embora ela me ajudasse com a teoria, eu contei a história, então se há erros ou licença poética foi tudo por minha conta.

Aos meus leitores: não há agradecimento suficiente por todo o suporte e amor que recebo. Vocês são a bênção mais maravilhosa desse trabalho. Grandes abraços e amor!

À Marion Archer: editora e maga dos plots extraordinários – eu não teria conseguido sem você. Você acrescenta tanto aos meus livros e faz de mim uma escritora e contadora de histórias melhor.

À Marilyn Medina: aos seus olhos de águia que não têm barreira. Sou muito grata por trabalhar com você e por sua amizade. *Golden Girls 4-Ever*!

À Kim Bias: Eu não posso agradecer o suficiente por me levar ao limite e fazer com que meus livros fiquem o melhor possível. Obrigada pelas sessões de plots/blurbs. Você arrebenta!

À Shannon Fuhrman, Tamara Debbaut, Jen Gerchick, Jen Oreto e Brandi Money: Obrigada por serem minhas “putas” e trabalharem tanto para me promover e ajudar.

Ao meu time das ruas, Anjos da Ashley, obrigada pelo suporte que oferecem a mim e a meus livros.

À Raine Miller e RK Lilley: SCOLS 4-EVER! Obrigada pelo amor infalível e suporte nas áreas profissionais e pessoais. Eu não poderia ter melhores amigos e parceiros de viagem.

Às garotas lindas Karen Lawson, Amy Lineaweaver, Marion Archer e Merci Arellano, obrigada por todas as gargalhadas, pela amizade e pelo suporte. Vocês são maravilhosas!

SOBRE A AUTORA

Katie Ashley é autora de **A Proposta** e **O Pedido**, best-seller do New York Times, USA Today e Amazon. Também da série **Runaway Train**.

Katie Ashley mora nos arredores de Atlanta, na Georgia, com seus dois cachorros mimados e inúmeros gatos. É escritora de romances e ficções eróticas. Ela tem uma leve obsessão por Pinterest, The Golden Girls, Shakespeare, Supernatural e Scooby-Doo. Pretensiosamente, é graduada em Literatura Inglesa, possui licenciatura em Inglês para Educação Secundária, e é Mestre em Educação Inglesa para Adolescentes.

Durante 11 anos e meio deu aulas de Inglês no Ensino Médio para jovens americanos nos subúrbios. Desde 2012 tem como profissão a escrita.

Ela também escreve ficção Jovem-Adulta com o pseudônimo de Krista Ashe.